A.N.G.E.

DU MÊME AUTEUR

DÉJÀ PARUS

Les Chevaliers d'Émeraude
Tome 1 : *Le Feu dans le ciel*
Tome 2 : *Les Dragons de l'Empereur Noir*
Tome 3 : *Piège au Royaume des Ombres*
Tome 4 : *La Princesse rebelle*
Tome 5 : *L'Île des Lézards*
Tome 6 : *Le Journal d'Onyx*
Tome 7 : *L'Enlèvement*
Tome 8 : *Les Dieux déchus*
Tome 9 : *L'Héritage de Danalieth*
Tome 10 : *Représailles*
Tome 11 : *La Justice céleste*

Les Ailes d'Alexanne
Tome 1 : *4 h 44*
Tome 2 : *Mikal*
Tome 3 : *Le Faucheur*

À PARAÎTRE

Les Chevaliers d'Émeraude
Tome 12 : *Irianeth*

Les Ailes d'Alexanne
Tome 4 : *Sara-Anne*
Tome 5 : *Spirales*

A.N.G.E.
Tome 2 : *Reptilis*

ANNE ROBILLARD

A.N.G.E.

1. Antichristus

Michel Lafon
POCHE

© Lanctôt Éditeur et Anne Robillard, 2007
© Éditions Michel Lafon, 2010,
pour tous les pays francophones à l'exception du Canada
© Michel Lafon Poche, 2015, pour la présente édition.
118, avenue Achille-Peretti
CS70024-92521 Neuilly-sur-Seine Cedex

www.lire-en-serie.com

...INTRODUCTION

Que savons-nous vraiment de notre monde ? Peut-on véritablement croire ce que les dirigeants de la planète choisissent de nous révéler ? Qui sont réellement ces gens ?

Le Bien et le Mal continuent de s'affronter, bien souvent à notre insu. Il est évidemment plus facile de constater les effets dévastateurs du Mal, car la Lumière œuvre de façon discrète. Cette dernière marque des points sans que jamais personne ne l'applaudisse. Ses anges gardiens ne connaissent pas la gloire et, pourtant, ils donneraient leur vie pour sauver la nôtre.

Il est temps que soit racontée l'histoire d'un de ces protecteurs invisibles de la paix sur la Terre : l'Agence Nationale de Gestion de l'Étrange ou l'ANGE. Cet organisme indépendant s'est établi dans tous les pays du monde. Les gouvernements connaissent son existence et ils collaborent volontiers à certaines de ses enquêtes, mais ils n'ont aucun droit de regard sur ses activités quotidiennes.

Tout ce que nous savons de l'ANGE, c'est que sa hiérarchie est bien définie. Un directeur mondial dirige cette agence, mais personne ne l'a jamais vu. Sous lui, on retrouve les directeurs nationaux de chaque pays et les directeurs régionaux de chaque province ou État de ces pays. Chaque niveau possède ses propres agents, qui travaillent de façon autonome, mais il arrive qu'ils fassent équipe avec ceux d'autres divisions.

Voici le récit des plus récents événements à avoir secoué la base souterraine de Montréal...

...001

Océane Chevalier faisait partie des doyens de l'Agence de Montréal, même si elle n'avait que trente ans passés. Il était important pour cette organisation de ne faire évoluer sur le terrain que des hommes et des femmes au meilleur de leur forme. L'ANGE leur confiait donc des missions jusqu'à l'âge de quarante ans, puis les mutait dans les sphères administratives et plus secrètes de la hiérarchie.

L'Agence plaçait ses espions dans des emplois stratégiques où ils jouissaient d'une plus grande liberté, car ils pouvaient être appelés à mener une enquête à tout moment. Ces occupations leur servaient surtout de couvertures.

Océane travaillait donc à temps partiel dans une bibliothèque de Montréal. Prétendant étudier le jour à l'université, elle s'était vu attribuer un poste en soirée. L'Agence lui avait fourni une formation accélérée pour qu'elle puisse correctement s'acquitter de ses fonctions.

Océane aimait la quiétude du vieux bâtiment où elle passait la plupart de ses soirées. La faible fréquentation des lieux à ce moment de la journée lui permettait de lire des ouvrages variés et de se tenir au courant de l'actualité. Elle lui laissait aussi suffisamment de temps pour réfléchir à son avenir.

Pas très grande, mais bien proportionnée, la jeune femme avait les cheveux et les yeux sombres. Son teint très pâle lui donnait un air gracile. Mais ce n'était qu'une illusion. Océane Chevalier possédait non seulement une grande force physique, mais aussi un caractère déterminé. Elle avait fait ses preuves depuis son arrivée à la base de Montréal, dix ans plus tôt, et elle s'attendait à être mutée au niveau national ou international d'une semaine à l'autre.

Il était tard. Les étudiants, qui étaient venus s'entasser autour des petites tables pour faire des recherches, étaient partis depuis longtemps. Océane glissait des livres devant le lecteur optique en y jetant un coup d'œil intéressé. Il s'agissait, pour la plupart, de romans policiers ou de science-fiction. Le dernier lui fit relever un sourcil. Au milieu de la couverture toute noire, on voyait un œil de serpent orangé à la pupille verticale et, juste au-dessus, le titre : *Les reptiliens sont parmi nous*. L'auteur, dont Océane n'avait jamais entendu parler, s'appelait Henri Evansen.

– Et il le sait comment, lui ?

Océane avait été témoin d'événements inquiétants depuis le début de sa carrière, mais, après enquête, tous les cas finissaient par être élucidés. Elle avait lu de nombreux rapports sur les objets volants non identifiés pourtant rédigés par des sommités de la science. Certains prétendaient que des contacts avaient eu lieu entre la Terre et des êtres d'ailleurs. Un de ses collègues de l'Agence admettait même l'existence d'une civilisation intraterrestre. Pas elle. Océane ne croyait qu'à ce qu'elle voyait. Elle fit passer le dos de l'essai devant le rayon laser.

Une femme dans la cinquantaine poussa la porte d'entrée et se dirigea tout droit vers son comptoir. Elle enleva son fichu transparent où l'eau ruisselait.

– Pouvez-vous m'aider, mademoiselle ? s'enquit-elle avec un sourire affable.

– Mais c'est mon travail, madame, affirma Océane, charmée. Que puis-je faire pour vous ?
– Je cherche un livre.
– Vous êtes au bon endroit. Quel est le titre de ce livre ?
– Je ne sais pas au juste.
– Alors là, ça pourrait être un peu plus compliqué.
– Il est écrit par un homme.
– Qui s'appelle ? l'encouragea Océane.
– Il a un nom anglais, et son roman est très à la mode.
– Si je vous montrais ce que nous avons, est-ce que vous vous en souviendriez ?
– Oui, peut-être.

Océane emmena donc la dame devant le mur des nouveautés et des succès de librairie alignés sur une série de tablettes horizontales avec des rebords métalliques pour les empêcher de tomber. Puisqu'elles permettaient de voir la couverture entière de chaque livre, il était bien plus facile de choisir sa lecture.

– On n'a pas de livres en anglais, mais on a des traductions.

La dame promena son regard sur tous les ouvrages sans se presser. Océane sentit alors une vibration sur son poignet. Elle jeta un coup d'œil à sa montre dont les chiffres clignotaient en bleu.

Les agents de l'ANGE portaient tous le même dispositif de communication. Leur montre représentait leur lien direct avec la base. Les couleurs indiquaient différentes consignes, mais Océane n'avait jamais eu à faire face à un code bleu. En fait, elle ne savait même pas à quoi il servait. Elle appuya doucement sur le cadran, ce qui mit fin aux pulsations lumineuses.

– Cette semaine, nos seuls auteurs anglais sont Dan Simpson, Jeremy Burns et Joseph McSween, l'informa-t-elle pour hâter les choses.

– Oui, oui, c'est lui ! s'exclama la dame, excitée.
– C'est lequel ?
– Le dernier ! Je suis sûre que c'est lui !
– Vous êtes chanceuse, il ne me reste que cet exemplaire. Avez-vous votre carte de la bibliothèque ?

La femme se mit à fouiller dans son sac à main tandis que la bibliothécaire retirait le roman convoité de la tablette et l'apportait au comptoir. Elle passa la carte de la cliente devant le lecteur optique, puis le livre.

– Si ce n'est pas le bon, est-ce que je peux venir l'échanger ? s'inquiéta l'abonnée.
– Évidemment que vous le pouvez.

Contente, la dame remit son fichu et cacha son trésor à l'intérieur de son imperméable. « Une autre cliente satisfaite », songea Océane en la regardant marcher vers la porte. La montre se remit à vibrer en bleu.

– Un peu de patience, les gars, j'ai presque fini, murmura la bibliothécaire en pressant une fois de plus sur le cadran.

Elle termina la vérification des ouvrages retournés par les abonnés et les rangea en vitesse sur les tablettes. Sa montre demeura inerte.

Océane verrouilla les portes de l'établissement. Son sac à main en bandoulière, elle traversa la vaste pièce et descendit au sous-sol où flottait l'odeur âcre de vieux documents. Elle vérifia que le déshumidificateur fonctionnait bien et s'immobilisa devant une étagère chargée de livres anciens. Elle appuya le cadran de sa montre sur le dos de l'un de ces ouvrages. La section glissa doucement sur le côté, révélant une porte d'acier. Au milieu, en relief, apparaissait un cercle rouge. Océane replia le poignet et y plaça le cadran de sa montre. La porte métallique s'ouvrit prestement sur une cage d'ascenseur.

Océane y entra sans la moindre appréhension. La porte se referma sèchement, et l'ascenseur décolla.

La jeune femme ne comprenait pas comment fonctionnait ce dispositif secret. Dans le long couloir qui traversait la base souterraine, il n'y avait qu'un seul accès à cet ascenseur. Tous les agents de l'ANGE disposaient d'une porte secrète pour sortir de leur lieu de travail. Pourtant, ils aboutissaient tous à cette unique ouverture. Il s'agissait probablement d'un réseau de tunnels semblable à celui d'un métro où les rames n'arrivent pas toutes en même temps, mais Océane n'en avait jamais eu la confirmation.

– Processus d'identification et de décontamination engagé, annonça une voix électronique.

Océane ne s'en inquiéta d'aucune façon, car elle était régulièrement soumise à cette vérification de routine. La cabine s'illumina en blanc, puis en bleu.

– Processus terminé.

L'ascenseur s'ouvrit sur l'interminable couloir. Océane marcha devant les nombreuses portes dont les poignées étaient munies d'une serrure à combinaison. Chacune portait un écriteau avec de grosses lettres : Études biologiques, Génie génétique, Pollution, Changements climatiques, Faux prophètes, Maladies mentales, Armements, Écoute électronique, Menaces internationales, Mondialisation, Dictatures, Virus informatiques, Phénomènes inexpliqués, Recherches extraterrestres, Corps célestes, Archéologie, Antéchrist, Visions et prophéties, Formation, Équipements, Transports, Infirmerie, Laboratoires et, finalement, Renseignements stratégiques.

Il n'y avait pas de combinaison sur cette dernière porte : elle était protégée par un œil électronique à la hauteur du poignet. Océane y appuya le cadran de sa montre, et le panneau glissa avec un chuintement.

La bibliothécaire entra dans le quartier général de la division montréalaise de l'ANGE. L'immense pièce bourdonnait d'activité. Les murs étaient tapissés d'écrans au pied desquels reposaient des consoles. On pouvait y voir les conditions climatiques de tous les coins de la province et du monde entier, des postes de télévision crachant des nouvelles sans interruption, des écrans surveillant les plus grandes artères de la ville. Une armée de techniciens portant des blouses blanches et des badges d'identification s'affairait devant tous ces appareils. La plupart portaient des écouteurs et communiquaient avec d'autres bases de l'ANGE. Au milieu s'étendait une maquette de la province parsemée de points de toutes les couleurs, représentant différents secteurs d'activités.

Cédric Orléans émergea de cet océan de spécialistes. Seules ses pattes-d'oie trahissaient sa cinquantaine avancée. Il était svelte, visiblement en forme et, surtout, bien habillé. Ses cheveux noirs grisonnaient sur ses tempes, lui donnant un air de sagesse. Cédric dirigeait la division de Montréal depuis près de quinze ans déjà.

– Bonsoir, Océane, la salua-t-il sur ce ton doucereux qu'elle reconnut aussitôt.

– Bonsoir, Cédric. Un code bleu, c'est inhabituel. En fait, je ne me souviens pas d'en avoir vu un depuis que je travaille pour l'ANGE.

– Suis-moi, se contenta-t-il de répondre.

La jeune femme lui emboîta le pas en tentant de se rappeler à quoi pouvait bien servir ce code. Cédric devina ses pensées.

– Je l'utilise quand j'ai besoin d'un service personnel, dit-il sans se retourner.

– Un service personnel ? répéta Océane, incrédule.

Une porte métallique glissa devant Cédric. Il entra dans la pièce en silence, puis longea un mur tapissé de tablettes où s'alignaient de gros cartables numérotés, pour finalement s'arrêter derrière son imposant bureau en acajou.

La porte se referma derrière Océane. Elle s'apprêtait à questionner son chef lorsqu'elle vit une jeune femme blonde assise dans l'un des fauteuils que Cédric réservait à ses invités.

– Océane Chevalier, je te présente Cindy Bloom, annonça ce dernier.

– Enchantée, fit Océane en serrant la main de l'inconnue.

– Mais tout le plaisir est pour moi, assura Cindy avec un large sourire.

« La fraîcheur de la jeunesse », ne put s'empêcher de penser Océane en examinant son visage parfait.

– Cindy vient de terminer son entraînement à Alert Bay, et Kevin Lucas nous a demandé de l'accueillir, expliqua Cédric. À mon avis, tu es l'agente toute désignée pour l'aider à faire ses premiers pas.

Océane n'était certainement pas d'accord avec lui, mais ce n'était pas le moment de le lui faire savoir.

– En conséquence, j'ai décidé de vous assigner toutes les deux aux Faux prophètes pour les trois prochains mois.

– Mais je croyais que...

Le reste de la phrase s'étouffa dans la gorge d'Océane. Le regard froid de son chef venait de lui rappeler que c'était lui qui prenait les décisions sur cette base.

Cindy ne sembla pas remarquer ce dialogue silencieux. Elle était trop impressionnée de se trouver en présence de véritables agents de l'ANGE après en avoir entendu parler pendant plus d'un an par ses professeurs.

– Il s'agit d'un secteur où Cindy aura la possibilité d'apprendre à travailler sur le terrain en toute sécurité, ajouta Cédric.

– C'est un secteur tranquille, ça, c'est certain, soupira Océane, profondément déçue.

– Je peux donc compter sur toi pour lui montrer tout ce qu'elle doit savoir ?

– Évidemment.
– Monsieur Orléans, vous avez une communication urgente de monsieur Korsakoff, les informa une voix électronique.
– Je la prends dans un petit instant, répondit Cédric.
D'une façon élégante, il indiqua la porte à ses deux agentes.
– Mesdemoiselles…
– Oui, bien sûr, comprit Cindy en se levant promptement.

Océane brûlait d'envie de dire à Cédric ce qu'elle pensait de cette mission, mais elle ravala ses commentaires.

La porte glissa, et elle suivit plutôt Cindy à l'extérieur. L'aînée lui fit signe de l'accompagner dans le long couloir de l'Agence.

– Je ne veux surtout pas être un fardeau, s'empressa de souligner Cindy.
– T'en fais pas, la rassura Océane en s'efforçant de sourire. Ce n'est pas la première fois qu'on me demande de m'occuper d'une recrue. Au moins, cette fois-ci, c'est une femme.
– Vous avez déjà été assignée aux Faux prophètes, n'est-ce pas ?
– Tout le monde passe par là. Et cesse de me vouvoyer.

Elles s'arrêtèrent devant la porte Formation. Océane composa le code sur le clavier de la poignée. La porte glissa avec un chuintement et les deux femmes entrèrent dans la vaste salle. Il y avait là aussi des écrans sur les murs, mais seulement quelques ordinateurs réservés à un usage particulier. Des tables étaient disposées de façon parallèle au centre de la pièce.

Cindy aperçut les machines distributrices et les grands sofas qui les flanquaient. Océane l'emmena s'asseoir à l'une des tables.

– Ça fait longtemps que je suis sortie d'Alert Bay, mais j'imagine qu'on y enseigne toujours les mêmes choses, ce qui revient à dire qu'ils ne vous préparent pas du tout pour le terrain, déplora Océane.
– J'ai suivi des cours de science, de décryptage, de politique, d'informatique et de maniement des armes, mais rien qui parlait de faux prophètes.

Cindy portait ses cheveux blond miel un peu plus bas que l'épaule. Ses grands yeux bleus respiraient l'innocence.

– Disons qu'ils sont les premiers parasites sur une longue échelle qui mène aux dictateurs, expliqua Océane.
– Est-ce qu'on doit les arrêter ?
– Pas du tout, affirma la doyenne. Non seulement les agents de l'ANGE n'ont pas ce pouvoir, mais les dirigeants exigent que notre intervention demeure très discrète. Donc, dès que nos informateurs flairent une piste, ils nous transmettent les renseignements et nous faisons une petite enquête avant de dénoncer ces marchands de rêves. Est-ce que tu as appris nos codes, au moins ?
– Vert, c'est une réunion urgente. Jaune, c'est une mission. Violet, c'est le temps de disparaître pendant quelques jours et le rouge indique une urgence.
– Et bleu, c'est un service personnel, ajouta Océane avec amertume.
– Un quoi ?

L'étonnement sur le visage d'enfant de la nouvelle agente fit presque rire Océane.

– C'est la toute dernière invention de Cédric, l'éclaira-t-elle.
– Il semble être un bon chef de division.
– Est-ce que tu en connais beaucoup d'autres ?

Cindy baissa timidement le regard car, évidemment, elle n'avait jamais servi l'Agence de façon active.

– Moi non plus, la rassura Océane. Je suis avec la division du Québec depuis le début.
– Ça fait longtemps ?
– Assez longtemps pour être en mesure de lire entre les lignes. Il est tard. Que dirais-tu de poursuivre cette conversation demain à la même heure dans la salle des Faux prophètes ?
– C'est toi qui décides.
– Pour l'instant, mais il va falloir que tu apprennes très vite à fonctionner seule. Les agents de l'ANGE travaillent rarement en équipe… du moins dans cette province où il ne se passe pas grand-chose.
– Merci, Océane.
Cette dernière lui adressa un clin d'œil amical et la ramena à l'ascenseur.

...002

Il était tard lorsque Océane regagna finalement son deux-pièces dans un quartier plutôt tranquille de Montréal. C'était un tout petit appartement, mais puisqu'elle ne possédait presque rien, il lui convenait parfaitement.

Elle donna de la lumière et referma la porte. Le courrier était dispersé sur le plancher. Elle ramassa les enveloppes et les regarda une à une en marchant vers le guéridon où reposait le téléphone. Machinalement, elle appuya sur la touche du répondeur en se laissant tomber dans le fauteuil.

– Bonsoir, mon petit cœur, fit une voix familière. C'est ta tante Andromède.

– Pas difficile à deviner, s'amusa Océane. Il n'y a que toi qui m'appelles ainsi.

– Samedi, j'organise un petit dîner chez moi, dans la banlieue, au milieu des arbres, loin de la ville et du smog. J'ai déjà invité ta grand-mère et ta sœur. Le samedi soir, tu ne travailles pas, n'est-ce pas, chérie ? Donne-moi un coup de fil et dis-moi que tu acceptes. Tu sais bien que tu peux m'appeler à n'importe quelle heure. Je t'aime.

Le répondeur annonça qu'il passait au message suivant par un bip sonore.

– Salut, O, c'est ta petite sœur. Je viens de recevoir une invitation de tante Andromède. Est-ce que tu y vas ? Rappelle-moi.

Le répondeur délivra le dernier message.

– Bonsoir, Océane, fit la voix de sa grand-mère. Tu dois déjà savoir pourquoi je t'appelle. Ce que j'aimerais, en fait, c'est que tu parles à ta tante pour être bien certaine qu'elle ne prépare pas des mets trop exotiques, genre serpent farci et sauterelles au beurre, comme la dernière fois. Dis-lui que nous n'irons dîner chez elle que si elle commande de la nourriture normale chez un bon traiteur. Je serai probablement couchée à l'heure où tu prendras ce message, alors on se reparlera demain.

– Oui, grand-maman.

Le vieux répondeur se remit en veille dans une série de clics et de grincements lugubres.

« Mais c'était pas mal du tout, le serpent, se dit Océane. Bon, je vais rappeler ma tante extraterrestre après avoir pris une bonne douche. »

Océane n'eut pas le temps de faire deux pas que sa montre se mit à vibrer. Elle retroussa sa manche et aperçut un clignotement orange.

« Oups… j'ai oublié de lui parler du code orange. »

Elle sortit des écouteurs de son sac à main, puis ajusta les oreillettes. Elle brancha la montre et approcha le petit micro de ses lèvres.

– OC neuf, quarante, prononça-t-elle distinctement.

– Océane, c'est Cédric. Je sais que tu es fâchée contre moi.

– Je ne suis pas fâchée, je suis déçue. J'ai gravi plusieurs échelons ces dernières années et je croyais que je serais enfin mutée à l'internationale. J'ai fait tout ce que vous m'avez demandé. Je n'ai pas de copain, pas de travail qui m'empêcherait de boucler ma valise et de partir au premier avis. Je…

– Je sais, et je te revaudrai ça dès que tu auras formé Cindy, la coupa-t-il. Je ne pouvais pas te le dire tout à l'heure, mais c'est elle qui te remplacera dans le secteur.

– Sérieux ?

– Très sérieux. La division nord-américaine avait des choses intéressantes à nous dire au sujet des plus récentes activités de l'Alliance. Elle a plus que jamais besoin de nos meilleurs agents pour éviter que ces bandits ne menacent une autre fois l'équilibre de la planète.

– Je peux partir quand tu veux.

– J'apprécie beaucoup ta disponibilité. Mais j'ai besoin qu'un autre agent puisse prendre ta place. Yannick et Vincent en ont déjà plein les bras dans leurs propres secteurs.

– Tu as raison, concéda Océane. Je vais faire de mon mieux pour que Cindy apprenne tout ce que je sais le plus rapidement possible.

– N'hésite pas à faire appel à moi s'il y a quelque problème que ce soit. Alert Bay a ses lacunes.

– Promis. Merci d'avoir appelé, Cédric.

– Je ne voulais pas que tu penses que je t'empêche de progresser. Cette décision ne vient pas de moi, mais de Kevin et peut-être même de Michael. Merci de le comprendre, Océane. À bientôt.

Cédric mit fin à la communication. Océane débrancha en pensant à la hiérarchie plutôt rigide de l'Agence. Kevin Lucas dirigeait le Canada, mais Michael Korsakoff tenait les guides de toute l'Amérique du Nord.

Elle remit les écouteurs dans son sac à main et décida qu'il était temps de laver tous ses soucis sous l'eau chaude de la douche.

Au même moment, Cindy Bloom entrait dans son nouvel appartement, un petit deux-pièces complètement encombré de cartons de déménagement. Elle jeta son sac à dos sur le sofa du salon et s'empressa de déchirer le papier bulle qui protégeait son téléviseur. Elle le brancha, puis se mit à fouiller dans la boîte étiquetée « Appareils électroniques » afin de trouver la télécommande. Elle plongea les mains jusqu'au fond et en retira enfin ce qu'elle cherchait.

Une sonnerie fit sursauter la jeune femme. Le téléphone ne se trouvait pas sur sa base. Cindy fouilla dans la boîte et s'empara du combiné. Heureusement, il ne s'était pas déchargé durant le déménagement.

– Allô ! répondit-elle en calmant les palpitations de son cœur.

– Cindy, c'est maman. Est-ce que ça va ?

– Oui, maman, tout est absolument parfait.

Pourtant, c'était la pagaille dans l'appartement, mais Cindy connaissait suffisamment sa mère pour savoir qu'il était périlleux de lui avouer la vérité.

– J'ai tenté de t'appeler toute la soirée, geignit madame Bloom. Est-ce qu'ils t'ont fait travailler aussi tard la première journée ?

Les agents de l'ANGE ne pouvaient pas révéler à leur famille la nature de leur véritable job. En conséquence, la mère de Cindy la croyait préposée dans une petite compagnie aérienne à l'aéroport de Montréal.

– Non, la rassura sa fille. Je suis allée dîner au restaurant parce que je n'ai pas encore fait les courses.

– Veux-tu que je descende d'Ottawa avec ton père pour te donner un coup de main ?

– Ce n'est pas nécessaire. Je travaille demain, mais j'ai pris le week-end. Ça me donnera le temps de m'installer.

– Ton frère vit tout près. Il pourrait aller passer quelques jours avec toi.

– David en a par-dessus la tête avec ses études. Je ne veux pas que tu le déranges, d'accord ? Et puis, je préfère ranger mes affaires moi-même. Comme ça, je sais où elles sont. Tu es bien gentille de t'inquiéter pour moi, mais je me débrouille très bien, je t'assure.

– Tu me promets de nous appeler si tu n'y arrives pas ?

– Je te le promets. Il est tard, va te coucher. Je t'aime, maman.

– Ton père et moi t'embrassons.

Cindy raccrocha, découragée à l'idée que sa famille décide un jour de camper chez elle, car elle ne savait jamais quand elle serait appelée en mission. Elle appuya sur la touche de la télécommande. L'écran du téléviseur s'illumina et les haut-parleurs crépitèrent à plein volume.

– Merde ! s'écria Cindy en cherchant désespérément la touche pour réduire le son. Elle venait tout juste d'arriver dans cet immeuble. Ce n'était pas le moment de se faire des ennemis !

Après avoir branché le câble, elle écouta les nouvelles, puis se brossa les dents. Elle retira ses draps roses d'un des cartons et fit son lit. Le matin même, elle se trouvait encore à l'autre bout du pays, à écouter les dernières recommandations de son professeur préféré.

– Je fais enfin partie de l'ANGE, murmura-t-elle en fermant les yeux.

Aux premières lueurs de l'aube, ce ne fut pas son réveil qui la tira du sommeil, mais la vibration de sa montre sur son poignet.

Cindy s'assit brusquement dans son lit, les yeux encore emplis de sommeil. Les chiffres du cadran de sa montre clignotaient en jaune.

– Jaune... jaune... une mission ! se rappela-t-elle.

Elle sauta du lit et fouilla dans son sac à dos. Elle s'empara de ses écouteurs. Une fois la montre branchée, elle prit son air le plus sérieux, comme si tout Hollywood l'observait.

— Ici CB trois, seize.

— CE SOIR, À VINGT HEURES, 3003, RUE DES MAGNIFIQUES, VARENNES, débita une voix électronique. UTILISEZ LES TRANSPORTS FOURNIS. RENDEZ-VOUS À LA BASE À DIX-HUIT HEURES TRENTE.

La montre arrêta de clignoter. Le cœur battant la chamade, Cindy la débrancha.

— C'est tout de suite après le travail ! *Yes !*

Enchantée d'être appelée aussi rapidement à servir l'Agence, elle fut incapable de se rendormir. Elle se dirigea plutôt vers la salle de bains pour se préparer à sa première journée de travail.

...003

Cindy Bloom s'admira une dernière fois dans la glace de la petite salle des employés de l'aéroport, puis se rendit au comptoir d'Air Éole. Son costume bleu foncé plutôt moulant lui allait à merveille. Elle aurait préféré qu'il soit rose tendre ou saumon, mais elle n'était pas le patron de la compagnie aérienne.

Une autre employée se plaça près d'elle pour l'aider. Pourtant, la recrue se débrouillait fort bien depuis son arrivée. Lorsque le dernier client de sa journée de travail lui remit son billet d'avion, Cindy s'aperçut qu'elle était à son poste depuis de nombreuses heures. « Je ne suis même pas fatiguée », constata-t-elle avec enthousiasme.

– J'ai également besoin de votre passeport, monsieur Corby, dit-elle en adoptant un air sérieux.

L'homme d'une cinquantaine d'années le lui remit avec un sourire, car Cindy était une belle jeune fille, même si elle s'entêtait à dire le contraire. Elle vérifia les renseignements à l'aide d'un petit écran d'ordinateur, puis remit les papiers au voyageur.

– Nous vous souhaitons un bon séjour sur le site archéologique de Troie, monsieur Corby.

L'employée qui la surveillait la félicita pour son zèle professionnel et lui souhaita une bonne soirée. « Je n'ai même pas commencé à travailler », songea Cindy, amusée.

Elle enfila son sac à dos et quitta le comptoir. Elle emprunta d'innombrables couloirs jusqu'à ce qu'elle en atteigne un qui semblait ne mener nulle part.

Cindy s'immobilisa devant un placard et vérifia qu'elle était bien seule dans le corridor. Rassurée, elle ouvrit la porte et s'enferma dans l'espace réduit. Elle sortit une petite lampe de poche de son sac à dos et illumina l'intérieur du placard. Sur le mur du fond saillait un petit cercle doré. Elle y appuya le cadran de sa montre et le panneau glissa, révélant une autre porte métallique. Elle répéta la même opération sur un deuxième cercle, rouge celui-là. La porte de l'ascenseur s'ouvrit.

Une fois le processus d'identification et de décontamination terminé, la jeune femme sortit de l'ascenseur, fière de s'engager toute seule dans le long couloir de l'ANGE. Elle s'arrêta devant la porte Équipements et composa le code. La porte s'ouvrit.

La recrue pénétra dans la première pièce, dont deux murs étaient tapissés de casiers. Elle choisit le numéro 30 et entra son code personnel. Elle retira des vêtements décontractés de son sac à dos pour les déposer dans le compartiment. Elle enleva ensuite son uniforme d'Air Éole et enfila un pantalon noir et un chandail rose.

En boutonnant la veste de cuir fournie par l'Agence, elle jeta un coup d'œil intéressé à la porte du fond. Les armes se trouvaient dans cette pièce. Cindy se demanda si un jour elle aurait à y entrer.

Elle quitta la section Équipements et se rendit à la porte Transports. Elle se pressa dans le tunnel et aboutit dans le garage souterrain de l'ANGE où on gardait toutes sortes de véhicules. Océane l'attendait, appuyée contre l'aile d'une berline grise.

– Ça fait longtemps que tu m'attends ? s'inquiéta Cindy.

– Quelques minutes seulement, mais il n'y a rien qui presse. Ce faux prophète n'ouvre les portes de son paradis aux pauvres âmes qu'à vingt heures.

Les deux femmes entrèrent dans la voiture, Océane prenant le volant.

– Est-ce que tu as mangé ? voulut-elle savoir.
– Non. Je suis venue directement du travail.
– Alors, on va commencer par prendre des forces.

Océane savait exactement ce qu'elle faisait. Le mur du fond du garage comportait plusieurs ouvertures. Elle choisit celle de droite, sans la moindre hésitation. La berline s'engagea dans un long tunnel qui débouchait dans le parking souterrain d'un immeuble de bureaux de Montréal. Océane immobilisa le véhicule et attendit que le clignotant du mur de béton amovible indique que la voie était libre sur cet étage. Les usagers de l'endroit ne devaient surtout pas connaître l'existence de cette entrée secrète.

Tous les véhicules de l'ANGE étaient équipés de décodeurs qui leur permettaient d'accéder à n'importe quel parking de Montréal sans carte magnétique d'abonnés. La barrière se leva donc à l'approche de la berline, sans que sa conductrice ait à s'arrêter au poste de péage automatique.

Les agentes roulèrent quelques minutes dans le centre-ville, puis traversèrent le pont Champlain. Rien ne pressait. D'ailleurs, complètement détendue, Océane chantait à tue-tête l'air qui passait à la radio. Cindy ne put s'empêcher de rire en pensant aux préposés à l'écoute électronique de la base qui avaient dû baisser en vitesse le volume de leurs écouteurs.

La berline prit finalement la route 132. Cindy commença à se détendre, car sa compagne conduisait de façon sûre, malgré les grands gestes qui accompagnaient sa prestation vocale.

– Est-ce qu'on vous a parlé des règles qui régissent les conversations à l'extérieur de l'Agence ? demanda soudain Océane.

– Nos professeurs nous ont dit de ne jamais parler de nos dossiers en public.

– C'est impératif. Un de nos agents a été assassiné il y a quelques années après avoir dit à un ami dans un bar ce qu'il savait sur les aspirations d'un politicien. On se doute bien que c'est l'Alliance qui l'a liquidé, mais on n'en a jamais eu la preuve.

– Travaillait-il aux Faux prophètes ? s'inquiéta Cindy.

– Non. Il était quelques crans au-dessus de nous, dans les dossiers de l'Antéchrist, je crois. Surtout, ne t'énerve pas. Notre section, c'est la maternelle de l'Agence.

– J'aimerais en effet acquérir un peu d'expérience avant qu'on me confie des dossiers aussi importants.

– Ça va de soi. Si tu as des questions au sujet de l'Agence, c'est le moment de me les poser. Les véhicules de l'ANGE sont tout à fait sécurisés, comme nos casques de communication, d'ailleurs.

Cindy fronça les sourcils.

– OK... Dans quelle division travaillais-tu avant mon arrivée ?

– Aux Corps célestes, répondit Océane avec un sourire évocateur. Je ne sais pas si on vous en a parlé à Alert Bay, mais nous sommes reliés à tous les postes d'astronomes amateurs du monde. Nous recueillons instantanément leurs données. Puisque notre équipement est plus perfectionné que celui des meilleurs observatoires américains, nous effectuons nos propres analyses.

– Pour trouver de la vie dans l'espace ?

– Non. Ce genre de recherches appartient à une autre section de l'agence. Les Corps célestes surveillent les astéroïdes et les autres projectiles qui pourraient entrer en collision avec la Terre et anéantir la race humaine.

– Avons-nous aussi les moyens de les neutraliser ? s'alarma Cindy.

– Pas au Québec, mais l'Agence nord-américaine possède des missiles qui pourraient les faire éclater en morceaux.

– Tu les as vus ?

– Non. Je ne suis encore qu'une agente provinciale. Mais qui sait ? Peut-être qu'un jour...

Les étoiles dans les yeux d'Océane firent comprendre à la recrue qu'elle avait envie de missions plus ambitieuses.

– As-tu aimé ton séjour aux Corps célestes, au moins ? poursuivit Cindy, curieuse.

– C'était instructif et sans danger. J'ai passé des heures à questionner un ordinateur qui m'assurait que la circulation cosmique se portait bien. Le reste du temps, je lisais des bouquins d'astronomie et de physique, et je prenais connaissance des relevés quotidiens. Tu vas t'apercevoir assez vite que l'Agence est une sorte d'université secrète. On n'arrête jamais d'apprendre des trucs fascinants.

– J'ai cru remarquer que monsieur Orléans est en effet un homme très cultivé.

– Cédric... c'est une autre histoire, répondit Océane en riant.

Elle emprunta une sortie sur la 132 et immobilisa la berline dans le parking d'un petit restaurant, à l'entrée de Varennes. Les deux femmes choisirent un coin isolé et mangèrent en bavardant de sujets plus personnels.

– Où habitais-tu avant d'aller à « l'école » ? s'enquit Océane.

– À Ottawa.

– Tu as de la famille ?

– Mes père et mère, qui sont commerçants, et un frère, qui étudie la médecine. Et toi ?

– Mes parents sont morts dans un attentat terroriste au Moyen-Orient. C'était le rêve de leur vie de visiter tous ces vieux endroits dont on parle dans la Bible, mais ils ne sont pas allés bien loin.

— Ils ont été...

Cindy arrêta de manger, la gorge serrée. Elle n'avait jamais pensé que l'Alliance puisse s'en prendre à sa famille.

— Ce n'est pas ce que tu penses, la rassura Océane. Ils étaient au mauvais endroit, au mauvais moment, c'est tout. J'ai aussi une petite sœur enseignante, une grand-mère sur-protectrice, une tante excentrique, un beau-frère sportif et un adorable neveu de trois ans. Justement, si tu n'as rien à faire samedi, ma tante Andromède nous invite à dîner sur sa planète.

— C'est son vrai nom ?

— Non. Elle s'appelle Ginette, mais elle trouvait que ça ne lui allait pas assez bien.

— Je crois que ça me plairait de manger de la cuisine maison, pour changer.

Océane s'esclaffa en pensant aux petits canapés de serpent et aux sauterelles frites que la tante en question leur avait servis un mois plus tôt.

— Qu'est-ce que j'ai dit ? s'étonna Cindy.

— Ma tante ne sait même pas à quoi ressemble de la cuisine maison, expliqua Océane en essuyant ses larmes de joie.

Cindy était plutôt déconcertée, mais elle n'osa pas faire de commentaire.

— Allez, finis ton assiette. On va être en retard.

La recrue obtempéra volontiers. Elle aimait bien le caractère enjoué de l'aînée et le sourire moqueur qu'elle n'arrivait pas à faire disparaître de ses lèvres. En fait, Océane ne correspondait pas du tout à l'image qu'elle s'était faite d'une agente de l'ANGE. Tous les professeurs qu'elle avait eus à Alert Bay étaient surtout des femmes austères qui ressemblaient davantage à des robots qu'à des êtres humains.

Océane et Cindy remontèrent dans la berline quelques minutes plus tard et roulèrent sur l'ancienne route en bordure du fleuve. Elles trouvèrent facilement le manoir où le gourou se donnait en spectacle. C'était un nouveau quartier de maisons toutes neuves et de maigres arbres qui n'avaient pas deux ans. La rue était bondée.

– Les voisins doivent aimer ça, se moqua Océane en trouvant très loin de la maison une petite place pour garer la berline.

Les agentes durent marcher plusieurs minutes avant d'atteindre l'imposante demeure dont la façade était éclairée par une multitude de projecteurs. C'était le premier indice montrant que ce prétendu prophète avait soif d'attention. D'autres femmes se dirigeaient elles aussi vers la porte d'entrée. Sans frapper, elles entrèrent dans le vestibule. Les agentes les suivirent en s'efforçant de demeurer naturelles. Une adolescente vêtue de blanc les accueillit. Elle ressemblait à un ange avec ses longs cheveux bouclés et ses yeux de biche.

– Bonsoir, je suis Naomi, annonça-t-elle avec un radieux sourire. La rencontre a lieu dans le sous-sol. Je peux prendre vos vestes, si vous le désirez.

– C'est gentil, mais nous sommes frileuses toutes les deux, résista Océane. En réalité, les agentes ne pouvaient se priver de ces vêtements munis de caméras et de micros.

Naomi leur indiqua l'escalier. Les agentes s'y engagèrent prudemment, car l'Alliance avait des yeux et des oreilles partout. Elles arrivèrent devant une femme assise à une petite table, à l'entrée de la vaste pièce. Des feuilles de papier ligné étaient posées devant elle ainsi qu'un grand vase de cristal rempli de billets de vingt dollars.

– Je ne vous ai jamais vues ici auparavant, nota la dame sans méchanceté. C'est la première fois que vous assistez aux enseignements d'Éros ?

— Oui, répondit Océane en feignant d'être excitée. Nous en avons entendu parler par une amie.

— Vous ne serez pas déçues.

— Y a-t-il des frais pour la conférence ? voulut savoir Cindy en pointant son index vers le récipient presque plein.

— Nous demandons seulement un don pour les pauvres de notre communauté.

Océane fouilla dans son porte-monnaie et laissa tomber quarante dollars dans le vase, même si elle soupçonnait une escroquerie. Elle détacha ensuite le premier bouton de sa veste, mettant en marche une minuscule caméra, sachant très bien que les techniciens de la base enregistreraient automatiquement ce qu'elle voyait et ce qu'elle entendait.

— Ensuite, vous devez inscrire vos coordonnées pour que je puisse communiquer avec vous en cas d'annulation des enseignements ou de changement de salle, ajouta la dame.

— Il y en a souvent ? s'enquit Océane en se penchant sur la feuille de façon à donner le meilleur angle possible à la caméra.

— Tout le monde peut recevoir le maître chez lui, évidemment.

Océane écrivit « Marie Julien » ainsi qu'une fausse adresse, tandis que Cindy s'employait à mémoriser tout ce qui les entourait. Océane lui remit le stylo, et Cindy inscrivit elle aussi des renseignements factices. La dame jeta ensuite un coup d'œil à la fiche.

— Marie et Hélène. Bienvenue chez vous.

Océane la remercia et précéda Cindy dans la salle. Les agentes haussèrent un sourcil en découvrant un véritable temple grec dans le sous-sol de la maison. Tout y était blanc : les colonnes, les voiles transparents sur les murs, les statues et même les sièges. Océane et Cindy échangèrent un regard amusé en y prenant place. Elles remarquèrent tout de suite que les trois quarts des participants étaient des femmes.

– Éros? murmura Cindy à l'oreille de sa collègue.
– Ça promet, répliqua cette dernière, c'était le dieu grec de l'amour!

Océane tourna lentement sur elle-même en saluant ses voisines, permettant ainsi à la caméra de capter les visages de tous les participants. En recevant ces images, les spécialistes de l'Agence pourraient commencer à tous les identifier.

Un coup de gong fit sursauter Cindy. Le silence tomba sur la petite assemblée. Une douce musique exotique envahit la pièce. Éros descendit majestueusement l'escalier, vêtu d'une longue toge blanche. C'était un homme d'une quarantaine d'années, aux tempes grises et aux yeux perçants. « Un autre illuminé ou un agent du Mal? » se demanda Océane en l'observant attentivement.

Éros s'immobilisa devant ses ouailles et promena un regard tranquille sur chacune d'entre elles. « Non… un acteur qui n'a jamais réussi à décrocher un rôle », se ravisa Océane en étudiant les traits de son visage.

– Mes sœurs, mes frères, je vous souhaite la bienvenue dans cette humble demeure, commença-t-il en appuyant sur chaque syllabe.

« Il a une voix trop étudiée pour être un imbécile », déduisit Océane.

– Je vois de nouveaux visages ce soir. Pour celles et ceux qui ne me connaissent pas, je suis Éros, l'unique représentant de Kyriotétès en Amérique.

Océane haussa les deux sourcils, mais ne chercha pas à rectifier cette affirmation devant tout le monde. Elle avait bien hâte d'entendre la suite des fabulations du gourou.

Éros prit un air de tristesse outré, comme un tragédien sur le point de déclamer un passage douloureux.

– Il se passe des choses très graves dans le monde, lâcha-t-il en écarquillant les yeux de terreur. La lumière qui devrait tous nous unir est de plus en plus assombrie par l'égrégore du Mal. Les anges réincarnés veillent sur nous, mais nous ne sommes qu'une poignée de valeureux soldats de la lumière. Nous aimerions réunir chaque semaine suffisamment d'hommes et de femmes pour remplir d'immenses auditoriums, mais nous deviendrions aussitôt la cible du Mal.

À la base de Montréal, le technicien qui avait capté la transmission d'Océane avait tout de suite averti Cédric, comme l'exigeait la procédure. Ce dernier se posta derrière l'homme en blouse blanche pour observer l'écran en même temps que lui. Il ne vit aucun nom familier sur la feuille d'inscriptions, aucun visage connu parmi l'assemblée. L'entrée théâtrale et le discours du faux prophète le firent sourire, en revanche.

– Voulez-vous que je fasse effectuer une recherche sur le Kyriotétès ? s'enquit le technicien.

– Ce ne sera pas nécessaire, répondit Cédric. Il ne peut pas en faire partie, puisque c'est une hiérarchie solaire d'esprits invisibles.

– Alors, on peut le mettre tout de suite sur la liste noire ?

– Sans aucune hésitation. Trouvez-moi le véritable nom de ce charlatan, je vous prie.

Éros se mit à marcher très lentement devant ses fidèles, suivant le rythme de la musique métallique que diffusaient les haut-parleurs, placés de façon stratégique dans cette reproduction miniature d'une agora de l'Antiquité. « Tout est pensé », conclut Océane.

– Vous faites partie de ceux qui survivront à la terrible guerre mondiale qui se prépare ! lâcha Éros. Les forces célestes vous ont choisis pour guider les survivants !

Maintenant convaincue que cet homme exploitait tous ces braves gens, Océane cessa de l'écouter et observa plutôt ses victimes. Il s'agissait surtout de pauvres diables à la recherche d'un nouveau système de valeurs. Tous sauf un...

Un homme offrait un contraste saisissant avec le reste de l'assemblée. Il avait la trentaine, étranger, probablement d'origine proche-orientale. Il portait une tenue sombre très démodée. Océane n'était pas une experte en matière vestimentaire, mais elle se souvenait avoir vu ses oncles habillés comme lui sur de vieilles photos en noir et blanc.

Le visage de cet inconnu était d'une grande beauté, ciselé comme celui d'une statue grecque. « Il devrait être tout blanc comme le reste et juché sur un piédestal », ne put s'empêcher de penser Océane. Ses cheveux noirs retombaient sur ses épaules en grosses boucles souples et sa peau était olivâtre. « C'est peut-être un chanteur rock qui se cherche une religion... », s'amusa-t-elle.

– Pour préparer le début des temps nouveaux, j'organise des retraites à la campagne, annonça Éros.

Océane se tourna vers Cindy et s'étonna de la voir boire les paroles de l'imposteur.

– Ceux d'entre vous qui y ont participé connaissent l'importance de ces quelques jours de recueillement pendant lesquels nous augmentons les vibrations de notre corps physique pour le rendre intouchable. J'aimerais que les nouveaux, qui sont ici ce soir, viennent s'inscrire à cette activité à la fin de la soirée. Bien, entrons dans le vif du sujet. Ce soir, nous allons parler de nos guides...

...004

Cédric Orléans avait attentivement suivi le discours du dénommé Éros. Il en avait entendu bien d'autres durant sa longue carrière de protecteur de la planète, mais ce charlatan était doué. Il appuyait chacune de ses phrases par des expressions tantôt dramatiques, tantôt badines. Cédric ne reconnaissait pas son visage, mais ses yeux lui étaient étrangement familiers...

Le chef montréalais était profondément perdu dans ses pensées lorsqu'une technicienne déposa dans ses mains un rapport compilé par l'ordinateur. Il baissa aussitôt les yeux et en parcourut les premières lignes. L'intuition d'Océane ne lui avait pas fait défaut : cet Éros avait un long passé d'escroqueries du même genre. Il valait mieux consulter le niveau supérieur de l'Agence.

Cédric retourna dans son bureau. La porte glissa derrière lui. Il déposa l'imprimé sur sa table de travail et pressa une touche de l'ordinateur intégré à sa surface.

– Bonsoir, monsieur Orléans. À qui désirez-vous parler ?
– À Kevin Lucas. Priorité trois.
– Un moment, je vous prie.

Un énorme écran s'anima sur le mur opposé. Le logo de l'ANGE y apparut. Il s'agissait d'une éclipse solaire au centre de laquelle se détachait l'acronyme en lettres de métal doré.

Cédric s'enfonça dans son fauteuil et joignit ses doigts en attendant que la communication soit établie. Finalement, le visage jovial de Kevin Lucas se substitua au logo étincelant. Kevin avait un visage rond et de grands yeux bleus d'enfant. Ses cheveux blonds ondulaient sur son crâne, bien qu'ils fussent très courts.

Les deux hommes avaient le même âge. En fait, ils avaient été entraînés en même temps à Alert Bay. En tête de toutes leurs classes, leurs professeurs les avaient souvent opposés l'un à l'autre. Kevin possédait un fort esprit de compétition, pas Cédric. Ce dernier avait toujours été un loup solitaire. Il n'avait jamais eu d'épouse, ni de petite amie. L'ANGE était sa seule raison de vivre.

– Bonsoir, Cédric, le salua Kevin, avec un accent anglais marqué. Que puis-je faire pour toi ?

– Je te fais parvenir des renseignements sur un faux prophète. J'aimerais savoir si tu en as déjà entendu parler.

Cédric plaça l'imprimé sur un carré vitré sur le bureau, puis pressa une touche de l'ordinateur. Kevin baissa les yeux vers son propre écran où il recevait déjà le texte.

– Je sais qui il est, affirma-t-il après avoir lu quelques phrases. Il a commis d'innombrables fraudes de Vancouver à Montréal, mais la police semble incapable de lui mettre la main au collet.

– Ce type de gourou sait malheureusement comment se cacher au milieu de son troupeau, soupira Cédric.

– Tu sais où il est ?

– Deux de mes agents le surveillent tandis qu'il effraie d'autres innocents. Veux-tu que je m'en occupe ?

– Non. Je pense que la Gendarmerie royale du Canada sera bien contente d'apprendre où il se trouve. Envoie-moi les coordonnées.

Cédric les pianota agilement sur son clavier.

– C'est fait, confirma-t-il. Attends tout de même que mes agentes aient quitté la maison, d'accord ?

– Bien entendu. Merci d'avoir appelé, Cédric.
– Tout le plaisir était pour moi. À la prochaine, Kevin.
Ce dernier le salua d'un léger mouvement de la tête, puis le logo réapparut sur l'écran. Cédric disposait d'effectifs suffisants pour surveiller le charlatan. Il connaissait aussi des officiers haut placés de la Sûreté du Québec qui se seraient fait un plaisir d'effectuer cette descente. Mais Kevin dirigeait tout le Canada. Il avait donc la préséance sur lui.

Après avoir débité à son public ce qu'il avait lu dans un livre à la couverture ancienne qu'il tenait dans les mains, Éros offrit son sourire le plus irrésistible aux fidèles pendus à ses lèvres.

– Assez parlé du monde spirituel, décida-t-il. Prenons une pause avant de nous lancer dans la vraie vie de Jésus.

Les participants semblèrent revenir d'une transe, même Cindy. Ils se levèrent pour se dégourdir les jambes et bavarder avec leurs voisins. Naomi et la dame de l'accueil apportèrent des plateaux chargés de petites bouchées et les déposèrent sur la table de l'entrée.

Toujours intriguée par le bel étranger assis au fond de la salle, Océane se fraya un chemin dans cette marée humaine.

– Vous pouvez manger ici, mais vous devez aller fumer dehors, les informa Éros en plongeant les mains dans les victuailles.

Pendant que certains des invités convergeaient vers la nourriture et que d'autres grimpaient l'escalier, Éros s'approcha de Cindy. Il avait tout de suite remarqué son joli visage dans l'assemblée.

– Bonjour, belle enfant, l'accosta-t-il. Je ne te connais pas.

– Je m'appelle Hélène. C'est la première fois que j'assiste à vos enseignements.

– Il n'y a rien que j'aime autant qu'une belle âme en quête de lumière. Il faut que tu t'inscrives à la retraite. C'est essentiel si tu veux survivre aux catastrophes qui sont sur le point de s'abattre sur nous. Laisse-moi devenir ton guide et ton protecteur.

– C'est très aimable de votre part.

En s'efforçant de sourire, Cindy chercha Océane du regard. « Elle saurait comment le remettre à sa place », songea la recrue. Mais sa collègue avait d'autres plans. Elle voulait retrouver l'homme aux boucles noires et en apprendre davantage à son sujet.

L'agente le chercha dans tout le sous-sol sans le trouver, puis pensa qu'il avait dû sortir pour fumer. Elle vit Éros faisant le paon devant Cindy. La croyant tout à fait capable de se défendre, Océane gravit rapidement l'escalier. Elle s'arrêta dans l'entrée où quelques personnes grillaient des cigarettes, mais ne le repéra pas.

« Peut-être habite-t-il cette maison… », se dit-elle en se retournant vers la porte. Cindy apparut. Elle semblait plutôt affolée.

– On dirait que tu t'es fait un nouveau copain, la taquina Océane.

– Je pense qu'il ne sauve les âmes des femmes que pour coucher avec elles, grommela Cindy, offusquée.

– En as-tu assez entendu ?

– Assez pour affirmer que c'est un faux prophète ? Oh oui !

– Je vais te reconduire chez toi.

– Et l'auto ?

– Je la ramènerai ensuite à la base.

Cindy accepta l'offre avec plaisir. Pour éviter que le gourou ne les surprenne dehors, elle saisit le bras de sa compagne et l'entraîna vers la rue.

Océane conduisit lentement en écoutant le résumé des propos inacceptables qu'Éros avait tenus à Cindy, puis elle lui fit part de ses observations de la soirée. Lorsqu'elle arrêta finalement la berline devant l'immeuble où logeait la jeune femme, cette dernière avait retrouvé sa bonne humeur.

– Surtout, ne t'en fais pas avec cet hurluberlu, la rassura Océane. Il ne viendra certainement pas t'embêter. J'ai vu sur la fiche d'inscription que tu lui avais donné l'adresse du Jardin botanique.

– Tu as raison. Je suis parfaitement en sécurité ici.

Cindy salua sa compagne et s'empressa de rentrer chez elle. Océane ramena la berline à la base après avoir fait les zigzags d'usage à travers la ville. Comme c'était son habitude, tout en conduisant elle poursuivit ses réflexions sur les événements de la soirée jusqu'à ce qu'elle remette les clés de la voiture à l'un des préposés du garage de l'ANGE.

Elle fila tout droit au bureau de Cédric Orléans. Il était tard, mais elle était certaine de le trouver dans son fauteuil à lire un compte rendu ou une analyse en provenance de la division nord-américaine. « Dans le mille », se félicita-t-elle en entrant dans la pièce. Cédric était justement en train de parcourir un rapport de quelques feuilles. Avant qu'elle ne puisse ouvrir la bouche, il le lui tendit. Océane se fit un devoir de le dévorer en vitesse. Cédric observa sa réaction.

– Il est encore plus pervers que je ne le pensais, lâcha l'agente.

– Les policiers l'ont arrêté à la fin de la soirée et ils ont bien failli être lapidés par ses disciples, l'informa Cédric.

– Ces pauvres gens finiront par comprendre que ce n'est qu'un menteur. La vérité finit toujours par triompher, non ?

– Ce que j'admire le plus chez toi, c'est ton optimisme.

Océane perçut la raillerie dans le ton de sa voix.

– Et mon obsession pour les petits détails, elle ? répliqua-t-elle avec un sourire.

– Ça dépend des dossiers. Qu'est-ce qui t'obsède cette fois ?

– Un homme détonnait au milieu des participants. Est-ce que je peux voir ce que je t'ai transmis ?

Cédric tapa sur son clavier. Les images saisies par la caméra miniature d'Océane se mirent à défiler sur le grand écran du mur. La jeune femme suivit attentivement la séquence.

– C'est presque là...

Mais ils ne virent qu'une chaise vide là où le bel étranger aurait dû être assis. Incrédule, Océane pivota vivement vers son chef.

– C'est exactement ce que j'ai vu au moment où tu filmais, assura ce dernier.

– Il était là, je te le jure ! Habillé tout en noir, une complexion méditerranéenne, les cheveux sombres, bouclés, un visage angélique ! Il ne quittait pas Éros des yeux !

– Personne n'a eu accès à ces images à part moi, affirma Cédric. Nous savons, par contre, que l'Alliance a conçu des appareils capables de masquer en partie la présence de ses assassins à nos caméras.

– Pourquoi l'Alliance s'intéresserait-elle à un charlatan comme Éros ?

– C'est intrigant, en effet. Je vais faire effectuer de plus amples recherches sur ton bel étranger. Nous le trouverons. Nous trouvons toujours ceux que nous cherchons.

Océane hocha doucement la tête pour indiquer son accord, mais son intuition lui disait que quelque chose clochait dans cette affaire.

...005

Cette nuit-là, Cindy rêva qu'Éros la poursuivait dans un château aux interminables couloirs tapissés de voiles blancs. Elle se réveilla en sursaut et décida de ne pas se recoucher. Elle fila plutôt sous la douche et se lava les cheveux. Lovée dans un peignoir, elle quitta la salle de bains et se dirigea vers la petite cuisine en se demandant ce qu'elle pourrait bien manger.

C'est alors qu'elle remarqua qu'on avait glissé une feuille sous sa porte. Le concierge lui avait pourtant assuré que les démarcheurs n'avaient pas accès à cet immeuble. Suivant les consignes qu'elle avait apprises à Alert Bay, Cindy sortit un gant chirurgical d'une boîte et l'enfila. Elle ramassa prudemment la feuille et la déplia. Son message la laissa perplexe :

NE SOUS-ESTIMEZ PAS CÉSAR – O.

– César ? répéta Cindy, intriguée.

Ce ne pouvait pas être une plaisanterie, car elle ne connaissait absolument personne dans cette ville. Il s'agissait peut-être d'un morceau important d'un casse-tête concernant l'ANGE. Elle glissa la feuille dans un sac de plastique transparent et s'empressa de s'habiller.

Elle frappa à la porte des autres locataires de l'étage et leur demanda s'ils avaient reçu des dépliants sous leurs portes. Ils affirmèrent que non. Elle croisa aussi le concierge qui nettoyait les grandes vitres de l'entrée. Il n'avait vu personne.

De plus en plus inquiète, Cindy sauta dans un taxi et se fit amener à l'aéroport. Après s'être assurée qu'on ne la suivait pas, elle disparut dans le placard.

Cédric fut surpris de la voir arriver à l'improviste. Habituellement, c'était lui qui convoquait ses agents. Cindy raconta son aventure du matin avec de grands gestes, balançant le sac transparent au bout de son bras. Son chef l'écouta tout en suivant des yeux les va-et-vient du curieux morceau de papier. Avant qu'elle ne termine son récit, il s'en empara et lut les quelques mots mystérieux à travers le plastique.

– As-tu vu celui ou celle qui t'a laissé ce message ?

– Non, monsieur, répondit poliment Cindy. Et je ne sais pas comment il ou elle a pu pénétrer dans l'immeuble. J'ai questionné mes voisins. Personne n'a laissé entrer qui que ce soit, ni hier ni ce matin.

– Allons voir ce que nous pouvons apprendre au sujet de cette note.

Cédric quitta son bureau, Cindy sur ses talons. Ils se rendirent aux Laboratoires de l'ANGE où travaillait un homme qui devait avoir à peu près trente ans.

Vincent McLeod ressemblait à l'image qu'on se fait généralement des génies : cheveux blonds très courts, lunettes cerclées d'or sur le nez, grands yeux bleus remplis de curiosité. Tout comme les techniciens autour de lui, il portait une blouse. Cindy remarqua cependant qu'en dessous, il avait un jeans et de vieilles espadrilles. Le savant abritait ses yeux d'une paire de grosses lunettes de protection tandis qu'il faisait voler des étincelles sur le mur avec un petit chalumeau, raccordant deux tuyaux sur une étrange machine.

– Vincent, j'ai une faveur à te demander, fit Cédric en se postant derrière lui.

Le chercheur se retourna et releva ses lunettes de protection. Il sembla bien surpris de trouver une belle jeune femme en compagnie de son patron.

– Cindy Bloom, je te présente Vincent McLeod, notre magicien.

– Ce sont les ordinateurs qui font tout le travail, balbutia ce dernier en rougissant.

– Mais c'est lui qui les a conçus, précisa Cédric. Que peux-tu me dire au sujet de ce message ?

Vincent l'étudia d'abord à travers le sac de plastique que tenait son directeur. Il utilisa ensuite des pincettes pour retirer le bout de papier de son enveloppe et l'inséra avec précaution dans une machine qui ressemblait à un photocopieur. Puis il prit place devant l'ordinateur et se mit à taper fiévreusement sur le clavier. Des colonnes de chiffres se mirent à défiler sur l'écran.

– Wow ! s'émerveilla Vincent, cette fois-ci, les gens de l'Archéologie se sont vraiment surpassés.

– De l'Archéologie ? s'étrangla Cindy, stupéfaite.

Cédric était tout aussi étonné qu'elle.

– C'est la première fois que vous m'apportez un document aussi bien conservé, les félicita le scientifique.

– Il a quel âge ? s'enquit Cédric.

– Environ deux mille ans.

– Alors, pourquoi est-il écrit en français moderne ?

– Quoi ! s'exclama Vincent.

Il s'empressa de retirer le papier du plateau et de lire ce qui y était écrit.

– Mais c'est impossible…

Il le glissa dans une autre machine et s'installa devant un autre ordinateur. Il appuya sur quelques touches. Un oscillogramme apparut sur l'écran.

– L'encre, ou ce qui semble être de l'encre, a au moins deux millénaires…, souffla-t-il, de plus en plus consterné.

– Quelle en est la composition ? voulut savoir Cédric.

Vincent se remit à pianoter, puis s'immobilisa en présentant un visage sceptique à son chef.

– C'est du sang humain !

– Je veux une analyse détaillée, maintenant, ordonna Cédric.

La pensée que leurs ennemis aient pu utiliser le sang d'un agent pour écrire ce message lui donna la chair de poule. Il connaissait suffisamment l'Alliance pour savoir qu'elle ne reculerait devant rien pour les avertir qu'ils feraient mieux de mettre fin à une enquête. Pourtant, le seul dossier sur lequel Cindy avait travaillé était celui d'Éros, un charlatan... Cédric devait tout de suite revoir les menus indices de cette soirée à Varennes. Mais il était aussi possible que les fourbes aient trafiqué ce message pour semer la confusion à l'Agence.

Troublé, il tourna les talons et fonça vers son bureau. Il marchait si rapidement que Cindy avait du mal à le suivre. Le chef se posta derrière sa table de travail et appuya sur une touche.

– QUE PUIS-JE FAIRE POUR VOUS, MONSIEUR ORLÉANS ? fit la voix électronique.

Cindy venait juste de passer la porte qui se referma derrière elle.

– Je désire lancer un code vert à...
– ARRIVÉE D'UN MESSAGE PRIORITAIRE, ACCÈS QUINZE, ZÉRO, TROIS. VOTRE CODE VERT DEVRA ATTENDRE.

Cindy et Cédric levèrent les yeux vers l'écran géant du mur. Le logo céda la place au visage exceptionnellement sérieux de Kevin Lucas.

– Éros a faussé compagnie aux policiers qui le conduisaient en prison, annonça-t-il. J'ai mis mes agents à ses trousses.

– A-t-il quitté le Québec ?
– Non, mais j'ai pensé que tu ne verrais pas d'objection à me laisser le traquer chez toi, puisque je possède des effectifs entraînés à dépister rapidement les fuyards.

Cette ingérence ne plut guère à Cédric, mais il s'efforça de ne pas manifester son agacement.

– C'est toi qui décides, s'obligea-t-il à répondre.

– Je communiquerai avec toi dès qu'il aura été repris, termina le chef canadien.

– En attendant, je t'envoie un curieux message laissé à une de mes agentes. J'aimerais avoir ton opinion à son sujet. Je le transmets aussi à Michael Korsakoff.

– Je m'en occupe immédiatement.

Le logo de l'ANGE revint sur l'écran. Cédric bouillait sur place.

– Nous pouvons maintenant activer votre code vert.

– Il s'adresse à OC neuf, quarante, VM quatre, quatre vingt-deux et YJ sept, cinquante dans une heure, au point R.

– Votre code vert est activé.

Cédric se laissa tomber dans son fauteuil. Il était si préoccupé par cette étrange situation qu'il en oublia la présence de Cindy. Cette dernière l'observa un instant, puis décida qu'il était préférable de se rendre tout de suite au point de rencontre.

○

Océane était en train de petit-déjeuner lorsqu'elle reçut le code vert de la base. Elle avala le reste du jus d'orange et s'empressa de se rendre à la bibliothèque. Elle utilisa la porte arrière, pour ne pas attirer l'attention. Sur la pointe des pieds, elle gagna son ascenseur personnel et fila à l'Agence.

En sortant de la cabine, elle vit Yannick Jeffrey sur le point d'appuyer le cadran de sa montre sur la porte des Renseignements stratégiques. Il avait été recruté par l'Agence de Montréal un an avant elle, mais il avait tout de suite semblé détenir un savoir aussi vieux que le monde. Cet érudit aux cheveux noirs, longs jusqu'à l'épaule, et aux yeux doux ne ressemblait pas aux autres hommes. Il se passionnait pour l'histoire et l'enseignait même dans un cégep, un collège d'enseignement général et professionnel. Peu intéressé par la science moderne, il préférait la connaissance que recelaient les vieux livres.

— Yannick, attends ! lança-t-elle.

Il arrêta son geste en voyant approcher sa collègue.

— Je suis vraiment content de te revoir, Océane, la salua-t-il avec un sourire triste.

— Moi de même, Yannick. Tu es convoqué toi aussi ? C'est inhabituel.

— Je pensais justement la même chose. Je me demande ce qui peut bien se passer. Ça fait un bout de temps que tout est tranquille.

— Justement, c'était peut-être trop tranquille.

Yannick appuya le cadran sur l'œil électronique. La porte glissa pour les laisser passer. Ils se dirigèrent tout droit vers la salle de conférences. Cindy Bloom et Vincent McLeod avaient déjà pris place autour de la grande table. Yannick serra chaleureusement la main de Vincent.

— Comment va mon savant préféré ?

— Arrête de m'appeler comme ça, protesta Vincent, intimidé.

Yannick poursuivit sa route et s'immobilisa près de Cindy.

— Tu dois être notre petite dernière.

— Je suis Cindy Bloom.

— Yannick Jeffrey.

— Je suis enchantée de vous rencontrer, fit poliment Cindy.

Les deux aînés s'assirent entre les deux plus jeunes pour attendre l'arrivée de leur chef.

– Combien d'agents compte l'ANGE au Québec? demanda Cindy.

– Il y en a quatre à Montréal, deux à Québec et un par région, répondit Océane. Je dirais une quinzaine en tout.

– Toutefois, nous ne sommes jamais appelés à travailler avec nos collègues provinciaux, ajouta Yannick. En fait, il est même rare que nous collaborions avec nos amis nationaux.

– C'est pour éviter que l'Alliance ne découvre qui sont nos agents, précisa Vincent.

– Où est Cédric? s'inquiéta Yannick.

– Quand je l'ai laissé, il venait d'activer un code vert, annonça Cindy.

○

Cédric Orléans se tenait debout devant le grand écran de son bureau où apparaissait le visage sévère de Michael Korsakoff. Il n'aimait pas importuner inutilement le dirigeant du continent, mais la situation l'exigeait.

Korsakoff avait été l'un des plus brillants agents de la division américaine. Il avait déjoué si souvent les plans de l'Alliance que, grâce à lui, on connaissait maintenant les visages d'un grand nombre de ses sbires. Son visage taillé au couteau ne laissait jamais paraître ses émotions. Une longue cicatrice partait de son oreille droite et descendait jusqu'à son menton. Personne n'en savait l'origine. Ses cheveux étaient désormais poivre et sel et sa peau usée, mais ses yeux céruléens conservaient leur intense pouvoir d'intimidation.

– En raison des étranges résultats obtenus par Vincent McLeod, j'ai aussi transmis le message signé O à Kevin pour obtenir son opinion, l'informa Cédric.

– Tu as bien fait : l'échantillon que tu nous as fait parvenir est troublant, avoua le grand patron avec un fort accent anglais. Je l'ai fait analyser par nos propres laboratoires et nous arrivons aux mêmes conclusions. Personne ne peut avoir écrit ce message il y a deux mille ans. Le papier et le sang utilisés pour l'écrire ont pourtant cet âge.

– J'ai fait interpréter le message par nos experts en décodage. Ils ont découvert la mention du mot « César » dans deux communications interceptées entre les agents de l'Alliance. Nous tentons à présent d'établir une corrélation entre elles.

– Je vais interroger nos alliés. Nous finirons par comprendre la signification de cet avertissement. À bientôt, Cédric.

L'écran retourna au logo de l'ANGE. Cédric n'aimait pas les casse-tête insolubles. Il soupira profondément, puis se redonna une contenance.

Il se rendit à la salle où l'attendaient ses agents. Immobile au bout de la table, il prit le temps d'observer leurs visages inquiets.

– Ce qui aurait dû être une mission de routine s'est gravement compliqué, commença-t-il. Je vais résumer la situation pour Yannick qui n'y a pas encore été mêlé.

– Mais qui sent que ça ne devrait pas tarder, marmonna le professeur d'histoire.

– Océane a emmené Cindy, notre nouvelle agente, assister à une conférence donnée par un homme que nous suspections d'être un faux prophète, poursuivit Cédric. Après l'avoir identifié, nous avons découvert que son dossier criminel était bien garni. L'Agence canadienne a pris la décision de le faire arrêter, mais il s'est échappé.

Cédric appuya sur un bouton encastré dans la table. Un panneau glissa, révélant un écran.

– Visuel cinq, je vous prie, ordonna-t-il.
– Visuel cinq activé.

Le visage souriant du gourou en tenue de dieu grec apparut.

– Cet homme, qui se fait appeler Éros, porte également de nombreux noms dont je vous remettrai la liste tout à l'heure. Nos renseignements ne nous permettent pas de le relier à l'Alliance, pour l'instant.

– Ils choisissent habituellement des noms du panthéon des dieux de la mort pour leurs fiers-à-bras, fit remarquer Océane.

Vincent approuva d'un mouvement de tête.

– La présence d'un homme suspect à cette conférence, l'évasion d'Éros et le message reçu par Cindy ce matin incitent l'ANGE à la plus grande prudence, les prévint Cédric.

La note vieille de deux mille ans apparut sur l'écran.

– César ? s'étonna Yannick. Ma vieille théorie serait-elle remise sur le tapis ?

– C'est justement la raison pour laquelle je t'ai demandé de te joindre à nous aujourd'hui. Je veux que tu te penches sur cette énigme. Ta fantastique mémoire et tes connaissances en histoire pourraient nous permettre de l'élucider. Je veux aussi savoir qui est ce O.

– Nous connaissons deux membres de l'Alliance dont le nom de code commence par « O », mais ils sont en Europe, les informa Vincent.

– Il ne faut rien laisser au hasard, recommanda Cédric. Vois si tu peux en apprendre davantage sur leurs déplacements.

Vincent accepta ses ordres sans piper mot.

– Cindy, tu devras changer d'appartement, pour des raisons de sécurité. Ce O sait où tu habites. Un agent de sécurité ira te chercher après le travail pour t'emmener à ton nouvel immeuble.

Cédric se tourna vers Océane.

– J'aimerais que tu communiques avec les disciples d'Éros pour savoir où il les réunira la prochaine fois. Peut-être savent-ils aussi où il se cache.

– J'aurai besoin de la liste que j'ai filmée, répondit Océane.

– On te la remettra en sortant. Tâchez de ne pas prendre contact inutilement les uns avec les autres jusqu'à ce que nous ayons remis la main au collet de ce charlatan, sauf pour Océane et Cindy, tant que Cindy sera à l'entraînement.

– Monsieur Orléans, une communication importante vous attend dans votre bureau.

– Cette rencontre est terminée, annonça Cédric.

Visiblement inquiet, il quitta la salle de conférences. Ses agents firent de même quelques secondes plus tard. Une technicienne remit plusieurs feuilles à Océane. Il s'agissait des coordonnées des participants à la conférence d'Éros. Cindy lui donna un coup de main. Les deux hommes, quant à eux, se dirigèrent vers les Laboratoires.

– Il n'y a pas que ma théorie qui pourrait intéresser Cédric, glissa Yannick.

Vincent prit place devant son ordinateur.

– Je n'ai pas encore assez de preuves que les reptiliens existent, ronchonna-t-il.

– Pourtant, tu as le nez devant cet écran trois cent soixante-cinq jours par an.

– Leurs manifestations sont parfois trop subtiles pour que les gens en parlent ouvertement sur Internet ou que les journalistes en fassent état dans les journaux. Ce n'est pas une tâche facile, Yannick. Mais j'ai l'intention d'éplucher le cas d'Éros, ne t'en fais pas. Si on se concentrait plutôt sur ta théorie à toi ?

– Tu as gardé mes notes ?

– Je garde absolument tout. Vincent pianota sur le clavier. Yannick fit rouler une chaise pour s'asseoir près de lui. Un titre apparut sur l'écran :
RÉSURGENCE DE L'EMPIRE ROMAIN

– Moi, j'y crois depuis le début, tu sais, avoua Vincent. Tes comparaisons entre ce qui se passait autrefois et ce qui se passe maintenant sont saisissantes.

– Peux-tu me les imprimer ? J'aimerais bien les revoir. Vincent mit l'imprimante en marche.

– Pendant que tu y es, peux-tu me fournir les noms des assassins de l'Alliance qui commencent par un « O » ?

– Nous ne connaissons qu'Orcus et Ordog.

– Tu connais ces noms par cœur ?

– Ça pourrait être utile si on devait un jour manquer d'électricité ou être victimes d'un extraordinaire virus qui atteindrait même les installations de l'ANGE.

– Un virus qui réussirait à déjouer toutes tes protections ? se moqua Yannick. Permets-moi d'en douter.

Vincent baissa timidement la tête.

– Je vais communiquer avec les Agences européennes pour voir ce que font ces deux démons ces temps-ci, dit-il.

– Et moi, je vais me plonger dans de vrais livres pour voir si cet avertissement a déjà été adressé à quelqu'un dans l'Antiquité.

– Tu perdrais moins de temps en utilisant l'ordinateur.

– Tout n'a pas encore été informatisé, mon ami, lui rappela Yannick, surtout les très vieux traités d'histoire. Et puis, tu me connais : moi, j'ai besoin de documents concrets.

Vincent retira les feuilles de l'imprimante et les tendit à son ami.

– Merci et à plus tard, Vincent, le salua Yannick. Je suis certain que nous serons convoqués encore plusieurs fois durant les prochaines semaines.

– Ouais…

Captivé par sa vieille théorie, le professeur d'histoire quitta les Laboratoires, ses yeux parcourant avidement chaque ligne des notes.

...006

Cindy et Océane se rendirent à la section des Équipements. Elles avaient du pain sur la planche, et la plus jeune devait se présenter à l'aéroport afin de ne pas être congédiée avant la fin de sa première semaine de travail.

– La maternelle de l'Agence, grogna Cindy en se rappelant les paroles de son mentor. Le secteur le plus tranquille…

– Il ne s'est jamais rien passé de tel quand j'étais aux Faux prophètes, se défendit Océane. Ça doit être toi qui attires le trouble.

– Moi ? Est-ce que ça se peut ?

– Mais non. À moins que tu sois un agent double.

– J'ai déjà assez de mal à être un agent simple.

Océane éclata de rire.

– Je t'aime bien, toi, confessa-t-elle en lui donnant une solide claque dans le dos.

Cindy tapa le code pour déverrouiller la porte et entra la première. Elle sortit de son casier un sac de plastique transparent dans lequel on pouvait voir sa tenue de travail.

– Pendant les enseignements d'Éros, as-tu eu le temps de voir l'étranger dont j'ai parlé à Cédric, ou est-ce que tu étais trop ensorcelée par ses paroles pour voir quoi que ce soit ? demanda Océane.

– J'ai eu le temps d'évaluer notre environnement, si c'est ce que tu veux savoir, répondit-elle en sortant les vêtements du plastique. Oui, je l'ai aperçu moi aussi. Je m'en souviens surtout parce que c'était un bel homme. Je trouve bizarre qu'il ait disparu si rapidement.

– Il a peut-être senti que nous étions des agentes de l'ANGE. Pourtant, il ne nous a pas regardées une seule fois.

Océane se mit à arpenter la pièce, perdue dans ses pensées, pendant que Cindy se déshabillait pour enfiler son costume de préposée d'Air Éole.

– En fait, il semblait tout aussi fasciné que toi par les divagations d'Éros, ajouta-t-elle.

– Et s'il n'était qu'un disciple comme les autres ?

– Les autres apparaissaient sur la vidéo. Je vais faire sortir tous les renseignements que nous avons sur les gens qui se trouvaient dans la salle et voir si je peux obtenir des photos.

– Je suis prête à parier que tu ne trouveras rien sur lui, prédit Cindy.

– C'est possible, mais ça vaut la peine d'essayer.

Lorsque la recrue fut enfin prête, les deux femmes retournèrent dans le couloir et marchèrent jusqu'à l'ascenseur.

– C'est quoi, la théorie de Yannick ? s'enquit Cindy.

– Il prétend que l'avènement d'un nouvel ordre social menant à la mondialisation fera renaître l'Empire romain avec ses empereurs et ses atrocités.

– Sérieux ?

– Tu ne connais pas Yannick, sinon tu ne me poserais pas cette question. Monsieur Jeffrey est un érudit, un spécialiste de l'histoire. Non seulement il l'enseigne au cégep, mais il n'arrête pas de l'étudier. Il coûte une fortune en livres à l'Agence. Et il connaît aussi d'autres méthodes moins orthodoxes pour obtenir de la documentation sur le passé.

– Ça commence à sentir le soufre…

– Je le laisserai t'en parler quand il aura envie de le faire. Pour l'instant, je peux juste t'assurer qu'il n'est pas fou.

Elles s'arrêtèrent devant les portes métalliques.

– Vu ton ancienneté, tu as le droit de partir la première, s'inclina Cindy.

– Mais moi, je ne travaille que ce soir alors que, toi, tu vas être en retard.

Les portes s'ouvrirent. Cindy entra dans l'ascenseur.

– À plus tard, fit-elle avec un radieux sourire.

– Garde l'œil bien ouvert, OK ?

Cindy fit signe que oui tandis que les portes se refermaient. Océane s'appuya contre le mur pour attendre le prochain départ. Yannick sortit des Laboratoires. Il leva les yeux des feuilles imprimées qu'il tenait à la main.

– Si ce n'est pas la plus belle femme du monde ! se réjouit-il.

– Ne recommence pas, Yannick, l'avertit Océane, le regard orageux.

– Tu n'aimes plus les compliments ?

– Pas de la part d'un agent qui a déjà été prévenu que nous ne pouvions pas entretenir de relation intime. Je n'ai pas envie d'être renvoyée.

– Nous avons acquis bien trop d'expérience maintenant. Ils ne pourraient pas se passer de nous.

– Est-ce que je dois aussi te rappeler qu'il y a des caméras et des micros partout, ici ? se hérissa-t-elle.

– Mais je n'ai rien à cacher.

– Concentre-toi plutôt sur César et ce mystérieux O. Je ne sais pas pourquoi, mais j'ai l'impression qu'il est l'homme que j'ai vu chez Éros.

– Je ne serais pas surpris que tu aies raison. Tes facultés psychiques sont très développées.

– Ça, c'est ton domaine, pas le mien. Je préfère les faits concrets. C'est plus facile à présenter à Cédric.

– Tu es encore fâchée contre moi, déplora Yannick.
– Non. Mais si tu recommences à m'envoyer des fleurs, alors ce sera la guerre.
– C'est ton côté combatif que j'aime, la taquina-t-il.
– Yannick…

La porte de l'ascenseur s'ouvrit enfin. Océane s'empressa de s'y engouffrer. Moqueur, Yannick lui souffla un baiser.

– Je t'avertis…, maugréa Océane.

La porte se referma sur son visage menaçant. Yannick s'appuya à son tour contre le mur en continuant de relire sa théorie. Il entendit des pas et fit volte-face. Cédric venait vers lui, un journal à la main. Il n'était pas difficile de voir qu'il était contrarié.

– Je plaisantais, s'excusa Yannick.
– Je l'espère, parce que j'ai besoin de vous tous en ce moment.
– Tu as reçu d'autres mauvaises nouvelles ?

Cédric déposa le journal britannique sur ses feuilles. Le grand titre lui sauta aux yeux : CÉSAR DASSILVA APPOINTED AT U.N.

– Le nouveau directeur de l'ONU s'appelle César ?
– J'ai pensé que ça t'intéresserait, lâcha Cédric.

Il tourna les talons et laissa Yannick pétrifié devant l'article.

...007

Il y avait encore plus de voyageurs qu'à l'accoutumée dans l'aéroport lorsque Cindy sortit du couloir sans issue et se fondit dans la foule. Elle était si préoccupée par les derniers événements qu'elle ne vit pas l'étranger aux boucles noires, caché dans l'une des cabines téléphoniques. Ce dernier la suivit des yeux tandis qu'elle passait devant lui.

Cindy prit sa place derrière le comptoir en arborant un large sourire. Plusieurs clients l'attendaient. Elle s'empressa donc de prendre les papiers que lui tendait un homme visiblement anxieux à l'idée de partir. Elle les vérifia rapidement et compara les données du billet avec les renseignements que lui renvoyait son petit écran.

– Monsieur Brouillard, vous allez adorer votre visite des tombeaux d'Égypte, lui dit-elle. À cette période de l'année, il ne fait pas trop chaud et...

Elle leva les yeux et sursauta. Ce n'était plus son client qui se tenait de l'autre côté du comptoir : c'était l'homme qu'Océane tentait de retrouver !

– Ne cherchez pas à savoir qui je suis, l'avertit ce dernier avec un accent prononcé.

Il prit le large, sans plus d'explication. Cindy s'élança à sa poursuite, mais dut renoncer quelques minutes plus tard, ayant perdu sa trace dans la foule grouillante de l'aéroport. Fâchée de n'avoir pu l'intercepter, elle fit demi-tour. En longue file, les clients la dévisagèrent sans aménité. Son superviseur l'intercepta avant qu'elle ne revienne à son poste.

– Que s'est-il passé ?
– Ce client avait oublié son passeport, mentit Cindy.
– Tu es vraiment dévouée, toi.

Cindy regagna son comptoir. C'est alors qu'elle remarqua le morceau de papier plié en deux, abandonné sur le comptoir.

– As-tu besoin de reprendre ton souffle ? s'inquiéta le superviseur.
– Non, ça va aller.

Elle attendit que son patron se soit éloigné et déplia discrètement le message. Il disait :
L'EMPEREUR SAIT QUI VOUS ÊTES – O.

Elle le glissa dans la poche de son costume et reprit son travail en faisant un effort pour adresser à ses clients un sourire rassurant. Dès qu'elle eut terminé sa journée, qui lui parut interminable, elle s'empressa de porter la missive au quartier général. Il aurait été trop dangereux de la transmettre par télécopieur. De toute façon, Vincent n'aurait pas pu l'analyser.

Cédric ne pouvant la recevoir, elle se rendit aux Laboratoires et remit directement à Vincent le dernier avertissement du mystérieux O. Un agent de sécurité de l'ANGE la conduisit ensuite à son nouvel immeuble, prenant soin de scruter les alentours.

Le lendemain matin, Océane inspecta aussi le quartier de la recrue, par mesure de prudence. La doyenne examina chaque centimètre carré du terrain qui entourait l'immeuble, ainsi que les alentours. Elle ne vit rien d'anormal. Rassurée, elle appela Cindy sur son mobile pour lui dire qu'elle venait la chercher pour faire une balade.

Océane avait à peine arrêté la berline devant la porte que sa jeune collègue arrivait en courant. En jupe courte et pull roses, elle s'engouffra dans la voiture comme si le diable était à ses trousses.

– Détends-toi, lui recommanda Océane.
– Est-ce qu'ils ont trouvé quelque chose ?
– Pas encore. Nous ne savons pas qui est cet empereur, mais Yannick et Vincent sont des as de la devinette. Arrête de t'en faire. Je suis certaine qu'ils auront des réponses pour nous dans quelques jours. Aujourd'hui, on est en mode congé. Nous allons passer la journée chez ma tante, si tu te sens prête à l'affronter.
– Fait-elle partie de l'Empire romain ?
– Ciel, non ! Elle vient d'une autre galaxie !

Océane éclata de rire, ce qui dérida Cindy.

○

Vincent lisait les données sur son écran lorsque Cédric Orléans arriva derrière lui. Le chef montréalais prit connaissance de la teneur de sa recherche avant de lui adresser la parole :

– As-tu fait des progrès ?
– Je ne peux pas expliquer pourquoi, mais c'est le même type de papier et le même sang… Comment arrive-t-on à conserver du sang vieux de deux mille ans ? Ça n'a aucun sens, Cédric.
– Il y a beaucoup de choses qui n'ont pas de sens en ce monde, mais elles existent quand même.
– As-tu des nouvelles de Yannick ? s'enquit Vincent.
– Il est chez lui à potasser ses bouquins.

– Finalement, avec ces messages bizarres qu'on reçoit au sujet de César et de l'empereur, sa théorie sur la résurgence de la Rome antique commence à prendre corps.

– Yannick est non seulement très instruit, mais c'est aussi un homme dont l'intuition ne cesse de me surprendre. En attendant qu'il résolve cette énigme, épluche les banques de données internationales. Malgré l'ampleur de sa collection de livres, monsieur Jeffrey ne possède pas tous les ouvrages du monde.

Ce que Vincent s'entêtait d'ailleurs à répéter au professeur d'histoire. Plus motivé que jamais, le savant se remit au travail.

○

Océane immobilisa la berline devant une immense maison, sur le mont Saint-Hilaire. Cindy ouvrit de grands yeux surpris en descendant de la voiture. Des mobiles multicolores pendaient aux branches des arbres, et des statuettes de fées couvraient le terrain.

– Tu n'as encore rien vu, ma chère, l'avertit Océane en la rejoignant sur le trottoir.

– Tu as dit qu'elle venait d'où ?

– Parfois, c'est Vénus, d'autres fois, c'est Uranus. Ça dépend de la température. Ne t'en fais pas. Elle est excentrique, mais tout à fait inoffensive. En fait, je ne pouvais pas choisir meilleur endroit pour te changer les idées.

– Ou pour me faire faire des cauchemars...

– Ça aussi.

Océane passa son bras autour des épaules de Cindy et l'entraîna vers la maison. Elle appuya sur le bouton de la sonnette. Un carillon tonitruant, digne de Big Ben, retentit, secouant tout le quartier. Cindy plaça ses mains sur son cœur.

– Charmant, n'est-ce pas ? la taquina Océane.

La porte s'ouvrit d'elle-même. Cindy étira le cou pour inspecter le vestibule. Il n'y avait personne.

– Ses serviteurs extraterrestres sont invisibles, expliqua sa collègue en la poussant à l'intérieur.

L'entrée était décorée à la manière d'un véritable temple égyptien de l'Antiquité. Les hiéroglyphes peints en couleurs criardes sur les murs dorés racontaient toutes les conquêtes amoureuses de la tante Andromède depuis ses vingt ans.

– Et elle aime les vieilleries, en plus ? se découragea Cindy.

– Entre autres.

Au bout du couloir central de la maison se dressait un immense sarcophage de bois, appuyé sur le mur. Le masque funéraire qu'on y avait peint reproduisait les traits d'Andromède avec un petit air pharaonique. Mais Cindy ne pouvait pas le savoir, puisqu'elle ne connaissait pas encore cet extravagant personnage.

– On dirait une tombe ancienne, se contenta-t-elle de remarquer.

Cette fois, Océane s'esclaffa, car les étonnantes découvertes de sa jeune collègue ne faisaient que commencer.

Elles pénétrèrent dans la cuisine toute blanche, inondée de soleil. Cindy protégea ses yeux avec sa main jusqu'à ce qu'ils se soient habitués à cette éclatante luminosité. Elle constata alors que la pièce ressemblait beaucoup au temple grec d'Éros avec ses colonnes et ses rideaux de voile blanc.

– Mais comment fait-elle pour habiter un endroit pareil ? s'étonna Cindy.

– Elle se pose la même question quand elle visite nos appartements normaux, répliqua Océane.

– Je suis dehors, mon petit cœur ! cria alors la voix stridente de la tante Andromède.

– Elle ne sait pas encore que je suis ici, murmura Cindy. Je peux toujours m'enfuir.

– Pas question.

Océane obligea la jeune femme à foncer dans le tourbillon de rideaux diaphanes. Cindy se retrouva dehors, sur une petite terrasse. Elle mit le pied sur la première marche et s'immobilisa devant le spectacle qui s'offrait à elle. Le jardin était décoré en paradis tropical avec des palmiers, des abris en paille et même une plage au milieu de laquelle un jeune homme vêtu d'un pagne faisait cuire du poisson à la broche.

– Ma mère ne voudra jamais me croire, s'étrangla Cindy.

– Andromède change de thème chaque année, précisa Océane, morte de rire.

La recrue continua son inspection visuelle des lieux. Bérangère Chevalier, la grand-mère d'Océane, était assise sous un cocotier et se faisait éventer par un autre beau ressortissant des îles Hawaii, au torse nu. Elle ne semblait pourtant pas apprécier ce traitement royal.

– Cette année, c'est Hawaii, poursuivit Océane.

Une femme dans la cinquantaine émergea de la palmeraie, ses cheveux bicolores tout décoiffés. Elle portait un maillot de bain rouge pompier, à peine visible sous une tonne de colliers de fleurs, et une jupe de paille. Malgré son âge et ses nombreux excès, Andromède restait une très belle femme qui prenait soin de sa personne. Ses yeux étaient brillants de plaisir, comme ceux d'un enfant.

– *Aloha*, mes chéries ! les salua-t-elle. Tu dois être Cindy !

– Je suis enchantée de vous rencontrer, madame...

Andromède lui mit un collier de fleurs roses autour du cou et l'embrassa.

– Sois la bienvenue chez moi, jeune fille.

Océane poussa sa collègue dans le jardin et serra sa tante dans ses bras.

– Je suis si contente de te revoir, mon petit cœur.

La dame excentrique passa un collier de fleurs bleues par-dessus sa tête.

– Où as-tu trouvé ces beaux mâles ? la taquina sa nièce. Dans un bar de gogos ?

– Mais non. Ils étaient à louer sur Internet. J'ai pensé que ça vous ferait plaisir. Ils font tout ce qu'on leur demande.

– Intéressant...

Océane passa devant Cindy, qui, la pauvre, ne comprenait rien de ce que lui racontait le cuisinier hawaiien, et rejoignit Bérangère. Cette dernière tentait de repousser le jeune homme qui la rafraîchissait avec sa branche de palmier.

– Bonjour, grand-mère, la salua-t-elle. Tu n'as pas l'air en forme.

– Je vais mourir s'il continue de faire des courants d'air ! maugréa Bérangère.

Sa petite-fille fit signe au dieu polynésien d'aller se reposer, ce qu'il accepta avec joie.

– Tante Andromède s'est vraiment surpassée, cette fois, constata Océane en s'asseyant.

– C'est ce que tu crois ! Elle veut nous faire manger des fruits de mer dont je n'ai jamais entendu parler !

– Mais ce n'est pas du serpent.

Le serveur hawaiien tendit un verre de jus de fruits à Océane qui le prit avec un sourire.

– Je ne boirais pas ça si j'étais toi, l'avertit sa grand-mère.

– Pourquoi ? Ça sent drôlement bon.

– C'est justement pour cette raison.

– Si je tombe raide morte par terre, n'en bois pas, OK ?

Océane tira doucement sur la paille et ferma les yeux avec délices. Elle n'avait jamais goûté une boisson aussi exquise. Andromède en offrait justement à Cindy qui désespérait d'apprendre quoi que ce soit sur le gros poisson qui tournait sur la broche.

– Voilà pour toi, ma belle Cindy, fit l'hôtesse.

– Vous êtes trop gentille.

La jeune femme accepta le verre, mais n'osa pas y porter les lèvres.

– Océane me parle souvent de ses amis, mais elle ne m'a jamais parlé de toi, nota Andromède.

– Ça ne fait pas longtemps qu'on se connaît.

– Est-ce que vous travaillez ensemble ?

– Non. Je fréquente la bibliothèque et, à force de discuter, nous sommes devenues copines.

– Si vous aimez les livres, j'en ai plein le sous-sol. Mon défunt mari était un collectionneur. J'ai des bouquins très rares sur l'apparition de la vie sur la Terre.

Cindy ne savait plus quoi répondre. Heureusement pour elle, Pastel, Alexandre et le petit Tristan firent leur apparition sur la terrasse. Andromède s'empressa d'aller à leur rencontre.

– Ma belle Pastel ! Tu es rayonnante ! Je suis contente que tu aies accepté mon invitation, Alexandre.

– Je suis désolé, marmonna-t-il, je travaillais la dernière fois.

– Et mon petit Tristan…

Andromède cueillit le bambin dans ses bras. Il était blond comme son père, mais il avait les yeux rieurs des Chevalier.

– Comment ça va, mon petit prince préféré ? Je t'ai acheté de beaux jouets.

– Tante Andromède, on en a déjà plein l'appartement et…, commença à se plaindre Alexandre.

En guise d'avertissement, il reçut un coup de coude dans les côtes de la part de Pastel. De toute façon, Andromède ne faisait plus attention à eux. Elle s'éloignait avec son petit-neveu pour lui montrer les beaux abris de paille et tout le sable qu'elle avait fait déposer dans son jardin.

Pastel prit la main de son copain et le tira vers sa sœur, assise avec leur grand-mère et une étrangère.

– Salut, O ! fit gaiement la benjamine.

– O ? répéta Cindy en s'étouffant avec son jus de fruits.

– Elle m'appelle comme ça depuis qu'elle est toute petite, expliqua Océane. Pastel, Alex, je vous présente mon amie Cindy. Sa famille est à Ottawa, alors j'ai pensé que ce serait une bonne idée de lui faire passer un samedi amusant avec nous.

– Tu as bien fait, approuva Pastel. Bienvenue dans la famille la plus étrange de toute cette planète.

Cindy la remercia et termina son verre, ne doutant pas un seul instant que les surprises ne faisaient que commencer. Les interactions entre les membres de cette famille lui parurent de plus en plus drôles à mesure que l'alcool engourdissait ses sens. La jeune femme en oublia tous ses soucis.

...008

Lorsqu'elle rentra chez elle, tard dans la nuit, Cindy prit conscience qu'elle avait passé une excellente soirée. Le poisson s'était révélé excellent, ainsi que les légumes de couleur inhabituelle et la sauce particulièrement sucrée. Elle avait tout avalé en observant la dangereuse danse exécutée par les deux Hawaiiens avec des bâtons enflammés. Elle n'avait même pas entendu les lamentations de Bérangère qui craignait que ces idiots ne mettent le feu à tout le quartier.

Après quelques verres d'une boisson alcoolisée, dont elle avait déjà oublié le nom, la jeune femme avait accepté, avec Océane et Pastel, d'attacher une jupe de paille à sa taille et d'apprendre les mouvements gracieux que leur enseignaient les étrangers.

Océane reconduisit sa collègue à son immeuble vers deux heures du matin, en se faisant un devoir de lui rappeler les faits marquants de la soirée. Cindy se tordit de rire de Saint-Hilaire à Montréal. Elle sortit de la voiture en pleurant de rire. Si les dirigeants de l'Agence avaient vu les deux femmes dans un état pareil, ils les auraient réprimandées sur-le-champ.

Cindy trottina jusqu'à la porte d'entrée et se calma en regagnant sans bruit son appartement afin de ne pas réveiller ses voisins. Elle jeta les clés sur la table basse et promena son regard sur tous les cartons qu'elle n'avait pas encore eu le temps de déballer.

– Peut-être que je devrais donner tout ça à l'Armée du Salut, en fin de compte.

Elle enleva ses souliers. Sa montre se mit soudain à vibrer.

– Pas une mission, maugréa-t-elle. Pas dans cet état...

Elle avisa les chiffres qui clignotaient en orange.

– Une communication ? s'étonna-t-elle. À cette heure ?

Elle ajusta tant bien que mal ses écouteurs à ses oreilles en se calant dans le sofa.

– CB trois, seize, se présenta-t-elle en prenant une voix grave.

– Bonsoir, Cindy, fit la voix de Cédric. J'espère que vous vous êtes bien amusées aujourd'hui.

– C'était plutôt intéressant.

– Nous avons terminé le portrait-robot du mystérieux O. J'aimerais que tu me dises ce que tu en penses.

– Ce soir ?

– Non. Si tu as un moment demain, arrête-toi à mon bureau. Cela nous permettra de faire circuler rapidement la description de ce personnage dans toute l'Agence.

– Bien sûr.

– Je te cherche aussi un nouvel emploi, quelque chose de moins accessible au public.

– Je vous en prie, ne m'isolez pas dans une bibliothèque comme Océane. Je me sens plus en sécurité à l'aéroport.

– Si ce O t'y aborde une deuxième fois, tu devras donner ta démission.

– Compris. Merci de vous inquiéter pour moi, monsieur Orléans.

– Tu peux m'appeler Cédric, maintenant que tu fais partie de l'équipe.

– Merci, Cédric.

Cindy ne prit même pas la peine de se dévêtir. Elle se laissa tomber tête la première dans son lit et s'endormit le visage auréolé de fleurs roses. Sa nouvelle vie commençait à lui plaire. Elle avait des amis, une vie sociale et, surtout, elle se sentait utile à l'Agence montréalaise.

La plupart des agents et des techniciens de l'ANGE travaillaient de longues heures. Les recherches qu'ils effectuaient pouvaient se prolonger des jours voire des semaines entières. Il était minuit passé, mais Yannick Jeffrey ne dormait pas. Assis sur le confortable sofa de son loft, il tournait lentement les pages d'un livre en cherchant des informations sur la vie des César.

Son ordinateur émit un petit son aigu. Yannick déposa le livre et se rendit à la table de travail où s'entassaient divers appareils électroniques. Il appuya sur une touche et l'écran émergea de la surface polie du meuble moderne. Le visage fatigué de Vincent y apparut.

– Je savais que tu ne serais pas encore au lit à cette heure, lâcha-t-il.

– J'ai besoin de très peu de sommeil, en effet, rétorqua Yannick. Dis-moi au moins que tu m'appelles parce que tu as trouvé un indice.

– En fait, je voulais te dire que le deuxième message de O remonte à la même période que le premier et que ça me trouble beaucoup. Je ne sais plus quoi penser, Yannick. J'ai un esprit scientifique. Je suis habitué à trouver des réponses logiques.

– Tu vois seulement ce que tes instruments t'indiquent, mon ami. Regardes-tu vraiment au bon endroit ?

– Explique-toi.

– Nous nous attardons trop sur la texture du papier et de l'encre. Nous sommes en train d'oublier l'avertissement qu'on nous adresse.

– Donc, toi, tu as trouvé quelque chose.
– Je n'ai pas fini mes recherches, mais j'ai retrouvé ces mêmes messages dans mes livres d'histoire. Ils ont été transmis jadis à d'autres personnes, dans une autre langue.
– Et? le pressa Vincent.
– Ils ont tous précédé de terribles événements.
– Comme?
– L'arrivée au pouvoir d'un nouveau tyran, le renversement d'un système politique, la destruction d'un peuple.
– Rien que ça?
– Je sais, ce n'est pas très encourageant.
– Mais pourquoi ces avertissements ont-ils été remis à Cindy, selon toi? Visent-ils l'Agence?
– C'est difficile à établir en ce moment, mais, dans le passé, ils ont aussi été remis à des femmes.
– As-tu raconté ça à Cédric?
– Pas encore. Nous sommes censés tous nous rencontrer lundi. J'aurai eu le temps d'en apprendre davantage d'ici là. Passe un bon week-end, même si je sais que tu vas rester planté là jusqu'à lundi.
– Tu peux bien parler.
– Va te coucher, Vincent.

Yannick pressa une autre touche. L'écran réintégra le meuble. Il enfila son manteau et sortit dans la nuit. Il était très tard. Plus personne ne circulait dans les rues étroites du Vieux-Montréal.

Les mains dans les poches, le professeur marcha lentement sur le trottoir en respirant l'air frais. Il se rendit à la belle église de son quartier où bien peu de fidèles venaient prier depuis quelques années. Le jour, elle était surtout bondée de touristes curieux, mais, à cette heure tardive, elle était déserte. Il appuya doucement la main sur la poignée de la grande porte de bois et entendit le déclic du loquet. Avec révérence, il pénétra dans ce lieu sacré.

Il fit le signe de la croix et remonta l'allée centrale jusqu'à la chapelle de la Madone. Il s'agenouilla sur le prie-Dieu et contempla le beau visage de plâtre de la mère du Christ pendant un long moment.

– Très vénérable Marie, donnez-moi le courage de traverser ces épreuves, implora-t-il.

Il joignit les mains et baissa la tête. Il venait souvent prier la nuit, lorsque personne ne pouvait le surprendre. Sa foi remontait à bien loin et elle était plus puissante que jamais.

Refusant de se décourager, Yannick poursuivit ses recherches tout le week-end. Le lundi suivant, il se rendit à la rencontre fixée par Cédric. Il y retrouva ses collègues déjà assis autour de la table. Il effleura discrètement le cou d'Océane en passant près d'elle. Cindy les observa en pensant qu'ils agissaient ainsi parce qu'ils se connaissaient depuis très longtemps.

Leur patron arriva le dernier.

– Merci d'être tous ici, ce matin, commença Cédric. Premièrement, je veux que vous sachiez que Cindy nous a aidés à dresser le portrait-robot du mystérieux individu qui lui laisse des messages, et que toute l'Agence est à ses trousses. Deuxièmement, j'aimerais savoir où vous en êtes dans vos recherches respectives.

– J'ai épluché tous les renseignements que nous avons recueillis sur les disciples d'Éros, annonça Océane. Ce ne sont que de pauvres gens naïfs qui ont cru ses mensonges. Leur gourou couche avec les femmes et il n'entretient aucune véritable relation avec ses adeptes. Personne ne sait où il habite vraiment. Il se déplace sans cesse pour donner ses conférences.

– Je n'ai rien de nouveau sur la composition des messages, s'excusa Vincent, mais Yannick voit plus loin que moi.

Cédric se tourna vers le professeur d'histoire qui, curieusement, était perdu dans ses pensées.

– Tu veux nous en dire plus ? insista le chef.

– Je n'ai pas encore tous les éléments en main, répondit Yannick, mais mes lectures du week-end ont été fort édifiantes. Comme la plupart d'entre vous le savent déjà, j'ai passé toute ma vie à étudier la similitude entre notre époque et celle du prophète que les Grecs ont appelé Jésus.

– Les Grecs ? s'étonna Cindy.

– Son véritable nom était Jeshua. Les Grecs ont traduit son nom à partir des écrits araméens. Les messages que tu as reçus ressemblent à ceux qui ont été remis à de jeunes femmes de l'entourage de César Auguste, empereur de Rome, à l'époque de Jeshua.

– Comment est-ce possible ?

– Quelqu'un appartenant à une société secrète de l'époque cherchait à prévenir la femme de l'empereur et ses amis des dangers qu'ils couraient.

– Et tu penses que ce O fait la même chose ? le questionna Océane.

– C'est une hypothèse qui en vaut bien d'autres. Ces initiés voulaient éviter le chaos que Rome sèmerait dans le monde. Les prophètes nous annoncent aussi depuis longtemps le retour d'Armillus.

– Armillus ? l'interrogea Cédric.

– Si c'est un membre de l'Alliance, je n'en ai jamais entendu parler, observa Vincent.

– C'est l'Antéchrist, leur apprit Océane.

– Il a un nom romain ? se troubla Cindy.

Yannick demeura silencieux et se contenta de fixer Cédric.

– Alors, nous vivons vraiment dans le siècle qui verra son retour ? le pressa Océane.

– C'est ce qu'il semblerait, s'alarma Vincent.

– Monsieur Orléans, j'ai une communication pour vous de monsieur Lucas.

– Merci. Je la prendrai ici.

Une partie du mur glissa sur le côté, laissant apparaître un écran. Le logo de l'ANGE céda la place au visage réjoui de Kevin Lucas.

– Bonjour, Cédric, fit-il. J'ai une bonne nouvelle. La police a retrouvé Éros.

Un sourire de satisfaction se dessina sur le visage du chef montréalais. Il attendit tout de même la fin de la communication du chef canadien avant de charger Océane d'une importante mission.

...009

Éros se morfondait dans son étroite cellule du poste de police depuis plusieurs heures déjà. Son esprit tortueux tentait désespérément de découvrir qui était le responsable de son incarcération. La descente avait eu lieu le soir où un grand nombre de nouveaux disciples s'étaient joints à son groupe habituel. Un délateur se trouvait parmi eux : c'était la seule explication.

Un policier se présenta à la porte.

– Votre avocate est arrivée, annonça-t-il sans façon.

– Mon... ?

Le gourou étouffa le reste de sa phrase. Les adeptes de ses enseignements ne le laissaient jamais tomber. L'une d'entre elles avait sans doute imaginé ce stratagème pour pouvoir lui parler. Il joua le jeu et suivit le policier qui le conduisit dans une petite salle où Océane Chevalier l'attendait, assise d'un côté d'une étroite table. Elle portait un complet sombre de femme d'affaires. Elle se leva poliment à l'arrivée de son « client ».

– Je suis Marie Jacques, se présenta-t-elle. C'est votre sœur qui m'envoie.

– Je suis bien content d'apprendre qu'elle se soucie encore de moi, répondit Éros tout en sachant pertinemment qu'il n'avait pas de famille.

– Je vous en prie, asseyez-vous.

Le charlatan le fit, tout en examinant attentivement l'inconnue. Elle posa sa mallette sur la table pendant que le policier refermait la porte derrière lui.

– Votre visage m'est familier, remarqua Éros. Êtes-vous déjà venue à une de mes conférences ?

– J'ai malheureusement eu ce plaisir.

Elle activa un appareil à l'intérieur de la petite valise.

– Qu'est-ce que vous faites ? s'étonna le prisonnier.

– Je m'assure qu'il n'y a ni caméra ni micro dans cette pièce.

– Êtes-vous de l'Alliance ? s'effraya Éros en faisant reculer sa chaise.

– Où en avez-vous entendu parler ?

– Répondez d'abord à ma question.

– Je n'en suis pas.

Éros chercha à regarder à l'intérieur de la mallette, surtout pour savoir si elle contenait une arme.

– Vous n'avez rien à craindre, affirma Océane. Je suis ici pour vous poser des questions.

– Si vous n'êtes pas de l'Alliance, vous devez être de l'Agence.

– De quelle agence parlez-vous ?

– Je suis très renseigné. Je sais beaucoup de choses que les gens ordinaires ignorent. Si vous me faites sortir d'ici, je vous dirai tout ce que je sais.

Pendant qu'Océane tentait de déterminer la menace que représentait cet escroc pour leurs opérations, un policier entrait dans la bâtisse, comme s'il prenait son service. En réalité, il s'agissait de Barastar, un des assassins de l'Alliance.

Il posa la main sur la poignée de la porte donnant accès au couloir principal. Pendant un instant, les chiffres 666 tatoués sur ses doigts furent parfaitement visibles. Mais il n'y avait personne pour les voir.

Océane prit le temps d'évaluer l'offre d'Éros, mais décida de ne pas en tenir compte. Les recherches effectuées par l'ANGE à son sujet indiquaient toutes qu'il était un filou.

– Avec tous les mensonges que vous racontez à tout le monde, permettez-moi d'en douter, répliqua-t-elle finalement. Si je vous fais libérer, vous disparaîtrez une fois de plus dans la nature.

– Bon, d'accord. Je vous dis tout et vous me faites sortir ensuite.

– C'est déjà plus raisonnable.

– Je sais que vous avez les moyens de m'aider. Vous tirez de puissantes ficelles.

– C'est une affirmation plutôt générale. Ça ne prouve rien du tout.

– Je sais que votre agence s'appelle l'ANGE et qu'elle est secrètement financée par le gouvernement pour nous protéger contre le Mal.

Océane demeura de glace, mais elle entendait bien découvrir d'où provenait cette fuite.

– Je sais que l'Alliance est en train de placer toutes ses pièces sur l'échiquier mondial et que l'Antéchrist est sur le point de faire connaître son visage, ajouta Éros.

– D'où tenez-vous ces renseignements ?

– Je ne peux révéler aucun nom. Ce serait trop dangereux pour moi.

– Dites-moi au moins de quel côté se rangent vos informateurs.

Le prisonnier garda un silence coupable.

– Comment voulez-vous que je vous prenne au sérieux ? soupira Océane. Je ne sais même pas d'où vous tenez ces informations.

– Vous n'avez pas l'autorité pour me faire sortir d'ici, n'est-ce pas ?

– Personnellement, non. Mais si nous sommes en mesure de vérifier vos sources…

– Je n'ai plus rien à vous dire, siffla Éros.

Il se leva et marcha vers la porte, comme si Océane l'avait profondément offensé.

– Gardien ! appela-t-il. J'ai terminé !

– Qui vous a renseigné ?

– Vous ne savez pas dans quoi vous venez de mettre les pieds, fulmina-t-il.

Le policier ouvrit la porte. Éros fonça dans le couloir.

À la base, Vincent travaillait d'arrache-pied sur ses ordinateurs, cherchant la moindre information sur les représentants de l'Alliance. On posa une tasse de café près de son clavier. Le geste inattendu le fit sursauter. Il leva les yeux et vit l'éclatant sourire de Cindy.

– Merci, murmura-t-il timidement.

– De rien.

Cindy tira une chaise pour s'asseoir près de lui.

– Tout le monde semble avoir une théorie bizarre au sujet de l'Alliance dans cette agence, remarqua-t-elle.

– Bizarre ? Ça dépend pour qui.

– Je n'ai jamais entendu parler de la résurgence de l'Empire romain avant d'arriver ici.

— Ça fait longtemps que Yannick travaille là-dessus et il est loin d'être fou, le défendit Vincent. C'est l'homme le plus instruit que je connaisse.

— Mais pourquoi l'Empire romain ?

— Ça, c'est un mystère. Je sais seulement qu'il est fasciné par cette période de l'histoire. Il l'enseigne même au cégep. Est-ce qu'il te l'a dit ?

— Océane m'en a glissé un mot. Et toi, est-ce que tu as ta propre idée sur l'Alliance ?

Vincent commença par hésiter. Il avala très lentement une gorgée de café avant de lui répondre.

— Ma théorie est encore plus étrange que celle de Yannick, révéla-t-il enfin, se sentant étrangement en confiance avec Cindy. Je ne devrais pas t'en parler...

— Au contraire, protesta la jeune femme. Je suis ici pour apprendre.

— Tu promets de ne pas me prendre pour un illuminé ?

— Comment un illuminé aurait-il pu inventer toutes ces machines ? s'étonna-t-elle en pointant l'équipement.

— Tu n'as jamais entendu dire que le génie frôlait la folie ?

— Oui, mais je n'y crois pas. Allez, parle-moi de ta thèse.

— Eh bien... moi, je crois qu'il existe des créatures qui adoptent notre apparence et notre comportement, mais qui ne sont pas humaines.

— Des extraterrestres ?

— Pas tout à fait... C'est une race très ancienne, beaucoup plus près de nous que les extraterrestres. Elle habite les profondeurs de la Terre.

— De la Terre ? répéta Cindy, inquiète.

— Ouais. On les appelle les « reptiliens ».

— Tu dis ça sérieusement ?

– Plusieurs géologues les ont aperçus dans des cavernes très profondes. Ils ont donné l'alerte et des anthropologues ont voulu en savoir davantage. Je suis tombé sur leurs recherches il y a quelques années. Évidemment, je ne me suis pas arrêté là. J'ai approfondi.
– Parce que tu as un esprit scientifique ?
– C'est exact. Je ne crois pas tout ce que je lis. Mais les témoignages que j'ai trouvés, émanant de sommités scientifiques, m'ont renversé. Ils ont la preuve que les reptiliens sont des caméléons, capables d'adopter l'apparence de leur choix, et qu'ils vivent parmi nous. Sauf que, lorsqu'ils ont très peur, ils reprennent leur forme originale. C'est comme ça qu'ils les ont démasqués.
– Pourquoi nous imitent-ils ? Que veulent-ils ?
– Nous empoisonnons le sol, alors ils ne peuvent plus y vivre.
– Parce qu'ils s'imaginent qu'ils vont pouvoir respirer notre air pollué ? railla Cindy.
– Ils ont l'intention de s'emparer de nos gouvernements pour qu'on cesse de massacrer la Terre.
– Alors, si je comprends bien, l'Antéchrist et le nouvel empereur romain vont devoir disputer cette planète aux reptiliens ?
– Non. Ils sont aussi des reptiliens.
Cindy fit de gros efforts, mais fut incapable de réprimer un sourire narquois.
– Je savais que tu ne me croirais pas, déplora Vincent.
– Mets-toi à ma place…
Vincent dut admettre qu'une personne ordinaire pouvait en effet avoir du mal à concevoir qu'une autre race pensante partageait sa planète.
– Et le mystérieux O, est-ce qu'il en fait partie selon toi ? voulut savoir Cindy.
– C'est ce qu'on cherche à savoir.

– Est-ce que je pourrais voir ce que tu as compilé sur les reptiliens ?

L'intérêt de la recrue aiguillonna Vincent. Il lui montra un écran et lui demanda de s'asseoir devant. Cindy lui obéit sur-le-champ, curieuse d'en apprendre davantage sur ces ennemis potentiels.

...0010

Le policier poussa Éros dans sa cellule. Pour lui, il était un prisonnier comme les autres. Il se moquait pas mal de ce qu'il avait pu faire pour mériter cette garde à vue. Il allait refermer la porte lorsqu'on le plaqua brutalement sur le côté. Pendant qu'il tombait sur le plancher, il entendit le coup de feu. Il heurta le sol et roula sur lui-même.

Il n'y avait personne dans le couloir ! Il se releva avec difficulté et jeta un coup d'œil dans la cellule : Éros gisait dans son sang ! Le gardien fonça dans la pièce pour prendre le pouls du captif. Rien. Il appuya sur son petit appareil de communication pour rapporter l'incident et demander de l'aide.

Tandis qu'il s'entretenait avec son supérieur, le policier tourna le dos au détenu. Il ne vit donc pas sa brève transformation. L'espace d'un instant, le visage d'Éros prit l'apparence d'une tête de lézard, puis redevint humain.

Océane s'apprêtait à quitter la bâtisse lorsque le planton de l'entrée lui barra la route.

– Que se passe-t-il ? s'étonna-t-elle.
– Il y a eu un incident, se contenta de répondre l'homme en uniforme. Je vous prierais d'attendre ici.

Elle s'appuya contre le mur, tentant de cacher son mécontentement. Les agents de l'ANGE, une fois qu'on découvrait leur véritable identité, étaient forcés de s'exiler à Alert Bay...

Le service des enquêtes criminelles réagit rapidement. On photographia la victime pendant que les experts passaient la cellule et le couloir au peigne fin. C'est alors qu'un inspecteur d'une trentaine d'années arriva sur les lieux.

Thierry Morin avait un visage jeune, mais des yeux empreints de gravité. Il n'était arrivé à Montréal que depuis quelques mois, chargé d'une mission spéciale par les services secrets du Vatican.

– Alors ? demanda-t-il à l'enquêteur de la police locale.

Pierre-Paul Victor prit un air découragé. Il travaillait depuis longtemps pour le service des enquêtes criminelles, mais il n'avait jamais rien vu de tel. Le policier avait été terrassé par un assaillant invisible qui avait réussi à tuer un prétendu chef de secte en une seconde à peine...

– C'est un homicide plutôt particulier, avoua-t-il. C'est pour ça qu'on t'a appelé.

– Donc, selon toi, c'est lié à mon dossier de meurtres crapuleux ? demanda Morin avec intérêt.

– Ça sent le règlement de comptes, mais il y a quelque chose qui cloche.

– As-tu obtenu le dossier du détenu ?

– Oui, mais commence par parler au policier.

Thierry le vit plus loin, qui écoutait les directives de Michel Windsor, le directeur du poste de police. Il ne connaissait pas personnellement Windsor, mais il en avait entendu parler par des collègues.

– Monsieur Morin, le salua Windsor en le voyant approcher. Je suis désolé qu'on vous ait dérangé. Il ne peut pas s'agir d'un meurtre en rapport avec votre enquête.

– Pourquoi dites-vous cela ? s'enquit l'inspecteur, calmement.
– Cet homme était accusé de toutes sortes de méfaits et surtout de fraude, mais il n'est nullement associé à la pègre.
– Qui est-il, exactement ?
– Un escroc qui se faisait passer pour un prophète.
Thierry releva un sourcil.
– On le gardait ici en attendant que le procureur général ait fini de dresser la liste de toutes ses fraudes, et elle est longue, poursuivit Windsor.
– Avez-vous vu le meurtrier ?
– James n'a pas eu le temps de voir quoi que ce soit.
– Laissez-le répondre lui-même, je vous prie.
Le policier avait une ecchymose sur la joue, mais il semblait avoir repris ses esprits.
– J'ai fait entrer le détenu dans la cellule, commença-t-il, l'air déconfit. Avant que je puisse fermer la porte, quelqu'un m'a plaqué sur le plancher. Ça n'a pas pris deux secondes, je vous le jure. Quand je me suis relevé, il n'y avait personne, et le détenu était mort.
– Pourquoi le reconduisiez-vous dans sa cellule ?
– Il avait fini de parler à son avocate.
– Est-elle partie ?
– Non. Personne n'a quitté la bâtisse depuis que l'alerte a été donnée.
– Est-elle la dernière personne à avoir vu la victime ?
– Oui, affirma Windsor.
– Comment s'appelle-t-elle ?
– Marie Jacques. Apparemment, c'est la sœur de la victime qui a retenu ses services.
– Y a-t-il un endroit où je pourrais m'entretenir avec cette femme dans les prochaines minutes ?
– Nous avons une petite pièce insonorisée à cet effet.
– Faites-y conduire maître Jacques, je vous prie.

Thierry retourna sur les lieux du crime pour les examiner avec son regard différent de celui de tous les autres enquêteurs. Debout dans l'encadrement de la porte de la geôle, il pianota sur son mobile.

– Bonjour, Christiane. J'ai besoin de renseignements sur une avocate du nom de Marie Jacques et un gourou qui s'appelle…

L'inspecteur lança un regard interrogateur à Pierre-Paul Victor.

– Éros, le renseigna ce dernier.
– Comment ?

Son collègue haussa les épaules. Il n'en savait pas plus pour l'instant. Christiane promit de faire ce qu'elle pouvait. Thierry Morin referma l'appareil et le laissa glisser dans la poche de son veston.

Après un dernier coup d'œil à la cellule, il tourna les talons. Michel Windsor l'accompagna jusqu'à l'endroit où l'attendait Océane. Tandis qu'ils arrivaient à la porte, le mobile de l'inspecteur se mit à sonner. Ce dernier s'arrêta et écouta attentivement ce que lui racontait son interlocutrice. D'un geste de la tête, il fit signe au directeur de le laisser seul. Il ferma l'appareil et entra dans la pièce.

Océane leva un regard inquiet vers lui. En réalité, elle était calme et détendue, mais si elle voulait s'en tirer, elle devait faire semblant d'être une tout autre personne.

– Je suis l'inspecteur Thierry Morin de la Sûreté du Québec, se présenta-t-il. Je sais que votre nom n'est pas Marie Jacques.

Océane baissa la tête, comme si elle reconnaissait sa culpabilité. Elle fit semblant d'ajuster sa montre sur son poignet, pendant que le policier s'asseyait devant elle.

Immédiatement, un des écrans de l'ANGE se mit à clignoter en rouge à la base. Un technicien appuya en vitesse sur une touche devant lui.

– Monsieur Orléans, nous avons un code rouge, annonça-t-il.

○

Thierry Morin toisa l'imposteur pendant quelques minutes avant de commencer son interrogatoire. Océane était une très belle femme qui tentait de dissimuler un air de défi.

De son côté, l'agente de l'ANGE examinait aussi le visage de l'inspecteur. Il avait certainement une trentaine d'années. Ses cheveux châtains étaient coupés de frais et ses yeux bleus transperçaient l'âme.

– Qui êtes-vous vraiment? demanda-t-il enfin.
– Pourquoi suis-je interrogée par un inspecteur? fit mine de s'énerver Océane.
– Parce que votre prétendu client vient d'être assassiné dans sa cellule et que vous êtes la dernière personne à lui avoir parlé.

Océane étouffa un cri d'horreur et éclata en sanglots. En portant les mains à son visage, elle activa la caméra miniature du premier bouton de sa chemise.

○

Cédric Orléans venait juste d'arriver derrière le technicien lorsque les premières images de l'agente en péril apparurent sur l'écran. Le chef montréalais connaissait bien Océane : elle se sortait généralement toute seule de toutes les situations difficiles. Il préféra donc observer ce qui se passait avant de lui envoyer des renforts.

– Quel est votre lien avec cet Éros ? demanda l'homme assis devant elle.

– Oh, mon Dieu ! s'écria Océane en pleurant comme une véritable actrice. Qui a fait ça ? Il était si bon pour tout le monde... Pourquoi l'a-t-on assassiné ?

– Répondez à ma question, je vous prie.

– Je ne pouvais pas entrer ici autrement... On ne m'aurait pas laissée le voir...

Océane fouilla dans son sac à main et en sortit des mouchoirs en papier. Elle s'essuya les yeux en faisant attention de ne pas obstruer l'angle de vision de sa caméra.

– Je suis un de ses disciples, avoua-t-elle.

– Comment vous appelez-vous ?

– Océane Chevalier.

Le technicien de l'ANGE sursauta. Cédric posa une main rassurante sur son épaule.

– Elle lui a donné son véritable nom, s'énerva l'expert en communication.

– À ce stade-ci, elle n'a plus le choix, affirma Cédric. De toute façon, ce policier ne trouvera que les renseignements que nous voudrons bien lui fournir.

L'inspecteur ne semblait pas ému par les larmes de cette disciple déguisée en avocate. Il demeurait de glace.

– Avait-il beaucoup d'ennemis ? la questionna-t-il.

– Non... enfin, pas que je sache...

– Saviez-vous qu'il était accusé de multiples fraudes ?

– Je suis justement venue lui dire de ne pas s'inquiéter, que c'était sûrement un malentendu.

– Je vous demanderai de rester ici jusqu'à ce que je vérifie votre identité, mademoiselle Chevalier.
– Est-ce que je pourrais voir Éros ?
– Je crains que ce ne soit pas possible.

Devant l'écran de l'ANGE, le technicien se tourna vers Cédric.
– Désirez-vous lui fournir de l'aide ? le pressa-t-il.
– Non, décida le chef. Elle se débrouille très bien. Je suis certain qu'elle viendra directement ici après cet interrogatoire.

Thierry Morin quitta Océane et se rendit dans une autre salle, où Windsor visionnait l'enregistrement de sécurité du couloir des cellules. On voyait James poussant Éros dans la sienne, puis l'image se brouillait pendant une fraction de seconde. Le policier s'écrasait ensuite brutalement sur le plancher.
– Pourquoi voit-on très bien James et pas l'assaillant ? se troubla Windsor.
– Il bouge trop rapidement, expliqua le technicien. Je n'ai jamais rien vu de tel.
Thierry appuya sur une touche du magnétoscope pour faire marche arrière. Il examina de nouveau les quelques instants qu'avait duré ce meurtre. L'équipement n'était pas suffisamment sophistiqué pour ralentir la séquence.
– Puis-je avoir une copie de cet enregistrement ? demanda-t-il.

– Oui, bien sûr.

Le téléphone de l'inspecteur se remit à sonner. Il le retira vivement de la poche de son veston.

– Morin, répondit-il.

Il écouta son interlocutrice pendant un moment.

– Une bibliothécaire sans histoire, répéta-t-il. Merci, Christiane.

« Une autre pauvre femme crédule qui a besoin d'un gourou pour donner un sens à sa vie », pensa-t-il. Il la fit libérer sur-le-champ.

O

Océane ne se pressa pas pour quitter la bâtisse. Elle devait paraître aussi innocente qu'un agneau. Elle retrouva la berline grise parmi les voitures dans le parking. Un bout de papier était coincé sous l'essuie-glace. Elle le retira, mais ne l'ouvrit qu'une fois dans le véhicule. Elle y trouva ces mots écrits avec une encre brunâtre :

ÉROS OU THANATOS ? – O.

Sans perdre une seconde, elle retourna à la base en s'assurant qu'elle n'était pas suivie. Une fois à l'intérieur, elle se hâta vers le bureau de Cédric et lui remit le message. Il l'examina avec un calme exaspérant.

– J'ai étudié suffisamment longtemps pour savoir qu'Éros est le dieu de l'amour et que Thanatos est le dieu de la mort, indiqua-t-elle.

– En psychanalyse, Thanatos est l'ensemble des pulsions de mort, précisa Cédric. Il est inévitablement opposé à Éros.

– Le mystérieux O a donc réussi à se rendre jusqu'à sa cellule.

– Je ne crois pas qu'il soit l'assassin d'Éros. S'il avait voulu tuer ce charlatan, il n'aurait pas attendu qu'il soit arrêté. Si tu te souviens bien, il assistait à ses conférences. Je vais demander à Vincent d'analyser l'encre et le papier, mais je vais laisser à Yannick le soin d'interpréter ce mythe.

– C'est de son ressort, il n'y a aucun doute, admit Océane.

– Va te reposer. Tu as fort bien travaillé aujourd'hui.

– Je n'ai pas réussi à savoir d'où ce hâbleur tenait ses renseignements.

– Pourquoi l'Alliance assassinerait-elle un imposteur? murmura Cédric, surtout pour lui-même.

– Je vais aller y réfléchir. C'est à votre tour de ramer.

– Merci, Océane.

Elle quitta la pièce, plutôt mécontente de la tournure que prenaient les événements.

...0011

Cindy Bloom continuait à lire avec intérêt les divers articles scientifiques que Vincent McLeod avait collectionnés au fil des ans sur les reptiliens. Elle était silencieuse au point que le jeune savant, assis à quelques pas d'elle, avait complètement oublié sa présence. Cédric Orléans fit irruption dans la grande salle.

– Du nouveau ? lança-t-il.

– Il ne se passe pas grand-chose en Europe, l'informa Vincent, mais à New York, c'est une autre histoire. Je te ferai un rapport quand j'aurai un tableau complet.

– Peux-tu d'abord m'analyser ceci ?

Cédric lui tendit le plus récent message de l'insaisissable O. Cindy délaissa son écran pour se tourner vers eux.

– C'est de notre ami furtif ? s'enquit Vincent.

– Probablement. Il était sur le pare-brise de la voiture d'Océane.

– Donc, remis encore une fois à une femme. Je commence à penser que Yannick a raison.

– Dis-moi s'il a la même composition que les autres et demande à Yannick de se creuser les méninges.

– Tout de suite.

– Et essaie de mettre la main sur la vidéo du meurtre d'Éros.

– Il est mort ? s'exclamèrent en chœur les deux agents.

– On l'a assassiné dans sa cellule. Nous avons évidemment décidé de mener notre propre enquête.

– S'il y a des images de ce meurtre, je les aurai, promit Vincent.

– Je peux faire quelque chose ? demanda Cindy, ébranlée.

– J'aimerais en apprendre davantage sur ce Thierry Morin qui a interrogé Océane, lui dit Cédric. Je n'ai jamais entendu parler de lui.

– Je m'en occupe.

Les deux agents se mirent aussitôt au travail sur leurs ordinateurs respectifs.

Yannick Jeffrey rentra chez lui, un porte-documents à la main, des livres sous l'autre bras. Il avait donné plusieurs cours ce jour-là et il avait besoin de décompresser. Il déposa le tout sur la console de l'entrée du loft, referma la porte et fit face au panneau de contrôle près du disjoncteur. Un rayon lumineux scruta sa rétine en une fraction de seconde.

– Bonsoir, monsieur Jeffrey, fit aussitôt une voix électronique. Vous n'avez qu'un seul message et le périmètre est sécurisé.

Yannick poursuivit sa progression dans l'immense pièce et prit une bouteille d'eau dans le réfrigérateur. Il en but la moitié, puis alla s'asseoir à sa table de travail. Il fit tout de suite sortir l'écran de sa surface.

– Faites-moi voir ce message, je vous prie.

L'écran s'anima, et le visage un peu trop sérieux de Vincent y apparut.

– Salut, Yannick. Je sais que tu donnes un cours cet après-midi, alors je te laisse un mot, parce que je serai trop occupé ensuite. Tu reconnais cette écriture ?

Vincent déplia le papier pour que Yannick puisse bien lire les trois mots. Le professeur déposa la bouteille sur le bureau. Il avait blêmi.

– Cédric aimerait avoir ton opinion là-dessus. Amuse-toi bien.

L'écran s'obscurcit. Yannick ferma les yeux et baissa la tête.

– Alors, O a raison : la guerre est bel et bien commencée…, murmura-t-il, déconcerté.

Il demeura inerte un long moment, puis revient lentement à la vie. L'ennemi avait franchi l'océan. Il avait mis le pied en Amérique. Ses sources indiquaient que les agents du Mal sillonnaient New York, mais jamais il n'avait pensé qu'ils oseraient envahir le Québec. Cette terre était protégée par les anges et tous leurs alliés.

– Comment ont-ils réussi à passer ?

– Je ne peux pas répondre à cette question, résonna la voix de l'ordinateur.

– Elle ne s'adressait pas à vous.

– Que puis-je faire pour vous aider ?

– Rien, je le crains…

Il reprit courage et trouva, dans une pile de documents, les feuilles que Vincent avait imprimées pour lui sur sa théorie de la résurgence de l'Empire romain. Il prit un marqueur de couleur afin de souligner les passages dont il voulait discuter avec Cédric.

...0012

Une voiture noire s'arrêta devant le porche d'une somptueuse demeure, dans un quartier riche de Montréal. L'homme qui en sortit n'était autre que le prétendu policier qui avait lâchement assassiné Éros dans sa cellule. En plus d'avoir la carrure d'une armoire à glace, Barastar possédait une âme noire comme le charbon. Son maître l'avait ramené de la mort, quelques heures à peine après son exécution dans une prison d'Europe. Cependant, il n'était plus un vulgaire criminel. Il était désormais l'un des plus puissants assassins de l'Alliance. On craignait son nouveau nom partout sur cette planète.

Il pénétra dans le hall de la maison. Ses propriétaires étaient quelque part en Australie, alors l'Alliance s'y était temporairement installée. Barastar grimpa à l'étage des chambres et trouva Ahriman dans la plus vaste. Il était assis dans un confortable fauteuil, les yeux rivés sur les flammes de la cheminée qui réchauffaient la pièce.

– C'est fait, annonça le nervi.

– Je n'ai jamais douté un seul instant de ton succès, Barastar, le félicita son maître en faisant lentement pivoter son siège.

Ahriman était le bras droit de l'Antéchrist, celui qui lui ouvrait la route. La Bible lui avait aussi donné le nom de Faux Prophète. Sa voix doucereuse rappelait celle d'un serpent charmant sa proie avant de la mordre. Il avait les cheveux et les yeux noirs et une complexion de neige.

Il portait des vêtements de marque et des bijoux d'une valeur inestimable. C'était une créature de la nuit, qui fuyait le soleil comme un péril mortel.

– Il y a juste un problème, ajouta le fier-à-bras, inquiet.
– Parle.
– Une femme est venue le voir avant que je puisse lui régler son compte. Je ne sais pas ce qu'elle lui a dit.
– La connais-tu ?
– Je ne sais pas son nom, mais j'ai reconnu son odeur. C'est celle de la race de Joseph.
– Je vois...

Pendant un court instant, de petites flammes dansèrent dans les yeux d'Ahriman. Il était contrarié.

– Vous la connaissez ? crut comprendre le sbire.
– Tout comme toi, j'ignore son nom, mais Armillus m'a parlé de ces soldats de lumière qui sont peu nombreux en Amérique, mais qui nous causeront tout de même des ennuis.
– Voulez-vous que je vous en débarrasse ?
– Ce genre d'épuration ne peut être confiée qu'aux démons supérieurs, mon fidèle serviteur. Je préfère te garder pour des tâches où j'ai besoin que tu agisses plus rapidement. Il n'y a qu'une seule entité qui puisse éliminer les membres de cette agence qu'ils ont osé appeler l'ANGE.
– Seth ? s'effraya Barastar.
– Le seigneur de la violence en personne.
– Le grand maître n'a-t-il pas besoin de Seth pour le protéger ?
– Il n'a plus besoin de protection. Il a acquis suffisamment de force pour enfin apparaître en ce monde. Seth est justement à la recherche d'autres victimes.

Un homme à l'aspect menaçant sortit de l'ombre. Inquiet, Barastar recula vers la porte. Seth était un personnage terrifiant. D'une très grande taille, il avait de longs bras et un visage allongé. Ses cheveux blonds et sales touchaient ses épaules. Ses yeux étaient de la couleur du sang. Il portait un imperméable noir qui arrivait presque au sol.

– Tu n'as rien à craindre, Barastar, le rassura Ahriman. Seth est notre allié.

Un sourire démoniaque étira les lèvres du géant.

– Veux-tu qu'il te décrive la femme de l'ANGE ? lui proposa le Faux Prophète.

– Je n'ai besoin de personne pour retrouver une cible, gronda Seth.

Sa voix caverneuse semblait provenir du fond de ses entrailles. Elle fit courir des frissons d'horreur sur les bras de Barastar.

– Tu ne veux pas non plus savoir son nom ?

– Ce n'est pas important, rétorqua Seth. Le maître m'a demandé de tous les tuer.

L'affreux meurtrier dirigea un regard sombre vers Ahriman, car il n'aimait pas qu'on lui dicte sa conduite. Mais cet homme occupait un rang supérieur au sien. Il ne pouvait s'en prendre à lui sans s'attirer la colère de Satan lui-même.

– Alors, fais ce que tu as à faire, ordonna Ahriman.

Seth recula et se fondit dans l'ombre.

...0013

Après avoir cherché toute la nuit, Vincent parvint à mettre la main, par des moyens détournés, sur l'enregistrement du meurtre d'Éros. Il fit aussitôt prévenir son patron. Ce dernier laissa tomber ce qu'il faisait pour se rendre en vitesse aux Laboratoires. Vincent était rayonnant.

– Ça n'a pas été facile, mais je l'ai finalement eu! s'exclama-t-il.

– Tu obtiens toujours ce que je te demande.

Le savant mit l'appareil en marche, et les deux hommes contemplèrent la scène que Thierry Morin avait visionnée au poste de police. La vitesse d'exécution de Barastar les sidéra.

– Wow! s'exclama Vincent. As-tu vu ça? On dirait un spectre!

– Peux-tu ralentir les images?

– Il va bien falloir, si on veut voir quelque chose.

Pendant que Vincent pianotait sur son clavier, Yannick Jeffrey entra dans la salle.

– Qu'avez-vous trouvé? s'informa le professeur.

– C'est la vidéo du meurtre, répondit Cédric.

– Voilà. Je pense que ça devrait être plus clair, les coupa Vincent.

Il fit repasser la scène plus lentement. Sur l'écran, le gardien ne bougeait presque pas, mais le meurtrier, lui, avançait à une vitesse normale.

– Peux-tu me faire un gros plan de son visage ? s'alarma Yannick, car la carrure du tueur ne lui était pas inconnue.

Vincent obéit sur-le-champ. Juste avant de tirer sur Éros, Barastar s'était tourné pendant une fraction de seconde vers la caméra de surveillance. « Heureusement qu'il n'a pas tiré sur la lentille », pensa le savant.

Il figea l'image.

– C'est Barastar, affirma Yannick, livide.
– Tu en es bien certain ? tint à s'assurer Cédric.
– Je suis le seul à l'avoir vu durant mon séjour en Israël…
– C'est le tueur numéro un de l'Alliance, s'étonna Vincent. Pourquoi serait-il venu jusqu'ici pour exécuter un escroc ? À moins que…

Vincent hésita à leur parler de sa propre théorie. Si le gourou était un reptilien, sans doute l'Alliance avait-elle craint qu'il ne vide son sac.

– Ou bien Éros n'est pas ce qu'il paraît être ou bien c'est un pauvre type qui a mis la main sur des renseignements qu'il ne devait pas connaître, objecta Cédric.
– Et transmettre, ajouta Yannick.
– Je pourrais tenter de retrouver ses enseignements, pour voir s'ils contiennent quelque chose d'intéressant pour nous, proposa Vincent.
– C'est une bonne idée, acquiesça le chef.

Cédric aperçut alors le regard insistant du professeur d'histoire. Il le convia donc dans son bureau. Dès que les deux hommes eurent quitté la pièce, Vincent se lança dans cette nouvelle enquête.

La porte métallique se referma derrière Yannick, qui était toujours pâle comme un fantôme. Cédric contourna sa table de travail en examinant le visage terriblement inquiet de son meilleur agent.

– La dernière fois que je t'ai vu dans un tel état, tu revenais justement d'Israël, se rappela-t-il.

– Vincent m'a transmis le message qu'a reçu Océane.

– Et, évidemment, ça te dit quelque chose.

– Comme tu le sais, en plus de mes recherches sur la résurgence de l'Empire romain, je me suis penché sur les prophéties entourant l'Antéchrist.

– Assieds-toi.

Yannick se laissa tomber dans l'un des fauteuils tandis que Cédric prenait place de l'autre côté.

– L'Antéchrist est l'incarnation du Mal, expliqua le professeur d'histoire. Les membres de la secte essénienne de Qumrân, sur les bords de la mer Morte, ont écrit dans plusieurs de leurs manuscrits qu'il y aurait un grand combat entre les fils de la lumière et le maître des ténèbres.

– Je me suis également informé à ce sujet. On dit aussi qu'il viendra sur la Terre pour détruire toutes les religions et se faire adorer lui-même comme le seul dieu des hommes. Tu sais qui il est ?

– Personne ne le sait, sauf son bras droit et ses serviteurs. Et il y a trop de théories pour que je puisse l'identifier avec certitude. Tu me connais, je ne voudrais pas accuser un innocent.

– L'ANGE non plus.

– Le seul nom qu'on puisse lui donner, c'est Armillus.

– C'est en effet celui que tu as utilisé l'autre jour lorsque tu nous en as parlé.

– Il s'agit d'une légende juive. Armillus est né de l'union charnelle d'esprits mauvais avec la statue de marbre d'une splendide vierge. C'est une allégorie, bien sûr, mais elle n'est pas sans fondement.

– Quel est son lien avec ta théorie ?

– Armillus est un nom romain. Il a été mentionné pour la première fois par un chroniqueur juif qui disait de lui qu'il était l'Antéchrist. Le prophète Daniel dit aussi qu'un prince viendra pour reconstruire l'empire d'Hadrien, un autre Romain. Armillus deviendra le chef de ce nouvel empire.

Cédric posa le bout de ses doigts sur ses lèvres, geste qu'il faisait quand il voulait s'isoler mentalement.

– Et ce Barastar est son tueur à gages ? s'enquit-il finalement.

– Oui, mais ce n'est pas le plus redoutable. Le bras droit d'Armillus est aussi un meurtrier, mais il ne se salit les mains qu'en dernier recours et seulement à la demande de son maître. Des rumeurs semblent indiquer que cet homme porte le nom d'Arimanius ou Ahriman.

– Ahriman…, répéta Cédric en fouillant dans sa mémoire.

– Le dieu chtonien de l'obscurité, enchaîna Yannick. On dit qu'il a tenté de persuader ses esclaves animaux, y compris le scorpion et le serpent, de boire le sang d'un taureau immolé par la déesse Mithra. Il a heureusement échoué, sinon il aurait empêché la vie de se former sur la Terre. Tous les rituels qui entourent Ahriman sont accompagnés de sacrifices cruels.

– Mais ce n'est que de la mythologie, Yannick.

– Toute mythologie a un fondement dans la réalité. C'est ça que je veux te faire comprendre. Le rôle d'Ahriman est de préparer la voie pour son maître. Si Barastar est ici, c'est que le bras droit de l'Antéchrist n'est pas loin derrière lui.

– Je croyais que cet être démoniaque régnerait sur l'Europe.

– Son but est de dominer toute la Terre. Et, apparemment, il pense que le Québec vaut la peine d'être annexé à son empire.

Cédric se cala profondément dans son fauteuil, plutôt découragé. Il avait lu la Bible comme tout le monde : en surface. Il connaissait l'Apocalypse, les Révélations et certaines des prophéties de Daniel. Cependant, il avait toujours pensé qu'il s'agissait d'allégories. C'était Yannick qui avait fondé la section d'études sur l'Antéchrist de l'ANGE. De nature curieuse, Cédric lui avait accordé la permission de créer cette base de données très spéciale. Il l'avait même consultée lui-même pour juger de la pertinence de cette recherche. Les prophètes annonçaient l'avènement d'un homme machiavélique qui chercherait à dominer le monde. Puisqu'il y avait eu plusieurs dictateurs dans le passé, le chef de la division montréalaise avait accepté de garder l'œil ouvert. Mais de là à prétendre que ces conquérants étaient des êtres démoniaques...

Incapable de déjouer les codes informatiques des organismes qu'elle voulait consulter, Cindy se rendit à la grande salle des Renseignements stratégiques. Elle repéra le technicien qui était le plus doué, après Vincent. Elle s'assura qu'il n'était pas occupé à scruter quelque coin de la planète pour Cédric, puis lui expliqua son problème.

Serge était un génie, mais il ne créait pas de machines comme Vincent. Il possédait toutefois une mémoire phénoménale. Lorsqu'il s'infiltrait dans un système, il n'oubliait plus comment il s'y était pris. Il tapa fiévreusement sur son clavier. Les images passaient si rapidement sur l'écran que Cindy avait du mal à les voir. Finalement, l'informaticien s'arrêta sur la fiche signalétique de l'enquêteur Thierry Morin.

– Vous êtes drôlement doué, souffla la jeune femme, émerveillée.

– C'est mathématique, expliqua Serge en haussant les épaules. Jusqu'où voulez-vous que je remonte ?
– Jusqu'à ses études, si vous le pouvez. Je voudrais aussi savoir où il est né et qui sont ses parents.

Le technicien se lança, en véritable virtuose du clavier. Bientôt, les feuilles se mirent à sortir de l'imprimante à côté de lui. Cindy parcourut les premières lignes avec intérêt.

– Adopté… laissé à la porte d'une église… Comme c'est intéressant…
– J'ai autre chose, annonça Serge.

L'imprimante cracha de nouveaux renseignements. Cindy les cueillit mécaniquement, car elle n'avait pas encore fini de lire le début du texte. Elle marmonna un merci et se dirigea vers la porte du bureau du patron en marchant comme un robot.

Pendant que Cindy tentait d'établir la véritable identité de Thierry Morin, Cédric discutait avec Yannick des notes laissées par O.

– Quel lien vois-tu entre le message qu'on a remis à Océane et ta théorie sur l'Empire romain ?
– C'est un avertissement, affirma Yannick. Thanatos est un dieu symbolisant la mort dans la Grèce antique. Il est le frère du songe et le fils de la nuit. Il est presque toujours personnifié sous les traits d'un jeune homme ailé tenant une torche en train de s'éteindre. On dit que les dieux le haïssaient parce qu'il conduisait les âmes des morts aux enfers.
– Ils n'ont certainement pas tué Éros parce qu'il enseignait selon eux des hérésies, tout de même.

– Je pense plutôt que celui qui a laissé le message essaie de nous prévenir qu'en faisant arrêter Éros, nous avons annoncé nos couleurs. L'ennemi sait maintenant qui nous sommes. Éros est devenu un annonciateur de mort.

– Mademoiselle Bloom demande à vous voir, monsieur Orléans, annonça l'ordinateur. Elle est à la porte de votre bureau.

– Faites-la entrer, je vous prie, ordonna-t-il.

La porte glissa, et la jeune femme apparut, des feuilles plein les mains.

– Oh, je suis désolée, s'excusa-t-elle en apercevant Yannick, je ne savais pas que vous étiez occupé.

– Approche. J'ai besoin de bonnes nouvelles.

Cindy prit timidement place dans le deuxième fauteuil et salua Yannick.

– On dirait que tu t'intègres, la taquina ce dernier.

– C'est facile quand on nous laisse participer à une grosse enquête.

– Qu'as-tu trouvé ? la pressa Cédric.

– Thierry Morin n'est pas un policier ordinaire.

– Il fait partie d'un corps policier spécial ?

– Non, il enquête véritablement pour la Sûreté, mais son parcours est inhabituel. Il est orphelin. Ce sont des prêtres qui l'ont trouvé dans un panier sur le parvis de leur église... Ils l'ont placé dans une famille très pieuse et ils ont payé ses études.

– Moi, j'appelle ça une bonne action, plaisanta Yannick.

– Ils l'ont ensuite envoyé étudier au Vatican.

– En général, on n'envoie pas un jeune homme étudier les techniques policières à Rome, reconnut Cédric.

– À moins de vouloir en faire un agent secret, répliqua Yannick.

– Cela expliquerait qu'il soit arrivé ici et qu'il soit devenu inspecteur sans aucun diplôme, lâcha Cindy.

Yannick et Cédric échangèrent un regard entendu.

– Vous en savez plus que moi, n'est-ce pas ? comprit la jeune femme.

– Yannick est d'avis que les hommes de main de l'Antéchrist sont en train de s'implanter au Québec, lui apprit Cédric.

– Et le Vatican le saurait ? C'est pour cette raison qu'ils ont envoyé Thierry Morin ici ?

– On dirait bien, soupira Yannick.

– Tu veux bien me laisser ce que tu as trouvé ? exigea gentiment Cédric. Je voudrais y jeter un coup d'œil en toute tranquillité.

– Oui, bien sûr.

Yannick saisit le sous-entendu et se leva, annonçant qu'il retournait auprès de Vincent. Cindy le suivit.

– Moi aussi, je me sauve, déclara-t-elle. Je travaille dans une heure.

Cédric les remercia et attendit qu'ils soient partis pour se plonger dans la lecture des imprimés.

○

Cindy marcha aux côtés de Yannick en pensant qu'il était vraiment un bel homme. Plus grand qu'elle, il se tenait droit et sa démarche était altière. Elle ne comprenait tout simplement pas pourquoi il était seul dans la vie.

– Toutes vos théories sont bien intéressantes, fit-elle pour le tirer de sa rêverie, mais elles sont aussi bien inquiétantes.

– Vincent t'a parlé de ses reptiliens ? s'amusa-t-il.

– Il m'a fait lire des trucs à leur sujet. Vous y croyez ?

– Quand tu auras passé quelques années dans cette agence, tu comprendras que rien n'est impossible. Bonne journée, Cindy.

Il tapa la combinaison de la porte Laboratoires et y entra. Comme il s'y attendait, Vincent était absorbé dans l'étude d'une multitude de renseignements lumineux.

– Je peux regarder la vidéo une autre fois, pour bien me rappeler le visage du meurtrier ? lança Yannick.

– Ce ne sera pas nécessaire, puisque j'ai reproduit son visage.

Vincent pointa le doigt vers une imprimante. Yannick en retira la photocopie noir et blanc.

– As-tu réussi à déterrer les enseignements d'Éros ? demanda-t-il en lisant.

– Quelques-uns, mais il les a copiés, mot pour mot, dans des livres ésotériques.

– Est-ce que tu pourrais circonscrire ta recherche à l'Antéchrist ?

– Il continue de te hanter, celui-là.

– Si on veut, avoua le professeur avec un sourire triste.

– Aussitôt dit, aussitôt fait, annonça Vincent.

Yannick prit place près de lui pour lire les informations sur l'écran.

...0014

Cindy s'habilla dans la salle Équipements, puis s'engouffra dans l'ascenseur, vêtue de son uniforme d'Air Éole. Elle sortit du placard et emprunta le couloir, son sac à dos sur l'épaule. Tout ce qui s'était passé durant la journée lui trottait dans la tête. Néanmoins, son entraîncment d'agent secret lui avait appris à demeurer vigilante.

Elle ne flaira pas le moindre danger à son arrivée à Dorval. Pourtant, il était bien présent. Devant l'aéroport, une limousine noire venait de s'arrêter. Le passager qui en descendit était si repoussant que les voyageurs qui flânaient sur le trottoir choisirent d'aller attendre la navette ailleurs.

Seth huma l'air, comme s'il traquait ses victimes par leur odeur. Il examina l'affiche accrochée au-dessus de lui. On y mentionnait différentes compagnies aériennes. Un nom l'intrigua : Air Éole. Comme un chien de chasse ayant flairé une piste, il baissa la tête et marcha vers la porte.

Cindy venait d'arriver au comptoir où l'employée, dont elle prenait la relève, remettait un billet à un client. Elle s'apprêtait à contourner les convoyeurs lorsqu'un inconnu lui bloqua la route. En conservant son calme, elle allait lui rappeler que seuls les employés avaient le droit de circuler derrière les comptoirs, lorsqu'elle reconnut ce visage aux traits méditerranéens.

– Vous ! s'exclama-t-elle, fâchée.

Le mystérieux O ne prit même pas la peine de se justifier. Ses yeux étaient chargés de terreur.

– Fuyez! la somma-t-il.
– Pourquoi?
– Faites ce que je vous dis!

Puisqu'elle refusait de bouger, O la poussa sous un comptoir et l'emprisonna dans ses bras, juste au moment où Seth traversait la file des clients d'Air Éole. Cindy se débattit en vain. La prise de son assaillant était solide. Elle mordit la main posée sur sa bouche. O la libéra.

Furieuse, la jeune femme bondit sur ses pieds et se retourna pour l'invectiver. Il n'était plus là! À moins de s'être enfoncé dans le plancher de béton, il ne pouvait pas s'être enfui en une seconde à peine! Elle tourna plusieurs fois sur elle-même sans l'apercevoir. Elle ne vit pas non plus la silhouette sombre de Seth qui avait poursuivi son chemin.

Cindy baissa les yeux vers ses vêtements. Ils étaient tout froissés. Sa collègue s'empressa de venir à son aide.

– Que t'est-il arrivé? s'inquiéta-t-elle.
– J'ai failli être enlevée! s'écria Cindy en feignant la terreur.

Sa collègue la ramena au comptoir d'Air Éole et la fit asseoir sur le tabouret pendant qu'elle communiquait avec leur patron. Cindy s'éventa avec une enveloppe de billet vide. Comment O avait-il réussi à s'enfuir?

Cet incident convainquit Cédric de renforcer la sécurité autour de la base souterraine de Montréal. L'intangible personnage, qui signait ses messages avec du sang humain, retrouvait ses agents avec une facilité déconcertante et disparaissait de façon mystérieuse. Le chef choisit donc lui-même l'emplacement du nouvel appartement de Cindy, sans en parler à personne. La jeune femme y fut même conduite en secret, à la fin de la journée.

Cindy remercia son escorte et tourna la clé dans la serrure. « Du déjà-vu », s'amusa-t-elle en contemplant les cartons empilés partout. « Peut-être qu'il serait préférable que je ne les déballe pas… » Elle en retourna quelques-uns pour lire ce qui y était écrit et trouva celui de la cuisine. Il lui fallait au moins une assiette et une fourchette pour manger le repas qu'elle avait acheté en se rendant à son immeuble.

Elle avait à peine dégagé la vaisselle qu'elle entendit un curieux frottement. Elle s'immobilisa, tous ses sens aux aguets. Immobile, elle scruta les fenêtres une à une, puis tourna son regard vers la porte. On y avait glissé une note ! Elle laissa tomber l'ustensile de cuisine qu'elle tenait à la main et fonça.

Sans prendre le temps de ramasser le morceau de papier, elle ouvrit brusquement la porte. Le couloir était désert ! Elle courut à l'ascenseur, mais le voyant d'appel indiquait qu'il se trouvait au niveau du hall d'entrée. L'auteur du message avait sans doute pris la fuite par l'escalier de secours. Cindy s'y précipita et tendit l'oreille : pas un bruit.

« Mais comment est-ce possible ? s'étonna-t-elle. Personne ne court aussi vite ! »

Elle retourna dans l'appartement et ramassa la feuille pliée en deux. Elle l'ouvrit et trouva ces mots :

PARTEZ MAINTENANT ! – O.

N'écoutant que son instinct, Cindy ne ramassa que son sac à dos. Elle abaissa le levier d'urgence dans le couloir et fonça dans l'escalier. Elle eut à peine le temps de mettre le pied dehors qu'une violente explosion secouait l'immeuble. Elle courut jusqu'au trottoir en se protégeant la tête et se retourna. Plusieurs étages au-dessus d'elle, des flammes jaillissaient par les fenêtres cassées.

Ébranlée, la jeune femme tomba sur ses genoux. C'était la première fois qu'elle frôlait la mort de si près. Sans l'avertissement de O, elle aurait été tuée dans la déflagration ! En tremblant, elle appuya le pouce sur le cadran de sa montre et l'index sur la couronne. Les chiffres s'illuminèrent en rouge.

○

Cédric était en train de consulter de longues colonnes de statistiques lorsqu'il reçut le code rouge. Les chiffres trois, seize se mirent à clignoter par-dessus le texte sur son écran.

– Cindy…, s'étrangla-t-il.

Il se hâta dans la grande salle tapissée d'écrans.

– A-t-on un visuel ? réclama-t-il.

– Négatif, répondit l'un des hommes en blouse. Elle ne l'a pas activé.

– Pouvez-vous la localiser ?

– Elle est à proximité de son nouvel appartement.

Cédric pivota vers un autre technicien.

– Dépêchez une équipe d'urgence ! Voyez si Océane est dans les environs ! Si oui, transmettez-lui un code rouge !

Puis il se retourna vers le premier homme.

– Le satellite peut-il nous montrer quelque chose ? s'impatienta le chef.

– Je suis justement en train de travailler là-dessus.

Une image apparut sur l'écran mural face à eux. On y vit d'abord de la fumée et des flammes sortant des fenêtres d'un seul étage de l'immeuble résidentiel, puis Cindy, à genoux sur la pelouse, visiblement en état de choc.

– Il a réussi à la retrouver…, murmura Cédric en pâlissant.

Cette fois, il lui faudrait prendre des mesures plus draconiennes pour mettre la jeune agente en sûreté.

○

Cindy aurait dû réagir tout de suite et déguerpir, car celui qui avait fait brûler son appartement rôdait probablement dans les parages. Mais elle restait là, hébétée. Elle n'entendit même pas une grosse limousine noire s'arrêter de l'autre côté de la rue.

Sans se presser, Seth en descendit et s'approcha par-derrière. Avant qu'il ne puisse s'emparer de sa proie, des voisins accoururent.

– Mademoiselle, êtes-vous blessée ? s'alarma l'un d'eux.

Seth s'immobilisa en évaluant la situation : il pouvait facilement neutraliser tous ces gens en plus de l'espionne. Un poignard apparut dans sa main. Il leva doucement le bras pour frapper l'homme juste devant lui. La sirène du camion de pompiers, qui déboulait, le fit sursauter. Il arrêta son geste, contrarié.

○

Océane était chez elle, en train de manger et de lire le journal, lorsqu'elle reçut le code rouge. Son intuition lui dit aussitôt qu'il s'agissait de sa jeune collègue. Elle abandonna son assiette pour se précipiter à son secours.

Yannick donnait son dernier cours à une trentaine d'élèves au cégep quand Cédric décida de l'impliquer lui aussi dans l'action.

– En l'an 605 avant Jésus-Christ, le roi Nabopolassar de Babylone ordonna à son fils Nabuchodonosor II d'arrêter la poussée de l'armée égyptienne, expliquait le professeur d'histoire.

– Comment vous épelez ça ? le taquina un de ses élèves.

– Vous n'avez pas besoin d'écrire ces noms maintenant. Je vous remettrai des feuilles plus tard. J'aimerais que vous m'écoutiez, plutôt. Alors, où en étais-je ? Oui, donc, les Babyloniens remportèrent une éclatante victoire. Sur le chemin du retour, ils attaquèrent même la Judée, qui était une alliée de l'Égypte. C'est à ce moment-là qu'eut lieu la première déportation des Juifs et, parmi eux, se trouvait un jeune garçon prénommé Daniel.

La montre de Yannick se mit à vibrer. Il y jeta un coup d'œil discret et vit que les chiffres clignotaient en rouge. Cela ne s'était pas produit depuis des lustres…

– Je crains de devoir m'arrêter ici, annonça-t-il.

La classe protesta bruyamment. Yannick se vit même forcé de lever les bras pour exhorter ses élèves au silence.

– Je suis vraiment désolé, mais j'ai un important rendez-vous. Nous continuerons de parler de la fascinante histoire du prophète Daniel au prochain cours. D'ici là, ce serait une bonne idée de lire les chapitres indiqués au tableau.

Yannick ramassa rapidement ses affaires. Il courut dans le couloir menant à la section des professeurs et fonça dans son bureau. Il referma vivement la porte, laissa tomber son porte-documents et ses livres sur la table de travail, puis ouvrit une grande armoire de style vieillot. Il appuya le cadran de sa montre sur la paroi intérieure gauche.

Les étagères pivotèrent, révélant une porte d'acier. Sans perdre de temps, le doyen des agents montréalais de l'ANGE répéta l'opération sur le cercle en relief et s'engouffra dans l'ascenseur. La cabine ne mit que quelques minutes à l'identifier, à le décontaminer et à le transporter dans les entrailles de la Terre. Lorsqu'il s'agissait d'un code rouge, Yannick trouvait le trajet désespérément long. La porte s'ouvrit enfin. Devant lui, Océane fonçait elle aussi vers les Renseignements stratégiques. Il accéléra le pas pour la rattraper.

– Ils t'ont appelée aussi ? lança-t-il en arrivant près d'elle. Ce doit être grave.

– Je pense que c'est Cindy.

– Tu le penses ou tu le sais ?

– Ne recommence pas à me harceler sur mes prétendus pouvoirs psychiques. Ce n'est pas le moment.

On dirigea les deux agents vers le bureau de Cédric où ils trouvèrent la jeune Cindy, enveloppée dans une couverture. Cédric se tenait devant elle, une feuille de papier à la main. Océane massa aussitôt les épaules de sa protégée tandis que Yannick, plus réservé, se postait près de leur chef. Toutefois, il était aussi inquiet que sa collègue.

– Est-ce que ça va ? s'inquiéta Océane. Est-ce que tu es blessée ?

– Non, je n'ai rien...

– Mais elle aurait pu être tuée, déplora Cédric.

Il appuya sur un bouton du clavier qui occupait le centre de sa table de travail.

– BONSOIR, MONSIEUR ORLÉANS, le salua une voix électronique.

– Montrez-nous les images captées par le satellite, séquence douze, vingt-deux.

L'énorme écran s'anima sur le mur opposé. Le logo de l'ANGE y apparut. Quelques secondes plus tard, il fut remplacé par un court film saccadé de l'incendie et de Cindy, sur la pelouse. Océane observa la scène avec étonnement, mais Yannick y perçut des détails supplémentaires.

– Arrêtez l'image, ordonna-t-il.

– Monsieur Orléans ? s'inquiéta l'ordinateur, qui ne reconnaissait pas la voix du professeur.

– Faites ce qu'il demande, ordonna Cédric.

Dans la rue, derrière la jeune femme, on pouvait voir un homme descendant d'une grosse limousine noire.

– Avancez une image à la fois, ajouta le chef, intrigué.

L'homme, vêtu de vêtements sombres et démodés, s'approchait de Cindy.

– Qui est-ce ? demanda Océane.

– Je n'en sais rien, avoua Cédric. Nous étions si inquiets pour Cindy que nous n'avons pas regardé toute la vidéo. Nous nous sommes plutôt précipités à son secours.

Ils virent alors arriver les voisins, puis, dans la main de l'étranger, la lame d'un couteau qui brillait.

– Mon Dieu ! s'étrangla Océane.

Tout comme Cédric et les deux agents, Cindy contemplait la scène avec des yeux horrifiés. Cet homme était un assassin ! Yannick pivota brusquement vers son chef. Il n'eut pas le temps d'ouvrir la bouche.

– Vas-y, acquiesça Cédric.

Yannick quitta le bureau sans délai.

– Il connaît ce tueur, n'est-ce pas ? s'angoissa Cindy.

– Yannick a été cédé temporairement aux forces internationales il y a deux ans pour une mission en Israël, expliqua Cédric sans quitter l'écran des yeux. Des chefs religieux avaient été assassinés à des dates un peu trop significatives à notre goût. L'ANGE a fait une enquête poussée sur le terrain. Yannick en faisait partie. Il a pu voir les visages de plusieurs serviteurs du Mal.

– Du Mal ? répéta la jeune femme d'une voix faible.

– Océane, tu veux bien rester avec elle ? la pria Cédric.

– Mais évidemment.

Il déposa la feuille sur sa table de travail et quitta lui aussi le bureau. Océane prit place dans l'autre fauteuil. Elle serra les mains de Cindy dans les siennes.

– La maternelle de l'agence, hein ? lui reprocha cette dernière.

– Il ne s'est jamais rien passé de tel lorsque j'étais aux Faux prophètes, je te le jure. Étais-tu dans l'immeuble lorsque l'incendie a débuté ?

– A débuté ? répéta Cindy, fâchée. Mon appartement a explosé d'un coup !

– Nous avions pourtant tout inspecté...

– Apparemment pas. C'est grâce à ce O que je suis en vie pour en parler.

– O ? s'étonna Océane.

– Il a glissé une note sous ma porte me disant de quitter tout de suite l'immeuble.

– Ce n'est pas le comportement d'un membre de l'Alliance, c'est certain. Peut-être fait-il partie d'une autre agence qui fait le bien dans le monde.

– Si c'est vrai, alors elle est un cran au-dessus de l'ANGE. Je n'ai jamais vu quelqu'un se déplacer aussi rapidement. À l'aéroport, il a disparu comme par enchantement et, lorsque j'ai voulu le courser tout à l'heure, quelques secondes après qu'il a glissé la note sous ma porte, il n'y avait personne dans le couloir !

Océane fronça les sourcils, visiblement décontenancée.

– À quoi penses-tu ? s'inquiéta Cindy.

– Au tueur d'Éros... Lui aussi bougeait très, très rapidement. Il a commis son crime en quelques secondes à peine.

– J'ai vu son visage sur la vidéo : ce n'était pas O, rectifia-t-elle.

– Mais les deux ont quelque chose en commun : la rapidité. C'est comme s'ils venaient d'un monde différent du nôtre, un monde qui évolue à une vitesse vertigineuse.

– C'est bien ce que je disais, se troubla Cindy. Tout le monde dans cette agence a une théorie abracadabrante sur nos ennemis. Pour Yannick, c'est les Romains. Pour Vincent, c'est les reptiliens. Et pour toi, c'est des superhéros plus rapides que la lumière.

– Moi, c'est parce que je viens d'une famille « dysfonctionnelle », ironisa Océane. Yannick et Vincent n'ont pas d'excuses.

Un sourire se dessina enfin sur les lèvres de la jeune agente.

– Tu veux boire quelque chose de fort ? proposa Océane. Je sais où Cédric cache ses bouteilles.

– D'habitude, je ne bois pas, mais j'avoue qu'un petit remontant ne serait pas de refus en ce moment.

Océane tapa un code sur le clavier. Un compartiment secret s'ouvrit dans le mur, laissant apparaître quantité de boissons. Océane fit un clin d'œil rassurant à Cindy et prit une bouteille de vodka.

...0015

Croyant reconnaître le visage de l'assaillant de Cindy, Yannick s'était précipité dans les Laboratoires où il était sûr de trouver Vincent. Il lui demanda de visionner lui aussi la séquence de l'incendie sur son ordinateur et se planta derrière lui.

– Arrête l'image sur cet homme et fais un gros plan, exigea le professeur.

Cédric venait justement d'arriver derrière eux. Il observa lui aussi le visage maléfique de l'homme en noir.

– Qui est-ce ? voulut-il savoir.

– On l'appelle Seth, l'informa Yannick. C'est un des tueurs les plus cruels à la solde d'Armillus. S'il est au Québec, alors nous avons de sérieux problèmes.

– Explique-toi.

– Cet homme, si c'en est un, est le garde du corps de l'Antéchrist.

– Donc, s'il est chez nous, ça veut dire que son patron n'est pas très loin derrière lui, comprit Vincent.

Les trois hommes s'observèrent en silence un instant, prenant conscience de la gravité de la situation.

– Pourrait-il avoir été chargé d'une mission spéciale ou envoyé pour préparer le terrain ? se demanda tout haut Cédric.

– Si vous voulez mon avis, on dirait plutôt qu'on lui a demandé de tuer Cindy, rétorqua Vincent.

Ce dernier fit un gros plan du poignard que tenait Seth à la main.

— Tu peux l'imprimer ? le pria Yannick.

— Bien sûr.

— Tu reconnais cette arme ? fit Cédric, intéressé.

— Je crois bien, oui. Et si ma mémoire est bonne, elle a au moins deux mille ans.

— Comme les messages ? s'étonna Vincent.

Yannick hocha doucement la tête.

— Est-ce qu'on aurait affaire à des voyageurs du temps ? suggéra le savant.

— Ne nous emportons pas, les avertit Cédric. Je vais d'abord mettre Cindy en sécurité, puis j'alerterai toute l'organisation. Si l'Antéchrist, peu importe qui il est, a mis le pied chez nous, il faut l'arrêter avant qu'il enclenche la série d'événements prédits par les prophètes.

— Ils retrouveront Cindy, peu importe où vous la logez, le prévint Vincent. Ils viennent de nous le prouver.

— Ils ne viendront pas chez moi, assura Yannick.

— C'est une terrible responsabilité, le mit en garde Cédric.

— Depuis quand ai-je peur de ça ?

— Et puis, c'est moi qui ai installé les systèmes de sécurité chez lui, ajouta Vincent. Personne ne peut entrer ni même s'approcher de son loft sans être détecté.

Cédric garda le silence, ce qui signifiait qu'il considérait sérieusement cette proposition.

○

Dans le bureau de Cédric, Cindy avait commencé à se détendre. Océane ramassa la feuille que son patron avait laissée sur la table de travail. Elle vit qu'il s'agissait d'un portrait-robot de l'insaisissable O.

– J'aimerais tellement savoir qui il est, soupira Cindy.

– Et moi donc ! C'est exactement le genre d'homme que j'aime.

Cindy leva un regard sceptique vers son aînée.

– Tu ne trouves pas qu'il serait à sa place dans ma famille ? se moqua Océane. Ma tante arrêterait de dire à tout le monde que j'ai épousé l'homme invisible.

La recrue éclata de rire au moment où Cédric et Yannick passaient la porte.

– Pouvez-vous nous dire maintenant ce qui était si urgent ? les pressa Océane.

– Yannick a reconnu l'homme qui tente de s'en prendre à Cindy.

– C'est réconfortant, le remercia la jeune recrue.

– En fait, non, soupira Yannick.

– Il s'agit d'un assassin à la solde de l'Antéchrist, expliqua Cédric. Et habituellement, il ne le quitte pas d'une semelle.

Les visages des deux femmes s'assombrirent, car elles comprenaient exactement ce que cela signifiait pour l'ANGE.

– Puisque cet homme a des moyens surnaturels de traquer ses victimes, nous avons pensé à un endroit où il ne pourra pas te retrouver, dit Cédric.

– Chez ma tante ? plaisanta Océane.

Elle arracha même un sourire à Cédric.

– Nous avons pensé au loft de Yannick, précisa-t-il.

– Oh non ! protesta Cindy. Je ne veux pas mettre sa vie en péril.

– Il n'y a aucun danger, la rassura Océane. Yannick habite dans un ancien bunker des Hell's Angels.

Cindy était encore plus décontenancée.

– C'est une métaphore, intervint Cédric. Yannick habite l'endroit le plus sûr que nous possédons, à part le quartier général, évidemment.

– Nous attendrons la nuit avant d'y aller, ajouta Yannick.

Cédric leur demanda aussi d'utiliser les transports spéciaux.

– On ne nous a jamais parlé de ces transports à Alert Bay, avoua Cindy, confuse. Qu'est-ce que c'est ?

– On vous enferme dans des barils et on vous roule jusqu'à destination, affirma Océane le plus sérieusement du monde.

Cindy ouvrit de grands yeux ronds.

– Ce sont des voitures banales que personne ne remarque, rectifia Cédric pour la tranquilliser.

– On utilise généralement la marque et la couleur les plus populaires de l'année, lui apprit Yannick. Elles sont donc très difficiles à repérer dans une ville.

– Je vois, lâcha Cindy en décochant un regard aigu à Océane. Est-ce que je pourrais faire un brin de toilette avant de partir ?

Cédric fit appeler Corinne Odessa, une spécialiste de la protection des personnages publics. Cette femme à la peau d'ébène, plus grande que les deux hommes, vint tout de suite chercher Cindy. Malgré sa stature imposante et ses vêtements impeccables, il y avait dans ses yeux une grande douceur. Cela rassura la jeune agente qui la suivit volontiers. Dès qu'elle les eut quittés, Océane posa sur son chef un regard amusé.

– Au moins, elle n'a pas fait sauter l'aéroport, lança-t-elle en riant.

– Tous nos agents devraient avoir ton sens de l'humour, commenta Yannick.

– Ce ne serait pas une bonne idée, raisonna Cédric.

– Est-ce que je peux rentrer chez moi, maintenant ? s'enquit Océane. Ou as-tu besoin de moi pour faire des recherches ?

– Théoriquement, tu es affectée aux Faux prophètes, mais ce ne serait pas une mauvaise idée que tu fasses un saut aux Menaces internationales pour faire émettre un avis de recherche pour Seth.

– Vous êtes bien sûrs que c'est lui ?

– Il est impossible d'oublier le visage de l'homme qui a abattu six de nos agents en une seule nuit, s'assombrit Yannick.

Océane accepta donc cette tâche et laissa les deux hommes en tête à tête. Le professeur baissa les yeux vers la photo du poignard que lui avait remise Vincent.

– Il est plutôt difficile de garder la tête froide dans cette histoire qui se joue entre ce siècle et celui du Prophète, souligna Cédric.

– Ta compréhension de l'histoire ne cessera donc jamais de m'étonner, apprécia Yannick.

– Il n'y a pas que toi qui aimes se plonger dans les vieux bouquins.

– J'ai bien hâte de rentrer chez moi et de fouiller ma bibliothèque.

– En attendant, malgré ton aversion pour les ordinateurs, va donc voir si Vincent pourrait t'aider à trouver quelque chose tout de suite.

« Pourquoi pas ? » se dit Yannick.

Lorsqu'il entra dans les Laboratoires, Vincent McLeod tapait allègrement sur son clavier. Il s'interrompit net, une information semblant retenir son attention.

– Mon savant préféré aurait-il un peu de temps à me consacrer ?

– Combien de fois devrai-je te demander de ne pas m'appeler ainsi ?

– Je n'en sais rien. Au moins, tu sais que c'est moi qui viens de te surprendre.

Yannick s'arrêta derrière Vincent.

– Cédric pense que ce serait une bonne idée de faire une recherche informatique sur le poignard en attendant que je puisse procéder à ma façon.

– C'est ce que j'avais l'intention de faire, mais j'ai d'abord jeté un coup d'œil à mon programme de détection de trucs inhabituels et j'ai trouvé quelque chose d'intéressant.

– Dans ton cas, ce peut être un millier de choses, le taquina Yannick.

– C'est le rapport d'autopsie d'Éros.

Yannick releva un sourcil.

– Ils ont trouvé des anomalies dans son sang, continua Vincent. Ils ne savent évidemment pas ce que c'est, mais, moi, j'ai vu ce genre d'irrégularités ailleurs.

– J'ignorais que tu te passionnais pour la médecine légale.

– Je ne m'y intéresse que lorsqu'elle appuie mes théories.

– Éros est un reptilien ? ricana Yannick.

– Regarde toi-même.

Vincent fit apparaître deux documents côte à côte sur l'écran. Dans l'autopsie, il mit en surbrillance le paragraphe sur l'analyse de sang. Dans le rapport sur les reptiliens, il fit ressortir le paragraphe intitulé « Anatomie ».

– Ça pourrait expliquer pourquoi il en sait autant.

– Tu m'as pourtant dit que tes reptiliens vivaient sous nos pieds.

– En théorie, mais nous sommes en train d'empoisonner leur habitat, expliqua Vincent en prenant des airs d'environnementaliste. Sans parler des essais nucléaires que nous avons effectués sous la terre. Ce sont des caméléons qui sont capables de prendre une forme humaine, alors ils tentent leur chance dans notre habitat à nous.

Yannick demeura songeur un moment.

– Mais tu n'es pas venu pour m'entendre parler de mes convictions, se rappela Vincent en voyant sa mine déconcertée.

– Signale tout de même ta trouvaille à Cédric, lui conseilla le professeur d'histoire. Elle pourrait peut-être nous servir plus tard.

Vincent se remit à pianoter et fit venir sur l'écran d'innombrables dessins d'armes blanches. Ses yeux parcoururent rapidement les résultats. Derrière lui, Yannick étudiait aussi les reproductions.

– Tout ce que je peux te dire, c'est que la dague de Seth ressemble beaucoup aux poignards romains d'autrefois, mais ses motifs ne correspondent à rien de ce que je vois ici. C'est à toi de jouer, Yannick.

Le professeur d'histoire savait bien que tout n'était pas encore transféré sur Internet, surtout le savoir caché des Anciens. Il attendit patiemment que Corinne Odessa soit prête à le conduire chez lui avec sa nouvelle locataire.

Le garde du corps les fit monter dans une voiture gris sombre qu'elle conduisit elle-même. Après d'innombrables détours, elle fit descendre ses passagers dans une rue déserte du Vieux-Montréal. Le poing fermé, Corinne et Yannick se touchèrent mutuellement les jointures de leur main droite en signe de connivence, en se regardant dans les yeux. Puis le doyen passa le bras autour des épaules de Cindy pour l'emmener sur le trottoir.

– Tu habites cette rue ? l'interrogea la jeune fille.

– Non. Je ne descends jamais devant chez moi. En fait, je ne descends jamais au même endroit.

Il l'entraîna dans une ruelle étroite. Cindy était particulièrement inquiète, mais décida de faire confiance au vétéran. Après avoir soigneusement inspecté la rue où il demeurait, Yannick ouvrit la porte massive de l'immeuble et laissa entrer sa protégée. Ils montèrent quelques marches, puis il inséra une énorme clé dans une serrure circulaire. La porte glissa d'elle-même.

En mettant le pied chez lui, le professeur se plaça devant le panneau de contrôle sur sa gauche.

– Bonsoir, monsieur Jeffrey, fit une voix électronique beaucoup plus sexy que celles du bureau de Cédric Orléans et de l'ascenseur du quartier général.

Bien qu'elle fût habituée aux interventions de ce type d'intelligence artificielle, Cindy sursauta.

– Vous n'avez aucun message et le périmètre est sécurisé. Qui est votre invitée ?

– C'est Cindy Bloom, notre dernière recrue.

– Soyez la bienvenue, madame Bloom.

– C'est mademoiselle, corrigea Cindy.

– Mille pardons.

– Fermez les volets et donnez-nous un peu de lumière, je vous prie, demanda Yannick.

Les volets d'acier grincèrent en pivotant sur leurs gonds et un éclairage tamisé envahit graduellement le loft.

– Bienvenue chez moi ! s'exclama Yannick avec un large sourire.

La jeune agente fut tellement impressionnée par l'immense pièce rectangulaire qu'elle demeura bouche bée. À sa gauche s'alignaient les appareils ménagers, séparés par des comptoirs. Au-dessus de ceux-ci, les volets cachaient les hautes fenêtres. Tout au fond, devant elle, il y avait un grand lit de style médiéval en fer forgé, une douche en Plexiglas, des toilettes et quelques miroirs. Plusieurs tableaux agrémentaient le mur, représentant différentes époques de l'histoire de l'humanité. À la droite de Cindy, une énorme bibliothèque couvrait tout un mur avec, au centre, un grand bureau chargé d'appareils électroniques. Au centre du loft, comme un îlot, plusieurs fauteuils, un sofa et une table basse étaient regroupés.

– Mon antre n'offre pas beaucoup d'intimité, je le crains, mais c'est l'endroit le plus secret de la planète, expliqua Yannick.

– Où se trouve l'ordinateur qui nous parle ?

Il pointa l'index vers le plafond. Cindy leva prudemment les yeux. Une sphère, de la taille d'une boule de quille, pendait au bout d'un bras mécanique. Elle ressemblait beaucoup à un œil.

– Est-ce qu'on nous donne ce type d'appartement après quelques années de service ? lança-t-elle.

– Non, répondit Yannick en réprimant un sourire. Ça n'a rien à voir avec l'ancienneté. Disons que l'ANGE voulait protéger son investissement. Mes livres valent plus d'un million de dollars.

– Si je m'achète des livres, on fera la même chose pour moi ?

– Tu passes trop de temps avec Océane, s'amusa le professeur. Tu commences à faire le même genre de commentaires qu'elle.

Il marcha jusqu'au réfrigérateur. L'œil du plafond le suivit, puis revint sur Cindy.

– Ne reste pas plantée là, fais comme chez toi, l'invita Yannick.

– Chez moi, ça n'a jamais ressemblé à cet endroit.

– Alors, commence par t'asseoir.

Cindy prit place dans un fauteuil. Ses yeux furent tout de suite attirés par l'ouvrage que son collègue avait laissé sur la table basse. Il n'y avait rien d'écrit sur sa couverture visiblement très ancienne. Elle le prit avec précaution et le feuilleta, sans comprendre la langue dans laquelle il était écrit. Yannick ouvrit le réfrigérateur et constata qu'il était vide.

– Qu'aimerais-tu boire ? demanda-t-il en refermant la porte.

– Un thé glacé, s'il te plaît.

Yannick ouvrit de nouveau la porte. L'appareil ménager contenait maintenant des bouteilles de thé glacé et d'eau de source. Il en prit une de chacune et revint vers Cindy. Elle accepta le thé avec plaisir. Yannick alla s'asseoir devant elle.

– Pourquoi es-tu nerveuse ? demanda-t-il.

– Je ne voudrais pas faire sauter un si bel appartement…

– Ça ne risque pas d'arriver. Allez, détends-toi. Personne ne t'atteindra ici.

Elle décapsula sa bouteille et avala une gorgée, qui sembla lui faire le plus grand bien.

– Ça va mieux, maintenant ? l'encouragea Yannick.

– Un peu… Qu'as-tu mis dans ce thé ?

– Rien de spécial, répondit-il avec un sourire mystérieux.

– En quelle langue est ce bouquin ? s'informa-t-elle, curieuse.

– En araméen. Je lis et je parle plusieurs langues. Cette nuit, tu dormiras dans mon lit. Je prendrai le sofa.

– Mais tu es chez toi ! protesta-t-elle.

– Je prends le sofa parce qu'il est plus confortable, ironisa-t-il.

Cindy se surprit à penser que c'était lui qui ressemblait à Océane, pas elle.

...0016

Tout comme son chef l'avait suggéré, Océane se rendit aux Menaces internationales et expédia l'avis de recherche avec la photo de Seth. Elle l'adressa personnellement à tous les chefs régionaux des provinces canadiennes et des États américains. Elle se mit ensuite à lire les communiqués récents sur les terroristes reliés de près ou de loin aux possibles activités de l'Antéchrist. Ce n'étaient que des filets d'information, mais il y en avait des tonnes. Elle perdit bientôt la notion du temps.

Avant de rentrer chez lui, Cédric, qui savait toujours tout ce qui se passait sur la base, vint voir ce qu'elle mijotait.

– Que fais-tu encore ici, à cette heure ? s'inquiéta-t-il.

– Je pourrais te poser la même question, fit-elle en bâillant.

– Je l'ai demandé le premier.

– J'ai fait émettre l'avis de recherche pour Seth. J'ai mis tous nos agents d'Amérique du Nord à ses trousses... bien que je doute qu'on arrive à le coincer. Tu te rappelles ce que Yannick nous a raconté à son sujet ?

– J'ai l'esprit large et je veux bien croire qu'un homme cruel et ambitieux s'apprête à s'emparer de la planète, tel que l'ont annoncé les prophètes, mais je ne pense pas que ce soit à l'aide de pouvoirs magiques.

– Yannick n'est pas un illuminé, le défendit Océane. Il a vu de ses propres yeux ce qui s'est passé en Israël.

– Nos agents étaient épuisés par cette chasse à l'homme. Il est possible que leur imagination leur ait joué des tours.

– Habituellement, je suis aussi sceptique que toi, sauf que ce rapport a été écrit par un homme sain d'esprit qui travaille encore pour nous. Ces derniers événements sont tout aussi bizarres. Tu as vu la vitesse d'exécution de l'assassin d'Éros ? Comment l'expliques-tu ?

Cédric demeura silencieux, car il ne savait qu'en penser.

– Vincent a analysé ce bout de film pixel par pixel, l'informa Océane. Il n'arrive pas à comprendre comment c'est possible. Il m'a dit que tu l'avais aussi transmis à Lucas et à Korsakoff.

– Je veux juste en avoir le cœur net. Il est si facile de truquer un film de nos jours.

Cédric jeta un coup d'œil à l'écran.

– Tu t'intéresses à César Dassilva ?

– Je voulais savoir d'où il vient, répondit Océane. Son passé est irréprochable, mais il n'a fait aucun geste d'éclat pendant sa carrière politique en Italie. Il n'est pas extrémiste, juste un peu gauchiste : un candidat idéal pour la scène mondiale.

– Ce n'est peut-être pas le César dont il faut se méfier.

– J'en suis venue à la même conclusion en épluchant son dossier. Mais des César menaçants, il n'en pleut pas depuis l'effondrement de l'Empire romain.

– As-tu fait une recherche sur le nom lui-même ?

– C'est ce que je m'apprêtais à faire quand tu es arrivé.

– Es-tu encore ici parce que tu crains que Seth ait aussi piégé ton appartement ? suggéra le chef.

– Ça m'a traversé l'esprit, mais je ne suis pas une froussarde. Surtout que le mystérieux O semble de notre côté. Tu peux être certain que je vais lire mon courrier avant d'entrer.

– Tu veux que je te fasse conduire ?

– Non. Il ne faut pas que je déroge à mes habitudes, au cas où l'inspecteur du Vatican aurait décidé de me faire suivre. Je vais retourner à la bibliothèque et faire comme si j'avais travaillé tard.

Cédric était inquiet, mais il savait bien qu'elle avait raison. En la quittant, il demanda à l'ordinateur de la base de garder un œil sur elle. Océane lut encore quelques pages, puis, lorsque les mots commencèrent à s'embrouiller, elle se dirigea vers l'ascenseur.

Après avoir verrouillé la porte de la bibliothèque, elle décida de rentrer à pied. Elle se sentit aussitôt suivie et aperçut une silhouette inquiétante se réfléchissant sur la vitre arrière d'une automobile garée en bordure du trottoir. L'agente ne paniqua en aucune façon. Elle fouilla plutôt dans son sac à main, tout en marchant. Elle en sortit une petite caméra grosse comme un confetti, et la colla à un lampadaire en faisant semblant d'ajuster sa chaussure.

Un technicien reçut aussitôt sa transmission. La silhouette de l'homme apparut sur son écran. Lorsque l'étranger passa sous la lumière, l'agent spécialisé reconnut ses traits : c'était Seth ! Il tapa fiévreusement sur son clavier.

– Code rouge, CO quatre, quarante-quatre, annonça-t-il dans son petit micro.

Cédric dormait déjà dans le lit de son appartement de Westmount lorsque sa montre se mit à vibrer. Il se redressa et vit que ses chiffres clignotaient en rouge. Sans même allumer la lampe près de lui, il appuya sur une décoration de la tête de lit en bois. Sur le mur opposé, un tableau se souleva, découvrant un écran. Le logo de l'ANGE y apparut.

— CO quatre, quarante-quatre à l'écoute, dit-il à voix haute. Que se passe-t-il ?

— Un capteur a été activé, monsieur.

— Laissez-moi voir ces images.

Cédric observa en silence les quelques images recueillies par la caméra jusqu'à ce que Seth dépasse le lampadaire.

— À qui appartient le capteur ? s'énerva le chef.

— À OC neuf, quarante.

— Repérez-la et dépêchez la force de frappe. J'attends votre rapport.

Cédric se laissa retomber sur ses oreillers en espérant qu'Océane ne joue pas au héros. Il savait bien que la jeune femme était difficile à intimider.

Pendant que son chef s'inquiétait pour elle, Océane continuait de marcher calmement. Seth la suivait à distance. Soudain, l'agente obliqua dans une ruelle. Elle était en terrain connu dans ce quartier. Elle courut de toutes ses forces, emprunta un passage entre deux maisons et ressortit une intersection plus loin, derrière celui qui la filait.

Elle retira de son sac à main un petit pistolet, conçu pour paralyser, et jeta prudemment un coup d'œil à la rue. Seth était sur le point de s'aventurer dans la ruelle où elle avait fui. Bien décidée à capturer le bras droit de l'Antéchrist, Océane prit une bonne inspiration et fit un pas pour sortir de sa cachette. On la saisit par-derrière.

Un bras solide la ramena dans l'obscurité. Entraînée à se dégager de ce genre de prise, Océane se défit brusquement de son assaillant et fit volte-face. Elle le reconnut aussitôt : c'était O !

— Ne faites pas cela, la prévint le personnage fantôme. Il vous tuerait.

— Qui êtes-vous ?

Le jeune homme posa la main sur son épaule. Océane se sentit pénétrer dans le sol. Sans qu'elle comprenne comment, elle se retrouva devant son immeuble, en l'espace d'une seconde. Sa tête tournait comme après une virée dans les bars. O n'était plus nulle part.

Elle grimpa l'escalier en vitesse et s'enferma dans son appartement avant que Seth ne la repère. Elle ferma les rideaux, donna de la lumière au salon, sortit ses écouteurs de son sac à main et les connecta à sa montre.

— Code rouge, CO quatre, quarante-quatre.

Cédric savait qu'elle l'appellerait. Il ne s'était pas rendormi. Il accepta la communication sur l'écran du mur. Une photographie d'Océane apparut à la place du logo de l'ANGE.

— Océane, où es-tu ? Nous avons complètement perdu ta trace !

— Je suis chez moi. Il s'est passé des choses vraiment étranges, cette nuit.

— J'ai vu Seth sur ton capteur. Est-ce qu'il t'a suivie ?

— Même s'il avait voulu me suivre, il n'aurait pas pu. Notre ami O est intervenu, encore une fois.

— De quelle façon ?

— Je n'en suis pas certaine. Une seconde, j'étais dans une ruelle, à dix minutes d'ici, et, la seconde suivante, j'étais devant chez moi. Je ne sais pas comment il a fait ça. Mais une chose est certaine, il ne travaille pas pour l'Alliance.

– Il fait peut-être partie d'une autre organisation, suggéra Cédric.

– Il pourrait aussi être un des deux Témoins dont parlent les prophètes.

– Ne nous emportons pas. Ce qui est important, en ce moment, c'est de te trouver un autre logement. L'assassin à la solde de l'Antéchrist sait où tu travailles. Ce n'est qu'une question de temps avant qu'il découvre où tu habites. Je veux que tu quittes ton appartement ce soir. Je vais t'envoyer un transport.

– Non, Cédric. Je vais filer en douce et prendre un taxi sur la rue Sherbrooke. L'arrivée d'une voiture dans mon quartier à cette heure-ci serait trop facilement remarquée.

– Sois prudente.

– Promis. À plus tard.

Océane mit fin à la communication. Cédric n'aimait pas que ses agents soient sans ressources sur le terrain, surtout elle. Pourtant, l'aventurière s'en tira fort bien. Elle mit le strict nécessaire dans un sac de voyage et quitta son appartement par la porte arrière. Comme un chat, elle s'orienta sans heurt dans le noir. Elle héla le premier taxi qu'elle aperçut dans la grande rue, puis fila sur la Rive-Sud, chez sa tante adorée.

Un peu endormie, Andromède Chevalier lui ouvrit la porte, malgré l'heure tardive.

– Océane? lança-t-elle en la reconnaissant finalement. Ne me dis pas que tu m'apportes de mauvaises nouvelles?

– Non, non, la rassura sa nièce. Tu es la seule personne que je peux déranger à une heure pareille.

Andromède la fit entrer et referma la porte. Elles marchèrent ensemble dans le long couloir égyptien.

– Quand je suis rentrée chez moi, ce soir, j'ai découvert que mon propriétaire faisait dératiser l'immeuble, mentit Océane. Pas question que je dorme dans les fumigations.

– Tu as bien fait de venir chez moi.

Sa tante la fit asseoir à la table de marbre de sa cuisine de la Grèce antique et lui servit une boisson d'une étrange couleur.

– Ça va te détendre, mon petit cœur, assura-t-elle.

Océane en avala une gorgée. Ce n'était pas si mal, juste un peu trop sucré.

– Tu fais de drôles d'heures pour une bibliothécaire, fit remarquer Andromède.

– De nos jours, on abuse des travailleurs. Il n'y a pas grand-chose que je puisse y faire.

– Dans quelle chambre veux-tu dormir ? La chambre mésopotamienne ? La chambre shinto ? Ou dans la crypte du sous-sol ?

– Compte tenu de ma dernière expérience dans ton hypogée, je pense que je vais opter pour le Japon.

– Je vais te mettre de la musique douce et de l'encens.

Océane savait bien qu'il était inutile de protester : Andromède n'en faisait toujours qu'à sa tête. Au moins, elle n'aurait pas à endurer les bruits de chaînes et les lamentations des fantômes, cette fois…

...0017

Les premiers rayons de soleil se faufilèrent dans les minces interstices des volets d'acier et caressèrent le visage de Cindy. Elle battit des paupières. Comme il était merveilleux d'être réveillée ainsi ! Elle se releva sur ses coudes et aperçut Yannick, assis dans l'îlot de fauteuils qui tenait lieu de salon. Il était déjà en train de lire. Cindy enfila le peignoir de son hôte et le rejoignit.

– Il est seulement six heures, et tu es déjà au travail ? s'étonna-t-elle.

– Je suis debout depuis un petit moment. Bien dormi ?

– Étrangement bien, même si, habituellement, je suis incapable de fermer l'œil dans un lit étranger.

– Tu veux du café ?

– Ce n'est pas de refus.

Le vétéran déposa son livre et se dirigea vers le comptoir. Cindy s'étira pour en lire le titre, mais il était incompréhensible.

– C'est une langue très ancienne, expliqua le professeur en s'immobilisant devant la cafetière vide. Je suis chanceux qu'un scribe ait décidé de le transcrire au Moyen Âge.

– C'est donc un ouvrage très rare.

Il posa la main sur la poignée du percolateur qui se remplit aussitôt de liquide sombre.

– C'est le seul exemplaire au monde, assura-t-il. Que mets-tu dans ton café ?

– Rien. Je le bois noir.

– Comme moi.

Il en versa dans une tasse et la lui apporta.

– Tu n'en bois pas ?

– J'ai déjà eu ma dose.

Yannick reprit place dans son fauteuil.

– Est-ce trop indiscret de demander de quoi traite ce bouquin ? s'enquit Cindy.

– Ce sont les remarques d'un philosophe essénien sur les écrits du prophète Daniel.

Cindy arqua les sourcils, réaction qui fit sourire le professeur.

– Daniel était un Juif qui avait le don de voir l'avenir. Il a prédit la venue de l'Antéchrist.

– Comme Nostradamus ?

– Si on veut.

– Quel est le lien avec ta théorie de la résurgence de l'Empire romain ?

– La soif de conquête. Il y a deux mille ans, l'Empire romain était le peuple dominant sur la Terre. Les légions de César avaient conquis presque tout le monde connu dès le premier siècle de l'ère chrétienne. Aucun empire n'a duré aussi longtemps. L'Empire romain d'Occident puis d'Orient a dominé de l'an 63 avant Jésus-Christ à l'an 1453 après Jésus-Christ.

– Si longtemps que ça ?

– La politique de Rome exigeait que les gouverneurs des pays conquis éliminent leur culture et qu'ils la remplacent par la culture et les lois romaines. Cet empire a disparu depuis longtemps et, pourtant, son impact persiste encore aujourd'hui dans notre gouvernement, notre langue et nos lois.

– Donc, tout est déjà en place pour le retour d'un nouvel empereur.

– C'est exact. Le prophète Daniel nous dit qu'un prince viendra et qu'il fera revivre l'esprit d'Hadrien sur la Terre.

– Qui est-ce ?

– L'une des plus terribles tragédies de l'histoire des Juifs s'est produite lorsque l'empereur Hadrien a fait tuer plus d'un million et demi de Juifs en l'an 135 après Jésus-Christ. Il affrontait alors les armées du général Siméon Bar Kochba. Il est dit que l'esprit d'Hadrien se manifestera dans les derniers jours du monde pour s'en prendre de nouveau à Israël jusqu'à ce qu'il soit écrasé par le retour du Messie.

Cindy l'observait avec de grands yeux inquiets. Elle avait été élevée dans la religion juive, mais elle n'en connaissait pas autant que Yannick sur l'histoire de ses ancêtres.

– Le prophète Daniel prétend que l'ancien Empire romain refera surface durant ce siècle et que son chef sera l'Antéchrist, précisa Yannick.

– C'est une théorie encore plus inquiétante que celle des reptiliens...

– À moins qu'elles ne soient reliées.

– Mais pourquoi Rome ?

– En raison de sa puissance. Au cours de l'histoire, des chefs politiques, religieux et militaires ont rêvé de recréer un tel empire.

– Comme Adolf Hitler.

– Gengis Khan, Napoléon et Mussolini.

– Quand cet événement se produira-t-il ?

– Daniel dit que cet empire prendra la forme d'une confédération de dix nations, probablement établie sur le territoire de l'ancien Empire romain, donc l'Europe. De cette confédération émergera un nouveau chef dynamique qui profitera d'une future crise en Europe pour en prendre la tête.

— Mais il sera vaincu, n'est-ce pas ? voulut se rassurer Cindy.

— Au bout de sept ans.

— Sept ans ! s'alarma-t-elle. Il est difficile de concevoir que nos chefs politiques le laisseront nous tyranniser durant tout ce temps !

— C'est qu'il ne commettra pas ses atrocités au départ. En fait, il tentera de se faire passer pour le Messie, d'où son nom. Est-ce que tu aimerais manger quelque chose ?

— Je n'ai pas très faim, en ce moment. Continue de me parler de ta théorie.

— Je ne veux surtout pas t'effrayer.

— Mais c'est le travail de l'ANGE d'empêcher ce genre de dictature, non ?

Yannick ouvrit la bouche pour répondre. Son ordinateur lui coupa la parole.

— IL Y A UNE COMMUNICATION IMPORTANTE POUR VOUS, MONSIEUR JEFFREY.

— De la part de qui ?

— DE VM QUATRE, QUATRE-VINGT-DEUX.

— Passez-la-moi.

Il alla s'asseoir devant la table de travail couverte d'appareils électroniques. Le visage timide de Vincent McLeod apparut sur l'écran.

— Bonjour, Vincent. Toujours aussi matinal.

— C'est parce que j'aime mon travail… et parce que Seth continue de nous traquer avec une facilité déconcertante, soupira le savant.

— À qui s'est-il attaqué ? interrogea le professeur.

— Il a suivi Océane cette nuit. Heureusement, elle a réussi à le semer.

— Je ne veux pas être pessimiste, mais lorsqu'il laisse filer une victime, c'est par choix.

Cindy bondit de son fauteuil pour participer à cette discussion.

— Il sait donc qui nous sommes, s'alarma-t-elle.

— Ce que nous nous expliquons très mal, puisque nos identités sont protégées. Cédric commence à craindre une infiltration.

— Depuis le temps que nous travaillons ensemble, nous aurions flairé quelque chose, répliqua Yannick, qui n'y croyait pas.

— Cédric est en train de fouiller dans nos dossiers. Je voulais juste vous prévenir.

— Je t'en remercie. Où est Océane en ce moment?

— Je ne sais pas où elle a passé la nuit, mais elle est arrivée assez tôt ce matin.

— Elle n'a pas utilisé le portail de la bibliothèque, j'espère?

— Je n'en sais rien. Elle est avec Cédric en ce moment. Tu pourras sans doute lui parler plus tard.

— J'essaierai de l'appeler. Je ne travaille que cet après-midi.

— Faites bien attention à vous.

— Nous sommes en sécurité ici. Merci, Vincent.

Le logo de l'ANGE remplaça le visage du savant.

Vincent se cala dans son fauteuil, profondément troublé par les derniers événements. Il allait se remettre au travail lorsque Océane entra dans les Laboratoires. Elle semblait contrariée.

— Est-ce que ça va? s'inquiéta le scientifique.

– Je suis furieuse à l'idée que l'ennemi puisse nous retrouver avec autant de facilité. Je viens justement d'avoir une longue conversation avec Cédric à ce sujet.

– Yannick nous répète depuis longtemps que les membres de l'Alliance ne sont pas des gens ordinaires. Ils ont des façons surnaturelles de traquer les gens.

– Yannick lit trop de livres anciens, grommela-t-elle. Ils sont bourrés d'allégories, tu le sais aussi bien que moi.

– Comment expliques-tu que Seth se soit attaqué à Cindy et à toi en deux jours ?

– Je pense, comme Cédric, qu'il y a un espion dans cette organisation. Mais ce n'est pas mon travail de le débusquer. Moi, ce que je veux, c'est découvrir qui est ce O qui nous écrit des messages avec du sang millénaire et qui n'arrête pas de nous protéger. Je suis certaine que, par lui, nous apprendrons toute la vérité.

– Est-ce une intuition ?

– C'est ce que Yannick dirait. Je préfère penser que c'est le fruit de mon expérience dans ce métier. Que me suggères-tu pour commencer ?

– Il y a des centaines de bases de données visuelles. J'ai déjà commencé à en explorer plusieurs.

– Laisse-moi te donner un coup de main.

O

Malgré la protection que lui assurait le loft de Yannick Jeffrey, Cindy se morfondait en attendant de reprendre du service. Elle était assise dans le fauteuil, les jambes repliées, et buvait un café à petites gorgées. Cédric, qui pensait toujours à tout, avait averti Air Éole que leur nouvelle employée était partie de toute urgence au chevet d'un ami en Grèce. Il avait même demandé à un employé de l'ANGE à Athènes, capable d'imiter l'écriture de son agente, d'envoyer des cartes postales aux parents et au frère de Cindy pour les rassurer. Le cas d'Océane avait été plus facile : Cédric avait tout simplement transmis une lettre de démission de sa part à la bibliothèque.

Le professeur d'histoire transporta un plateau de bois jusqu'à l'îlot de fauteuils et déposa des croissants et diverses confitures devant sa jeune invitée.

– Arrête de te faire du mauvais sang.

– Je suis une agente de l'ANGE. Je suis censée faire des enquêtes, pas rester cachée.

– Il y a des moments où il est préférable de ne pas agir.

– On ne m'a jamais parlé de ça, à Alert Bay.

– Il y a longtemps que j'en suis sorti, mais je me souviens d'un professeur de camouflage qui nous répétait absolument tous les jours que l'immobilité est souvent notre meilleure défense.

– Il ne doit plus y être, grommela Cindy. Je sais que notre Agence n'est pas censée capturer les criminels et qu'elle doit laisser ce travail aux policiers, mais que se passera-t-il si ces derniers n'arrivent pas à capturer Seth ou l'assassin d'Éros ?

– Théoriquement, Cédric pourrait nous faire travailler dans une autre province ou même pour l'Agence française ou l'Agence américaine.

– Au moins, je n'aurais pas de cartons à transporter cette fois...

Yannick ne savait plus quoi lui dire pour l'apaiser. Il lui annonça qu'il devait donner une conférence au cégep dans l'après-midi et qu'elle devrait rester seule un moment.

– Mais Seth ? s'effraya-t-elle.

– C'est l'occasion idéale de voir s'il nous connaît tous.

– Tu es l'agent le plus expérimenté de l'Agence montréalaise, Yannick ! Nous ne pouvons pas nous permettre de te perdre !

– Je suis aussi le plus prudent. Allez, prends une bouchée pendant que je rassemble mes notes.

Il se rendit à sa table de travail et retira une chemise d'un tiroir. Cindy bondit à sa suite.

– Laisse-moi t'accompagner, proposa-t-elle.

– Je ne veux pas que l'Alliance établisse un rapport entre toi et moi.

– Je peux me déguiser en étudiante.

Il était vrai qu'elle ressemblait aux jeunes filles qui assistaient à ses cours, sauf que le sbire de l'Antéchrist connaissait son visage. Il déclina l'offre et plaça la chemise dans son porte-documents.

– Tout le monde fait allusion à ton séjour en Israël, mais personne n'en parle ouvertement, se plaignit alors sa jeune collègue.

– Nous avons subi de grandes pertes durant cette opération. Personne n'aime retourner le couteau dans la plaie.

Il referma sèchement la petite valise et recommanda à Cindy de n'ouvrir à personne. L'ordinateur la préviendrait si qui que ce soit venait à s'approcher de l'immeuble. Elle n'aurait alors qu'à communiquer avec l'ANGE.

– Ton calme m'effraie, Yannick, s'énerva-t-elle.

– Alors, tu risques d'être effrayée longtemps, plaisanta le professeur, parce que je suis toujours calme.

Il l'embrassa sur le front, puis se dirigea vers la porte. Il pressa sur un bouton du panneau de contrôle et demanda à l'ordinateur de veiller sur leur invitée.

En quittant le loft, Yannick se rendit à l'église au bout de la rue. Il grimpa sur le parvis, tous ses sens en alerte. Il sentit aussitôt la présence du suppôt de Satan : il avait mordu à l'appât.

Sans se presser, le professeur d'histoire entra dans la maison du Seigneur, après avoir magiquement déverrouillé la porte. L'église était déserte. Yannick marcha jusqu'à la chapelle de la Vierge. Il n'entendait que ses propres pas sur les carreaux. Il déposa son porte-documents sur la balustrade et contempla le visage de la mère de Jésus. Il sentit de nouveau la présence de l'ennemi. Il se retourna lentement. Seth se tenait au milieu de l'allée.

– Tiens, tiens, le berger sans son chien, cracha le démon. À moins qu'il ne se cache quelque part dans ces lieux qui ne te protégeront pas, Képhas.

Yannick demeura silencieux et intensément attentif.

– Mes pouvoirs ont augmenté depuis notre dernière rencontre, Témoin. Qu'en est-il des tiens ?

Il était parfaitement inutile de lui répondre. Yannick attendit.

– Cette fois, tu vas mourir, le menaça Seth. Je vais t'arracher le cœur, comme j'ai arraché celui de tes amis à Jérusalem.

Il commença à avancer entre les bancs. Yannick ne bougeait toujours pas : il priait.

– Tu vas te laisser abattre comme un agneau sans défense ? le provoqua l'assassin. Tu veux devenir un martyr ?

Yannick avait appris à ne pas écouter les divagations de ces pauvres créatures possédées par le diable. Même lorsque Seth fit apparaître une longue dague dans sa main, il ne broncha pas.

— Ton maître va devoir s'incliner devant le mien ! hurla l'homme de main de l'Antéchrist.

Il s'élança, mais se heurta à un mur invisible. Étonné, il tituba vers l'arrière.

— Le Bien triomphe toujours du Mal, même si, parfois, c'est un peu plus long que prévu, murmura Yannick, répétant les paroles qu'avait prononcées un de ses vieux maîtres.

Têtu, Seth s'élança de nouveau, mais rencontra le même obstacle. Devant lui, l'agent de l'ANGE demeurait imperturbable.

— Pourquoi n'es-tu pas aux côtés d'Armillus ? demanda-t-il au démon.

— Il n'a besoin de personne pour le protéger !

— Il s'est débarrassé de toi ?

Seth poussa un hurlement de rage qui se répercuta sur les murs de l'église.

— Armillus abandonnera tous ceux qui pourraient usurper son pouvoir, poursuivit Yannick.

— Pas ceux qui exécutent sa volonté !

— C'est en Europe que ton maître a décidé d'établir sa domination. Pourquoi es-tu ici ?

— Je suis venu te tuer, Képhas !

Seth fit disparaître son poignard et dirigea ses mains vers Yannick. Des éclairs bleus se mirent à tournoyer autour de ses doigts rabougris.

— Vois la force que m'a transmise le grand maître ! s'exclama-t-il d'un ton triomphant.

Yannick ne fit que relever un sourcil. Au moment où Seth s'apprêtait à lancer sa foudre sur lui, un éclair fulgurant tomba du plafond et le réduisit en cendres.

— Merci, Père, soupira Yannick en fermant les yeux.

De sombres images refirent surface dans son esprit. À Jérusalem, il était arrivé trop tard pour sauver ses collègues…

Il reprit sa petite valise, donna un coup de pied dans les cendres fumantes et quitta l'église. Sur le parvis, un rayon de soleil perça les nuages et l'enveloppa de sa chaleur. Rassuré, Yannick poursuivit sa route.

...0018

Seule dans le loft, Cindy marchait de long en large devant l'immense bibliothèque. Elle se mit à lire les titres, du moins ceux qui étaient dans une langue qu'elle connaissait. Elle en prit un au hasard et l'ouvrit.

— L'Antéchrist possédera des pouvoirs miraculeux qui lui viendront de Satan, lut-elle à voix haute. L'Antéchrist et le Faux Prophète utiliseront leurs dons pour faire des miracles qui mystifieront les gens, cachant ainsi leur véritable nature...

Elle tourna quelques pages.

— Il prétendra être le Fils de Dieu et parviendra à tromper les hommes, surtout en Israël. Il commettra des crimes comme jamais il ne s'en est commis depuis le début du monde.

— IL Y A UNE COMMUNICATION POUR VOUS, MADEMOISELLE BLOOM, annonça l'ordinateur.

La jeune fille sursauta en refermant le livre.

— De la part de qui ? haleta-t-elle en tentant de se calmer.

— DE VM QUATRE, QUATRE-VINGT-DEUX. JE LA METS À L'ÉCRAN.

Les visages d'Océane et de Vincent apparurent, achevant d'apaiser la recrue.

— Bonjour, Cindy, la salua le savant. Est-ce que ça va ?

— Je vais bien, mais j'ai hâte que Yannick revienne. Je ne sais pas comment il fait pour vivre tout seul ici.

Cindy tenta de replacer le livre sur le rayon, mais en fit tomber un autre encore plus ancien. Il s'écrasa bruyamment sur le plancher. Elle poussa un cri de surprise en voyant sur les pages ouvertes le portrait d'un homme qui ressemblait à s'y méprendre à O.

– Cindy ? s'inquiéta Océane.

– Vous ne devinerez jamais ce que je viens de trouver !

Elle retourna le livre vers la caméra au-dessus de l'écran pour que ses collègues voient bien le dessin.

– C'est notre O !

Les agents lurent en même temps le nom écrit sous le croquis ancien.

– Océlus ? firent-ils en chœur.

– C'est exact.

Cindy prit place sur la chaise en posant sa trouvaille devant elle. Elle entendait Vincent qui pianotait déjà sur son clavier.

– Il y a beaucoup d'entrées sous ce nom, annonça-t-il, mais elles disent toutes la même chose. Il s'agit d'un dieu à demi romain et à demi celte.

– Ce livre affirme qu'il est la combinaison de Mars, le dieu romain de la guerre, et d'Océlo, un guerrier celte ou germanique, leur dit Cindy. On a trouvé à Caerwent, en Angleterre, une pierre qui porte l'inscription « *Deo Marti Ocelo Ael Augustinus Op Vslm* ». Ça veut dire : à l'intention du dieu Martius Océlus, de la part de l'officier Aelius Augustinus, à qui il a accordé ce qu'il demandait.

– Il va vraiment falloir te sortir de l'appartement de Yannick avant que tu te transformes toi aussi en professeur d'histoire ! s'exclama Océane.

– Attendez, ce n'est pas tout. On dit aussi que ce nom pourrait faire référence au héros demi-dieu de la tribu des Ocelenses de la Lusitanie, dont parlait l'historien Pline. Ce nom pourrait aussi être la combinaison du nom d'un ancien philosophe, Ocellus de Lucania, et du dieu Mars.

– Je t'en supplie, arrête !

– Peu importe son vrai nom, il est évident que ce n'est pas celui d'un dieu de la mort, fit remarquer Vincent.

– Tu as raison, répondit Cindy. On dit d'Océlus qu'il était un dieu guerrier possédant de grands pouvoirs de guérison.

– Puisque ces dieux sont des personnages mythologiques, on peut donc conclure que O leur a seulement emprunté son nom, raisonna Océane.

– Que fais-tu de ses pouvoirs inexplicables ? demanda Cindy.

– Je pense qu'ils sont la manifestation d'une technologie plus avancée que la nôtre.

– Tu crois vraiment que c'est un extraterrestre ?

– Je n'ai pas dit ça.

– Nous n'en avons pas encore la preuve, mais des renseignements en provenance de sources sûres indiquent que certaines organisations ultrasecrètes savent déjà se déplacer dans des tunnels spatiotemporels, intervint Vincent.

– Donc, ce n'est pas de la magie ? se désola la recrue.

– La magie n'existe que dans les contes fantastiques, Cindy, soupira Océane.

– Ce serait bien que ces gens nous enseignent ces techniques.

– Le problème, c'est qu'on ne saurait pas à qui s'adresser, fit remarquer Vincent. Même l'ANGE est incapable d'entrer en communication avec eux.

– Alors, si j'arrivais à discuter avec Océlus, je deviendrais en quelque sorte l'ambassadrice de l'Agence ! s'emballa Cindy.

– Ça ne fait pas un mois qu'elle est ici et elle a déjà des idées de grandeur ! déplora Océane.

– Cédric nous a demandé d'identifier O et de repérer Seth. Je pense que tes tentatives de rapprochement vont attendre, trancha Vincent.

– Compris...

– En attendant le retour de Yannick, essaie de ne pas trop ouvrir de livres, l'avertit Océane, moqueuse.

Elle lui fit un clin d'œil. L'écran afficha de nouveau le logo de l'ANGE.

Pendant que ses collègues faisaient ces importantes découvertes, Yannick entrait dans son bureau au cégep. Un étudiant montra aussitôt son nez à la porte pour lui annoncer que tout était prêt dans l'auditorium. Un autre enseignant vint l'aider à transporter ses livres.

Jacob Steinberg, également professeur d'histoire, vouait une admiration sans bornes à Yannick Jeffrey. Il avait même permis à ses propres élèves d'assister à cette conférence. C'est donc dans un amphithéâtre rempli à craquer que les deux hommes déposèrent les vieux ouvrages sur le lutrin. Un élève s'approcha avec un petit microphone au bout des doigts.

– Il faut que j'installe ce truc sur vous pour qu'on vous entende jusqu'au fond de la salle, déclara-t-il.

– Mais j'ai une voix qui porte, répliqua Yannick.

– Dans votre classe, peut-être, mais cette salle n'est pas conçue comme un théâtre.

– Bon, si c'est nécessaire.

L'étudiant agrafa l'appareil à sa veste en lui disant qu'il avait bien hâte d'entendre ce qu'il avait à dire sur Jésus.

Pendant que Yannick se préparait à épater une fois de plus ses admirateurs, Océane et Vincent comparaient le portrait-robot de O avec la photocopie de la page du livre ancien où apparaissait Océlus.

– Il est évident que c'est le même visage, conclut le savant. Peut-être que certains hommes ont trouvé le secret de la longévité.

– Qui leur permettrait de vivre deux mille ans ? grimaça Océane. Je veux bien garder l'esprit ouvert, mais...

– Ses messages sont écrits avec du sang qui date de cette époque, ce qui est théoriquement impossible. Il aurait dû complètement disparaître avec le temps.

Cédric choisit ce moment précis pour rejoindre ses agents dans les Laboratoires.

– Veux-tu que je me rende au cégep ? proposa Océane.

– Ce ne sera pas nécessaire. J'ai placé des membres de la force de combat un peu partout dans l'auditorium.

– Yannick le sait ? s'étonna Vincent.

– Non. Il aurait protesté.

– Tu penses qu'il est le prochain sur la liste de Seth ?

– C'est seulement une intuition. Et, comme tu le sais, je n'aime pas risquer inutilement la vie de mes agents.

– En parlant de Seth, l'a-t-on repéré ? voulut savoir Océane.

– Pas encore.

Cédric jeta un coup d'œil aux documents que Vincent et Océane consultaient.

– Vous avez trouvé quelque chose ? demanda-t-il avec espoir.

– Seulement que O veut dire Océlus, répondit Vincent.

– Le dieu de la guérison, se rappela Cédric.

– Et de la guerre, ne l'oublions pas.

– Jusqu'à présent, il n'a fait de mal à personne, fit remarquer Océane.

– Tant qu'on n'en saura pas davantage sur lui, évitons de croire qu'il puisse être un allié, les avertit le chef. Il pourrait tout aussi bien être un loup qui veut se faire passer pour une brebis afin d'entrer dans la bergerie.

Il demanda ensuite des nouvelles de Cindy.

– Elle est en train de s'intéresser à la collection de livres de monsieur Jeffrey, lui apprit Océane. Si ça continue, on ne pourra plus la décoller de là.

Cédric leur conseilla de poursuivre leurs recherches sur Océlus et de transmettre tout ce qu'ils trouveraient à Kevin Lucas et à Michael Korsakoff.

...0019

Ahriman observait les flammes qui dansaient dans le foyer. Un verre à demi rempli reposait sur le guéridon à sa droite. Cet homme possédé par un démon était le principal représentant de l'Antéchrist dans le monde. Il avait chèrement gagné la confiance de son sombre maître tandis qu'ils combattaient ensemble au Liban. Pour poursuivre son ascension, Armillus avait besoin de serviteurs fidèles, d'hommes capables d'assassiner tous ceux qui tenteraient de s'opposer à lui. Ahriman lui avait prouvé sa valeur à maintes reprises.

Le Faux Prophète avait récemment réussi à convaincre Armillus que la puissance de l'Amérique l'aiderait à soumettre les rois d'Europe. L'Antéchrist n'était pas sans savoir que le Nouveau Monde devait servir de terre d'asile aux lâches qui fuiraient devant lui. Il avait tout de même donné à son bras droit la permission de tâter ce terrain. Les prophètes s'étaient peut-être trompés...

Cependant, Ahriman n'était pas venu seul en Amérique, comme son maître l'avait exigé. Il ne possédait pas l'intelligence supérieure d'Armillus qui n'avait besoin de personne pour élaborer ses plans de conquête. Il gardait à son service plusieurs démons, dont Barastar. Ces créatures primitives et stupides faisaient souvent échouer les tentatives de Satan sans même le faire exprès.

Barastar se tenait derrière le fauteuil du Faux Prophète, attendant ses ordres. Soudain, Ahriman se crispa. Les flammes crépitèrent de plus belle dans la cheminée.

— Seth a échoué ! hurla-t-il, en colère. Il est retourné en enfer !

— Mais Seth n'échoue jamais, s'étonna Barastar. Personne ne peut l'abattre, sauf...

— Les soldats divins ! Armillus m'a affirmé qu'il n'y en a aucun en Amérique !

— C'est peut-être cette agence qui l'a détruit.

— Sache qu'on ne peut pas supprimer Seth. Il reviendra dans un nouveau corps, mais cela prendra un certain temps. Ce qui m'ennuie beaucoup, c'est que quelqu'un dans cette ville soit suffisamment fort pour renverser le garde du corps d'Armillus.

— Cela change-t-il vos plans ?

— Pas du tout. Le maître m'a demandé de préparer sa venue en Amérique, et c'est exactement ce que je vais faire.

— Mais ce soldat divin pourrait vous retrouver aussi.

— C'est bien ce que j'espère.

Barastar ne comprit pas le raisonnement d'Ahriman.

— Voulez-vous que je poursuive la mission de Seth, maître ? proposa-t-il.

— Tu es efficace, Barastar, mais plutôt fruste. J'ai besoin de quelqu'un de plus fourbe, quelqu'un comme...

N'utilisant que son esprit, le lieutenant du diable appela à son secours un autre de ses serviteurs. Il demanda au seigneur de la mort de tuer un homme qui s'apprêtait à donner une conférence devant une foule d'étudiants dans un cégep.

Une fois le micro attaché à son col, Yannick Jeffrey observa calmement son public. Celui-ci était en majeure partie composé d'adolescents, mais plusieurs enseignants se tenaient debout derrière la dernière rangée de bancs.

— Bonjour à tous, fit-il finalement.

Le silence s'installa peu à peu dans la salle.

— Quand j'ai accepté de préparer cette conférence, les autres professeurs d'histoire m'ont dit qu'elle s'adresserait aussi à leurs classes. Mais on dirait bien que tout le cégep est ici cet après-midi.

Des jeunes continuaient d'arriver, même si l'amphithéâtre était déjà plein à craquer.

— Donc, pour ceux qui ne savent pas très bien qui je suis, je m'appelle Yannick Jeffrey. J'enseigne l'histoire depuis de nombreuses années.

Pour faire passer son trac, le conférencier se mit à marcher de long en large sur la scène tout en s'adressant à son public attentif.

— Étant un passionné de l'histoire sainte et surtout de la vie de Jésus, j'ai passé la plus grande partie de ma vie à prouver que cet homme spécial a réellement vécu.

Un portrait de Jésus apparut sur l'écran géant derrière lui.

— Il ne fait aucun doute que Jésus est l'un des personnages les plus controversés de l'histoire de l'humanité. Un important débat continue d'opposer les historiens agnostiques aux théologiens libéraux et aux érudits chrétiens conservateurs. Mais, somme toute, tous recherchent la preuve que le Fils de Dieu a vraiment foulé le sol de la Palestine.

Le portrait de Jésus fut remplacé par une photographie des manuscrits de la mer Morte.

— Je ne prétends pas détenir la vérité. Toutefois, mes recherches m'incitent à croire que Jésus de Nazareth a fait partie de notre passé. Il est vrai que peu de documents, à part les Évangiles, parlent de lui, mais il y en a.

Les manuscrits cédèrent la place à une illustration de la Rome antique sur l'écran géant.

— Cornelius Tacitus ou Tacite était un historien latin en plus d'être le gouverneur de l'Asie. Dans ses *Annales*, rédigées en l'an 64, Tacitus confirme plusieurs des détails que l'on retrouve dans les Évangiles. Il a écrit que Jésus fut exécuté en tant que criminel sous le règne de Ponce Pilate, et que les chrétiens, qui ont commencé à se répandre dans tout l'Empire, tenaient leur enseignement de cet homme.

Yannick ressentit soudain une présence ennemie. Ses yeux parcoururent rapidement la salle. Tout en poursuivant sa conférence, il actionna le premier bouton de sa veste.

— Caius Suetonius ou Suétone, un autre historien romain, a écrit, dans son livre des *Vies des douze Césars*, à la section traitant de l'empereur Claude, que les actions dérangeantes des chrétiens les avaient fait bannir de Rome. Il ajoute que ces hommes et ces femmes répétaient les paroles d'un personnage qu'ils appelaient le Christ.

○

Aux Renseignements stratégiques de l'ANGE, un écran s'alluma, montrant un auditorium bondé. Le technicien pianota rapidement sur son clavier, et la mention YJ750 apparut en bas de l'écran. Il avertit aussitôt Cédric Orléans. Le chef sortit en trombe de son bureau et vint se planter derrière le spécialiste.

— A-t-il activé un code ? demanda-t-il.
— Aucun, monsieur.
— Mais qu'est-ce qu'il essaie de nous montrer ?

— Peut-être veut-il que nous identifiions les personnes qui se trouvent dans cette salle.
— Faites venir Vincent McLeod et Océane Chevalier tout de suite.

Sachant très bien que l'ANGE était en état d'alerte, Yannick poursuivit sa conférence en demeurant le plus naturel possible. Sur l'écran derrière lui apparut une illustration de la persécution des chrétiens par les Romains.
— Plus intéressant encore, Caius Plinius Secundus, aussi connu sous le nom de Pline le Jeune, écrivit à l'empereur en l'an 101, lorsqu'il était gouverneur de Pontus-Bithynia, lui demandant comment mener les interrogatoires des chrétiens qu'il persécutait. Dans sa lettre numéro 1096, il indique que ces chrétiens refusaient de vénérer l'empereur et de désavouer leur chef, Jésus-Christ, même sous la torture. Ils préféraient mourir en martyrs plutôt que de renier leur foi en cet homme.

Yannick cessa de marcher. Un homme en noir s'était ajouté à son public, près du mur de ciment. Pourtant, l'historien ne l'avait pas vu entrer. Derrière lui, l'écran afficha une photo montrant des fouilles archéologiques en Israël.
— Ces hommes n'étaient pas des chrétiens. Ils n'ont pas participé à la rédaction de la Bible. Ils n'ont fait que noter des faits concernant un prophète nommé Jésus qui avait inspiré des milliers de gens de leur époque. Mais que disent les archéologues modernes à ce sujet ?

Vincent McLeod remplaça le technicien devant le moniteur et tapa à toute vitesse sur le clavier. Un carré rouge apparut sur l'écran. Il le fit glisser rapidement d'un visage à l'autre, cherchant à identifier les personnes qui semblaient intéresser Yannick. La plupart ne firent pas réagir la mire. Mais lorsque le carré rouge encadra la tête d'un homme aux longs cheveux d'ébène et à la barbe noire, il se mit à clignoter fiévreusement. Une légende en vert s'inscrivit aussitôt sous la cible :

Homme de main de l'Alliance en France, en Belgique, en Italie et en Espagne, soupçonné d'avoir assassiné des agents dans ces pays. Inactif depuis deux ans.

Nom de code : Hadès.

– Je croyais que l'Alliance s'en était débarrassée après notre raid en Espagne, s'étonna Océane, debout aux côtés de Cédric.

– Code rouge pour YJ sept, cinquante, ordonna le chef.

– Code rouge activé, fit la voix électronique.

Sur l'écran, ils virent Hadès sortir de sous son manteau sombre une petite mitraillette qu'il y avait dissimulée.

Yannick ne comprit pas tout de suite ce que préparait ce démon. Il poursuivit sa conférence en demeurant toutefois sur ses gardes.

– Des fouilles archéologiques au Moyen-Orient nous ont permis de faire de remarquables découvertes.

Il capta le mouvement de l'arme.

– Tout le monde à terre ! hurla-t-il.

Hadès ouvrit le feu. Yannick se laissa tomber à plat ventre. Des cris d'horreur s'élevèrent de l'amphithéâtre. La plupart des élèves et des professeurs imitèrent le conférencier et s'écrasèrent entre les sièges. D'autres, trop surpris, ne bougèrent pas. Quelques-uns furent touchés sous ce déluge de balles.

Avant que Cédric ne puisse donner un ordre, Océane s'élança vers la porte. Incapable de l'arrêter, il dépêcha plutôt ses propres ambulanciers dans le secteur où se trouvait Yannick. Vincent était aussi bouleversé que ses collègues, mais il savait qu'il serait plus utile à l'Agence en demeurant devant l'ordinateur.
– Océane n'a pas utilisé sa montre dans l'ascenseur, annonça-t-il, surpris.
– Où s'en va-t-elle ? demanda Cédric.
– Au cégep. Elle utilise le code de Yannick.
Ce qui était impossible, à moins d'utiliser la montre du professeur. Mais ce n'était pas le moment d'enquêter sur cette infraction.

Au milieu de la fusillade, Yannick marcha à quatre pattes jusqu'à la tribune pour s'y mettre à couvert. Il vit, au milieu de la foule, deux hommes qui convergeaient tant bien que mal vers le tireur. « La force de frappe », comprit-il. Lorsque Hadès manqua enfin de munitions, ils se ruèrent sur lui. Yannick s'élança pour leur prêter main-forte. Il sauta dans la salle et fonça sur le tireur.

Voyant qu'il était coincé entre plusieurs hommes qui couraient vers lui, Hadès lança sa mitraillette au visage de

Yannick et prit la fuite en traversant le mur ! Les membres de la force de combat en tâtèrent la surface de haut en bas sans y découvrir de porte.

Le visage en feu, Yannick tituba vers l'arrière. Il perdit l'équilibre et tomba assis sur les marches qui menaient à la scène. Du sang coulait abondamment entre ses doigts. Il ne sut pas très bien combien de temps il resta là, ahuri. Il entendait les gens pleurer et crier autour de lui. La première personne qu'il reconnut fut Océane. Elle sortit un mouchoir en papier de sa poche et épongea son visage.

– Doux Jésus, tu es touché à la tête, s'alarma-t-elle.
– Il m'a lancé la mitraillette, grimaça Yannick.
– Tu saignes beaucoup
– Au lieu de t'inquiéter pour moi, tu devrais penser aux conséquences de ton arrivée ici, Océane. Nos règlements sont clairs en ce qui concerne ce genre de secours.
– Cédric m'a laissée partir, mentit-elle pour qu'il arrête de lui faire la morale. Où est la trousse de premiers soins ?
– Derrière le lutrin.

Océane alla la chercher sans se douter qu'elle venait tout juste d'y apparaître. Yannick continua d'essuyer lui-même le sang qui giclait de son front. Il vit alors l'ampleur du massacre. Des professeurs et des élèves venaient en aide aux blessés de leur mieux ou réconfortaient ceux qui étaient en état de choc. Il voulut se rendre à quatre pattes jusqu'à une jeune fille allongée sur le sol, la poitrine ensanglantée. Océane lui saisit le bras.

– Laisse-moi d'abord panser ta plaie. Ensuite, nous soignerons ces gens.

Il était inutile de répliquer. Océane était intraitable lorsqu'elle était au travail. Elle nettoya la lacération au-dessus de ses yeux et banda sa tête avec des rubans de gaze. Des ambulanciers se mirent à entrer dans la vaste salle, apportant des civières. En quelques secondes à peine, ils commencèrent à transporter les blessés graves à l'extérieur de l'auditorium.

Aux Renseignements stratégiques, Vincent continuait d'observer la scène par le biais de la petite caméra de Yannick qu'il n'avait pas encore arrêtée. Pour l'instant, l'écran montrait surtout la blouse d'Océane qui était en train de le soigner.

– L'équipe d'urgence est sur les lieux, annonça Vincent.

Il jeta un coup d'œil à son chef.

– Yannick dit vrai au sujet des règlements, commenta le savant. Pourtant, Océane les connaît aussi.

– Il est difficile de ne pas intervenir lorsque ceux qu'on aime sont en difficulté, Vincent. Mais j'infligerai les sanctions qui s'imposent.

– Est-ce qu'il se passe quelque chose que j'ignore entre Yannick et Océane ?

– Ils ont été très proches pendant un moment, à leur arrivée.

– Et ça s'est terminé tout seul ?

– Pas exactement. Il a fallu leur rappeler les règlements.

Une fois sa tête enveloppée de gaze, Yannick se rendit jusqu'à la jeune fille ensanglantée et la reconnut. C'était une de ses élèves du mardi. Il plaça les doigts sur son cou : pas de pouls. Il s'assura que personne ne l'observait. Plus loin, Océane et les infirmiers se penchaient pour aider les gens qui étaient blessés ou constater leur décès.

Certain qu'on ne s'occupait pas de lui, Yannick masqua le bouton de son veston d'une main et appliqua l'autre sur le cœur de l'étudiante. Elle sursauta et recommença à respirer.

— Mélanie, ne bouge surtout pas, lui ordonna-t-il. On s'occupe de toi.

Pendant qu'on continuait de sortir les victimes sur des civières, des policiers arrivèrent sur les lieux, Thierry Morin en tête. Océane l'aperçut du coin de l'œil.

— Pas lui, soupira-t-elle.

Elle chercha rapidement une autre issue, mais il n'y en avait pas.

— Qui peut me dire ce qui s'est passé ? demanda l'inspecteur d'une voix forte.

Jacob Steinberg, le collègue historien de Yannick, se fraya un chemin jusqu'à lui.

— Un homme s'est mis à tirer sur tout le monde ! s'écriat-il, énervé.

— Où est-il ?

— Je n'en sais rien !

— Est-ce que c'était un employé du cégep ?

— Non ! Je ne l'ai jamais vu auparavant. Il a ouvert le feu sur Yannick et puis sur les élèves.

— Qui est Yannick ?

— C'est lui, indiqua le professeur en le pointant du doigt. Il donnait une conférence, et il avait à peine commencé quand c'est arrivé !

Thierry observa le Yannick en question. Il était à genoux près d'une jeune fille couverte de sang.

— Comment est-elle ? s'enquit-il en s'accroupissant près d'eux.

— La balle s'est logée près de son cœur, mais elle est forte. Elle s'en sortira, je crois.

Les infirmiers la prirent en charge, forçant Yannick et Thierry à se relever.

– Vous êtes Yannick ? demanda l'inspecteur.
– Oui, c'est moi, fit le professeur d'histoire.

Sa tête tournait encore un peu, mais il était parfaitement lucide.

– On me dit que vous donniez une conférence lorsqu'un homme vous a tiré dessus. Est-ce exact ?
– Oui, c'est exact.
– Le connaissiez-vous ?
– Non...
– Pourriez-vous le décrire ?
– Je n'ai pas eu le temps de voir grand-chose... mais il a laissé son arme. En fait, il me l'a lancée au visage.

Yannick lui montra la mitraillette sur le sol. Thierry fit signe à l'un de ses hommes de la ramasser. C'est alors qu'il vit Océane qui faisait de gros efforts pour lui tourner le dos.

– Vous ? s'écria l'inspecteur.

Il s'approcha vivement d'elle, lui saisit le bras et la fit pivoter vers lui.

– Inspecteur Morin ? fit mine de s'étonner Océane.
– Que faites-vous ici ?
– Monsieur Jeffrey m'a demandé de lui apporter un bouquin pour sa conférence...
– Qui est monsieur Jeffrey ?
– C'est moi, répondit Yannick en s'approchant.
– Vous connaissez cette femme ?
– C'est ma bibliothécaire. Elle m'aide à trouver les ouvrages dont j'ai besoin pour préparer mes cours.

Le professeur gratifia alors Océane de son regard le plus affligé.

– Je suis vraiment désolé, madame Chevalier, lui dit-il. Je n'aurais pas dû vous demander de venir ici aujourd'hui. Vous auriez pu être tuée.

Thierry Morin fronça les sourcils, se demandant s'il y avait un lien entre le meurtre d'Éros et cette fusillade.

— Il est plutôt étrange que vous vous trouviez sur deux scènes de crime en si peu de temps, vous ne trouvez pas, madame Chevalier ? observa-t-il.

— Parce que vous pensez que je le fais exprès ? s'offusqua-t-elle.

— Pourrais-je voir le livre en question ?

— Êtes-vous en train de me traiter de menteuse ?

— Je suis policier. C'est mon travail de tout vérifier.

Feignant l'indignation, Océane se dirigea vers la tribune. Avant de l'y suivre, Thierry jeta un coup d'œil à Yannick.

— À moins que vos blessures ne soient graves, je vous demanderai de ne pas quitter cette salle. J'aimerais vous poser quelques questions.

— Je n'ai pas l'intention de bouger, pour l'instant.

Océane promena son regard sur les livres d'histoire et en choisit un qui ne portait pas l'étiquette de la bibliothèque du cégep. Elle savait qu'il appartenait à Yannick, mais il comprendrait qu'elle en avait eu besoin pour se justifier. Thierry Morin le lui arracha presque des mains.

— Où est le cachet de votre bibliothèque ? demanda-t-il, suspicieux.

— Il n'y en a pas. Je l'ai emprunté à un ami.

Le policier la fusilla du regard.

— Pourquoi me traitez-vous comme une criminelle ? se hérissa la jeune femme.

— Parce que des gens meurent sur votre passage, peut-être.

— Ce n'est qu'une coïncidence.

— Monsieur Jeffrey faisait-il aussi partie des disciples d'Éros ?

— Mon Dieu, non ! Vous n'avez qu'à lire les titres de ces ouvrages pour comprendre qu'il est chrétien de chez chrétien.

– Je trouve quand même cette coïncidence bien étrange. Vous pouvez partir, si vous le désirez. J'ai vos coordonnées. Si j'ai des questions à vous poser, je vous contacterai.

Prenant un air froissé, Océane quitta l'auditorium. Yannick n'avait rien perdu de leur entretien. Il restait immobile, à observer le travail des infirmiers et des policiers. En baissant le regard, il vit que les chiffres de sa montre clignotaient en violet. Il arrêta le signal en pressant sur le cadran. Juste à temps, d'ailleurs : l'inspecteur revenait vers lui.

Après s'être assuré qu'il était capable de marcher, Thierry Morin convia le conférencier à monter dans sa voiture et le ramena à son bureau, pour discuter avec lui dans un endroit moins morbide. Yannick entra seul dans la petite pièce curieusement en ordre. Habituellement, les enquêteurs recueillaient des tas de documents qu'ils n'avaient jamais vraiment le temps de ranger. L'agent de l'ANGE prit place dans un fauteuil et observa tous les objets sur la table de travail, ainsi que les diplômes sur les murs. En réalité, il les filmait avec la petite caméra du bouton de sa veste, afin de les étudier plus tard.

Thierry Morin le rejoignit au bout de quelques minutes, un dossier en main.

– Désolé de vous avoir fait attendre, monsieur Jeffrey, s'excusa-t-il. Je devais vérifier quelques renseignements.

– À mon sujet ?

– Entre autres. Votre parcours est impressionnant. Vous êtes canadien et, pourtant, vous avez étudié partout, sauf ici.

– Mon sujet d'étude ne s'y prêtait pas.

– Je croyais qu'on pouvait étudier l'histoire n'importe où.

– Croyez-moi, il est bien plus facile d'assimiler certains événements lorsqu'on se trouve dans la ville où ils ont eu lieu. Mais c'est seulement mon opinion.

– Vous avez décidé de vous spécialiser dans l'histoire biblique. Pourquoi ?

– C'est un choix personnel. J'ai découvert beaucoup de documents qui n'ont jamais été rendus publics et je considère qu'ils sont trop importants pour qu'on n'en parle pas. J'ai donc structuré mon programme d'enseignement en ce sens.

– Si c'est si important, pourquoi l'enseigner dans un petit cégep ? Pourquoi ne pas le faire dans toutes les universités du monde ?

– Parce qu'il s'agit de thèmes dérangeants. Je veux en faire part au public petit à petit pour éviter de me faire tuer.

– Donc, selon vous, l'homme qui a ouvert le feu dans l'auditorium l'a fait pour vous faire taire.

– C'est la seule explication logique.

Thierry observa le visage meurtri de Yannick un moment avant de poursuivre :

– Quel est votre lien avec Océane Chevalier ?

– Elle m'aide dans mes recherches.

– Ne trouvez-vous pas curieux qu'elle accepte de vous aider alors qu'elle est membre d'une secte ?

– D'une secte ? Je l'ignorais.

– Êtes-vous en train de me dire que vous ne vous connaissez pas personnellement ?

– Elle est ma bibliothécaire, monsieur Morin. Que savez-vous de la vôtre ?

Au quartier général, Cédric Orléans et ses agents assistaient en silence à cet interrogatoire que Yannick avait eu la présence d'esprit de filmer. Océane venait tout juste de se joindre à eux.

– Il se défend bien, ne put s'empêcher de remarquer Vincent.

– Il ne faut pas oublier que monsieur Morin n'est pas un policier ordinaire, le mit en garde Océane. Je pense que son entraînement au Vatican lui a appris à lire entre les lignes.

– J'aimerais obtenir le texte de votre conférence, monsieur Jeffrey, poursuivait l'inspecteur, sur l'écran.

– Oui, bien sûr, accepta Yannick. J'espère que mes théories ne vous froisseront pas trop. Océane se raidit aussitôt. Son collègue n'était pas censé connaître le parcours spécial de ce policier.

« Yannick, fais attention », lui ordonna-t-elle mentalement.

– J'ai l'esprit large, ne vous en faites pas, assura Morin.

– Ça me rassure de l'entendre. En réalité, nous travaillons pour les mêmes personnes.

Océane cacha ses yeux dans ses mains en priant le ciel que cet inspecteur soit un sot.

○

Thierry Morin arqua les sourcils avec surprise.

– À qui faites-vous référence ? demanda-t-il.

– Au public, bien sûr. Vous le protégez, et je le renseigne.

– Je vois. J'aimerais que vous demeuriez disponible au cas où j'aurais d'autres questions à vous poser.

– Cela va de soi. De mon côté, j'aimerais bien que vous me fassiez savoir ce que vous apprendrez sur l'homme qui a tenté de me tuer.

– Ne préféreriez-vous pas oublier ce qui vient de se passer ?

– Cet épisode m'a beaucoup plus secoué que vous ne semblez le croire, inspecteur. Je tiens à la vie. C'est pour cette raison que je dois savoir quel genre d'homme j'ai offusqué au cours de ma conférence.

– Je verrai ce que je peux faire.

– Merci beaucoup. Si vous le permettez, j'aimerais aller faire soigner cette vilaine coupure, dit Yannick en désignant son visage.

– Je vais demander à un de mes hommes de vous conduire à l'hôpital.

Yannick lui serra la main en s'efforçant de sourire.

...0020

Les membres de l'Agence étaient toujours postés devant l'écran lorsqu'il redevint sombre. De l'avis général, Yannick avait fort bien répondu aux questions du policier. Cédric demanda à Vincent d'aider la force d'intervention à retrouver Hadès le plus rapidement possible.

Océane ôta sa main de devant ses yeux pour emboîter le pas au savant.

– Océane, tu restes, ordonna son chef.

Vincent lui lança un regard inquiet en quittant la pièce.

– Tu connais pourtant nos règles, commença Cédric.

– Mon cœur l'a emporté sur ma raison, se justifia-t-elle.

– Vous avez pris un engagement tous les deux.

– C'était une impulsion, un geste qui ne s'explique pas. Alors, finissons-en, et impose-moi ta sanction.

– J'ai beau retourner la question dans tous les sens, la seule solution qui me vient à l'esprit est de te muter à l'internationale.

– Maintenant ? s'exclama Océane. Avec tous ces fous de l'Alliance qui convergent vers Montréal ?

– Mes agents ne me serviront à rien s'ils sont facilement dépistés.

– Ça ne se reproduira plus, Cédric. Je te le jure.

Il soupira avec découragement.

– Je t'en prie, l'implora la jeune femme.

– C'est d'accord, pour cette fois. Mais, avant de partir, dis-moi comment tu es arrivée si rapidement au cégep.

Océane commença par hésiter.

– J'ai utilisé une vieille montre de Yannick, avoua-t-elle finalement.

– J'aimerais que tu me la rendes.

Elle fouilla dans son sac à main et, la mort dans l'âme, lui tendit un cadran tout usé.

– Je la gardais pour les urgences.

– Tu n'en auras plus besoin.

Océane hocha lentement la tête, mais elle était loin d'être convaincue. Elle tourna les talons et quitta le bureau.

○

Yannick Jeffrey descendit de la voiture de police devant un immeuble qui n'était évidemment pas le sien. Malgré tout, il y entra, de façon délibérée, sous l'œil vigilant du policier. Le professeur descendit au sous-sol. Il s'engagea aussitôt dans le couloir qui menait au garage. Alerté par son intuition, il s'arrêta juste avant d'y pénétrer. Océane Chevalier se jeta dans ses bras.

– Je suis si contente que tu sois encore en vie, susurra-t-elle en le serrant de toutes ses forces.

– Océane, j'apprécie que tu te soucies encore de moi, mais tu risques d'être expulsée si Cédric effectue un balayage de la ville. Nos montres lui diront tout de suite que nous sommes ensemble.

– Je m'en moque…

– Moi, non. Je sais à quel point tu aimes ton travail. Je t'en prie…

Océane le libéra, chagrinée.

– Je passe mon temps à te dire que je ne t'aime plus, mais, aujourd'hui, mon cœur m'a donné une grande leçon, confessa-t-elle.

– Je t'aime, moi aussi, mais nous avons pris un engagement envers nos patrons.
– Je le respecterai à partir de maintenant. Je te le promets.
Yannick ne put s'en empêcher : il l'embrassa avec tendresse.
– File avant que mon transport spécial arrive, chuchota-t-il.
Elle recula à contrecœur et se dirigea vers l'autre bout du parking.

Cédric Orléans n'avait certes pas le temps de se préoccuper de la bonne conduite des anciens amants. Il était assis dans son bureau, les paumes de ses mains pressées l'une contre l'autre, le bout de ses doigts appuyé sur ses lèvres. Il écoutait attentivement le rapport de Kevin Lucas, dont le visage apparaissait sur l'écran mural.
– Ce ne sont pas seulement tes agents qui ont été attaqués par l'Alliance, mais ceux de plusieurs villes du Canada et des États-Unis, disait-il. Je viens de m'entretenir avec Michael et il est plutôt inquiet.
– Cette soudaine poussée en Amérique annonce sans doute l'implantation de l'Alliance chez nous, déplora Cédric.
– Ce n'était qu'une question de temps avant que le Mal ne se propage sur toute la planète, malgré ce qu'en pense ton agent Jeffrey.
– Nous savions que le champ de bataille allait devenir plus important, le défendit Cédric, mais ce qui me trouble davantage, c'est que l'Alliance en sait beaucoup trop sur nos membres. Ses assassins sont capables de retrouver nos agents même lorsque nous les cachons.
– Ça ne peut vouloir dire qu'une chose…

– Quelqu'un chez nous leur fournit des renseignements secrets…

– C'est la seule explication. Je vais appeler Michael Korsakoff et lui demander d'entreprendre une vérification serrée des activités de tous nos membres. Nous devons arrêter ces attentats tout de suite. En attendant, essaie de ne pas exposer davantage ton personnel aux griffes de l'Alliance.

– C'est justement ce que je me disais.

– À plus tard, Cédric.

– Rappelle-moi si tu apprends quelque chose.

Le visage de Kevin fit place au logo de l'ANGE. Cédric demeura immobile et songeur un instant, puis il appuya sur une touche de son clavier.

– Que puis-je faire pour vous, monsieur Orléans ?

– Veuillez télécharger tous les dossiers du personnel québécois sur mon bureau, je vous prie.

– Cette opération nécessitera plusieurs minutes.

– Je ne suis pas pressé.

– Téléchargement en cours.

○

Dans le loft de Yannick, Cindy était assise en tailleur sur le sofa. Elle consultait un vieux volume très intéressant sur les sectes juives. Elle commençait à vraiment aimer ce genre de lecture.

– Arrivée de monsieur Jeffrey, annonça l'ordinateur.

La porte s'ouvrit avant que la jeune fille n'ait eu le temps de se lever. Elle vit son collègue entrer, l'air contrarié, le visage enflé et un pansement autour de sa tête.

– Que s'est-il passé ? demanda-t-elle.

– On m'a lancé des tomates.

– Quoi ?

Elle referma le livre et bondit à sa rencontre.

– Mais tu es super intéressant ! Et une tomate ne pourrait certainement pas causer ce genre de blessure !

– C'est une blague, Cindy.

– Alors, qui t'a fait ça ?

– Un tueur de l'Alliance qui s'appelle Hadès.

– Au cégep ? paniqua-t-elle.

– Nous avons un sérieux problème. En quelques semaines, les meurtriers d'Armillus s'en sont pris à toi, à Océane et, maintenant, à moi.

– Doux Jésus !

Yannick gagna sa table de travail et s'arrêta devant l'écran.

– Veuillez établir une communication urgente avec VM quatre, quatre-vingt-deux, je vous prie.

– Communication établie.

Le visage inquiet de Vincent McLeod lui apparut.

– Je me demandais quand tu finirais par appeler, avoua-t-il.

– Comme tu le sais probablement déjà, il a fallu que je passe un peu de temps dans le bureau de l'inspecteur Morin.

– Ouais, tu nous as flanqué la frousse.

– Je voulais juste voir l'expression sur son visage.

– Elle t'a appris quelque chose ?

– Ses yeux ne sont pas ceux d'un policier, l'informa Yannick. Mais ce ne sont pas ceux d'un assassin non plus. J'ai bien hâte de connaître ses véritables intentions.

– J'imagine qu'un policier qui travaille pour le Vatican a les mêmes ennemis que nous.

– Peux-tu me faire voir ce que j'ai filmé dans l'auditorium ?

– Je savais que tu me demanderais ça, alors j'ai tout préparé. Je sais même ce que tu vas me demander.

Cindy se posta près du vétéran, pour voir ce qui s'était réellement passé au cégep.

– Bonjour, Cindy, fit timidement Vincent. Ça va ?

– Disons que ça ira mieux quand je comprendrai ce qui nous menace.

– Pour commencer, monsieur le professeur veut savoir si son assaillant se déplaçait aussi rapidement que celui d'Éros.

– Tu as donc déjà visionné ce segment, comprit Yannick.

– Plusieurs fois. L'Alliance ne cessera jamais de nous surprendre. Regardez bien. J'ai enlevé le son pour ne pas vous distraire de l'image.

Sur l'écran, ils virent alors au ralenti le balayage de l'amphithéâtre effectué par Yannick qui marchait en donnant sa conférence. Puis, sur la dernière séquence, entre deux professeurs debout le long du mur, apparut soudain Hadès.

– Ralentis le film, exigea Yannick.

– Vous allez avoir un choc, les avertit Vincent. Préparez-vous.

Il fit reculer la séquence et la repassa plus lentement. Comme une fleur, Hadès sortit du sol, entre les deux hommes.

– Mais comment est-ce possible ? s'étrangla Cindy. Y a-t-il des trappes dans ce plancher ?

– Non, c'est du béton, répondit Yannick, inquiet.

– Hadès, ça ne veut pas dire « enfer » ou quelque chose comme ça ? lança Vincent.

Yannick demeura muet. Il était profondément perturbé.

– À quoi penses-tu ? s'inquiéta Vincent.

– À plusieurs choses en même temps, avoua le professeur. D'abord, l'Alliance semble utiliser des tueurs aux méthodes de plus en plus sophistiquées. Ensuite, ces créatures maléfiques arrivent à nous retrouver où que nous soyons.

– Donc, quelqu'un leur fournit ces renseignements, quelqu'un qui a accès à nos dossiers.

– Ou quelqu'un qui possède des pouvoirs occultes.

– Toutes les hypothèses se valent, en ce moment.

– Ce qui me trouble davantage, c'est que l'Alliance est en train de nous immobiliser.

– C'est vrai. Ni toi, ni Cindy, ni Océane ne pouvez montrer le bout de votre nez sans être reconnus, maintenant.

– La division canadienne nous enverra des renforts, voulut les rassurer Cindy.

– Le problème, c'est qu'elle a subi des pertes aujourd'hui, de Terre-Neuve à l'Ontario. Certains États américains de la côte Est ont aussi été touchés.

– Alors, c'est un coup monté…

– Oui… enfin, à mon avis, avança Vincent.

– Merci d'avoir préparé ces images pour moi, fit Yannick. Elles vont me permettre de resserrer mes recherches.

Il mit fin à la transmission et sortit une bouteille de jus de fruits du réfrigérateur.

– Tu devrais boire quelque chose de plus fort pour te redonner des couleurs, suggéra Cindy.

– Je ne bois pas d'alcool.

Yannick se laissa tomber dans un des fauteuils, profondément perdu dans ses pensées. Sa jeune collègue prit place devant lui, très inquiète.

– Tu es drôlement calme pour un homme qu'on a essayé de tuer, remarqua-t-elle.

– Je travaille pour l'ANGE depuis plusieurs années. Ce n'est pas la première fois que ça m'arrive.

– À Alert Bay, on ne nous a jamais parlé de meurtriers qui se déplacent à la vitesse de la lumière ou qui passent à travers les planchers.

Yannick constata qu'elle frissonnait de peur.

– Ce sont des phénomènes nouveaux pour nous aussi, admit-il. Mais nous avons toujours réussi à déjouer les plans de nos ennemis. Fais-nous confiance.

Cindy hocha doucement la tête et décida d'aller se préparer du thé.

...0021

Cédric Orléans entra dans la salle réservée aux recherches sur les activités de l'Antéchrist. C'était une pièce aussi grande que celle où travaillait Vincent et tout aussi bien équipée. Sur les murs, les techniciens avaient placardé des affiches géantes d'Hitler, de Mussolini, de Gengis Khan, de Staline et d'autres dictateurs qui auraient pu être ce malfaisant personnage.

La seule personne qui se trouvait devant ces puissants ordinateurs était Océane. Elle faisait lentement défiler des articles de journaux sur un immense écran, le menton appuyé dans sa paume.

– Je savais que tu viendrais, dit-elle sans même se retourner.

Son chef s'approcha en lisant les premières lignes lumineuses.

– Je ne pensais pas qu'on utiliserait autant ce laboratoire un jour, confessa l'agente.

– C'est Yannick qui y tenait et il a eu raison, en fin de compte, soupira-t-il en prenant place près de la jeune femme. Est-ce que vous avez continué de vous voir en secret ?

– Non. Le lendemain de ton avertissement, nous avons cessé tout contact. Il me taquine de temps en temps, mais ça ne va jamais plus loin. Tu sais bien que l'ANGE et la sauvegarde de ce monde sont plus importantes que les sentiments que nous éprouvons l'un pour l'autre.

– Tout le monde peut changer d'idée.
– J'ai fait mon choix.
– Tant mieux pour l'ANGE. Est-ce que tu cherches quelque chose en particulier ?
– Yannick m'a souvent parlé de sa théorie, mais, à l'époque, je n'y ai pas prêté suffisamment attention. J'essaie de retrouver la séquence des événements à venir, selon les prophètes.
– C'est lui qui a entré toutes les données dans la section sur l'Antéchrist, alors elle devrait contenir ce que tu veux.
– J'imagine que tu la connais déjà par cœur.
– J'y ai jeté de fréquents coups d'œil, au fil des ans.
– Tu crois à ces prophéties ?
– J'ai du mal à comprendre comment des hommes auraient pu prévoir tous ces événements il y a deux mille ans, avoua-t-il, mais j'ai l'esprit ouvert.
– C'est ce que j'aime chez toi.
– Où habites-tu, en ce moment ?
– Je dors chez ma tante, mais il faudra que je trouve bientôt un autre endroit. Je ne veux surtout pas mettre sa vie en danger.
– Tu peux dormir chez moi, si tu veux. J'ai plusieurs chambres d'amis.
– J'ai trop peur qu'on me suive encore. Je sais que les règlements interdisent aux employés de dormir dans cette base, mais si tu pouvais faire une exception, même pour quelques jours seulement, je l'apprécierais.
– Tu as peur ? s'étonna-t-il.
– Oui, mais pas pour moi-même.

Cédric lui accorda cette permission. Il se leva, tapa quelque chose sur le clavier. Un texte intitulé « Chronologie » apparut sur l'écran. Il quitta ensuite la pièce sous le regard reconnaissant d'Océane.

Pendant qu'Océane mettait les bouchées doubles dans le domaine des prophéties, ses collègues Cindy et Yannick étaient toujours cloîtrés dans le loft. Le professeur d'histoire n'était pas très bavard depuis la fusillade. Au début, Cindy avait respecté son silence, puis elle se rappela sa découverte. Elle ouvrit un livre en vitesse et montra le portrait d'Océlus au vétéran.

– J'ai trouvé O ! s'exclama-t-elle fièrement.
– Le dieu Mars Océlus ? lut Yannick à haute voix.
– Ou quelqu'un qui lui ressemble et qui le connaît, puisqu'il signe ses messages avec la première lettre de son nom.
– Très intéressant…
– À mon avis, il s'inscrit dans ta théorie de la résurgence de l'Empire romain.

Yannick ne répliqua pas. Toutefois, son visage exprimait à la fois l'inquiétude et la surprise. Sa jeune collègue trouvait étrange qu'il n'ait jamais vu ce dessin, puisqu'il prétendait avoir consulté tous les volumes de sa bibliothèque, à un moment ou un autre.

– Il a un nom en « usse » comme l'Antéchrist ! voulut clarifier Cindy.
– Mais il ne semble pas travailler pour lui.
– Ça, non. Mais un de tes livres sur le prophète Daniel parle de deux Témoins.
– Tu ne t'es donc pas ennuyée en mon absence.
– Je pourrais passer dix ans ici sans m'ennuyer ! Tu as la bibliothèque la plus intéressante du monde ! Parle-moi des deux Témoins. Pourquoi sont-ils appelés ainsi ?

Yannick se cala dans le fauteuil. Cindy crut voir un voile de douleur passer devant ses yeux sombres, mais le phénomène ne dura qu'un bref instant.

– Dieu n'abandonnera pas l'humanité durant le règne de terreur de l'Antéchrist, indiqua-t-il sur un ton sérieux. Avant de demander à son Fils de détruire le prince des ténèbres, il enverra deux Témoins et trois Anges afin de rassurer les hommes.

– Tous en même temps ?

– Non. Il enverra d'abord les deux Témoins pour mettre le monde en garde, puis les trois Anges pour annoncer le retour du Messie.

– Ces Témoins viennent-ils directement du ciel ?

– Contrairement aux Anges, ils seront la réincarnation de personnages ayant vécu à l'époque de Jésus, mais ils porteront des noms différents. Le *Livre des révélations* nous dit que Dieu donnera à ces deux hommes non seulement le don de la prophétie, mais également celui d'accomplir des miracles.

– L'Antéchrist cherchera sûrement à les faire abattre, s'alarma Cindy.

– C'est certain, mais Dieu protégera ses deux serviteurs contre les attaques de l'obscurité jusqu'à ce qu'ils aient accompli leur travail sur la Terre.

– Est-ce que tu sais qui ils sont ? Est-ce que tu connais leur identité actuelle ?

– Elle doit demeurer secrète jusqu'à l'arrivée d'Armillus au pouvoir.

– Je comprends…

Mais les paroles du professeur d'histoire avaient piqué la curiosité de la jeune femme.

– Ces Témoins défendront-ils les hommes ou se contenteront-ils de les avertir du danger ? voulut-elle savoir.

– Non, ils se battront férocement. Ils n'agiront cependant pas comme des chrétiens. Ils ne tendront pas l'autre joue lorsqu'on les frappera. Dieu leur donnera le pouvoir de détruire par le feu ceux qui tenteront de les écarter.

– Mais que pourront faire deux hommes contre toute l'armée de l'Antéchrist ?

– Lui donner un avertissement sérieux de ce qui l'attend. Seul le Fils de Dieu peut l'anéantir.

– C'est rassurant, enfin, je crois…

– Ils nous feront du mal, mais ils ne pourront pas gagner, Cindy. Je te le jure.

La jeune femme ne reconnaissait plus le vétéran. Lui qui était toujours si sûr de lui et si souriant, tout à coup, lui sembla très vieux et très fatigué. Elle lui offrit une tasse de thé, mais il ne l'entendit pas. Il ferma plutôt les yeux. Cindy décida donc de le laisser se reposer. Après tout, même s'il était un agent expérimenté, on venait de tenter de l'assassiner.

Ahriman frappa violemment le bras du fauteuil de son poing. Il regardait le bulletin d'informations à la télévision où on ne parlait que de la fusillade au cégep. Le professeur d'histoire était toujours vivant !

– Hadès ne l'a pas tué ? s'étonna Barastar.

– C'est impossible ! explosa le Faux Prophète. Il ne manque jamais ses cibles !

Les images se mirent à sauter sur l'écran et les lampes perdirent de leur intensité, signalant l'arrivée de l'assassin dans la pièce. Hadès surgit du plancher. L'air austère, il salua Ahriman de la tête, ses longs cheveux noirs balayant ses épaules.

– Pourquoi l'agent de l'ANGE est-il toujours vivant ? hurla le Faux Prophète.

– Il n'est pas un homme ordinaire, cracha le tueur. Tu aurais dû me prévenir, Ahriman.

– Que veux-tu dire ?

— Il fait partie de l'ancienne garde.
— Il s'est joint à cette organisation de pacotille ? Après le coup que nous leur avons porté à Jérusalem ?
— Il a dû deviner que vous viendriez ici.

Le Faux Prophète fit quelques pas dans la pièce, profondément absorbé par ses pensées. Barastar et Hadès l'observèrent sans rien dire.

— Je ne suis pas assez puissant pour le détruire, s'excusa Hadès.
— Sa présence expliquerait la disparition de Seth, déduisit Barastar qui connaissait la limite des pouvoirs de ce dernier.
— Seul Armillus pourrait l'anéantir, ajouta Hadès.
— Armillus a autre chose à faire ! tonna le maître. Ne vous approchez plus du professeur d'histoire. Nous lui réglerons son compte en dernier.

Les sbires échangèrent un regard inquiet.

— Amenez-moi plutôt le dernier membre de l'ANGE. Et allez-y tous les deux, cette fois. En attendant, il faut moi aussi que je m'acquitte du travail que m'a confié le grand maître.

Les assassins s'éclipsèrent en vitesse. Le Faux Prophète commença par se calmer. Puis il se rendit dans une église bien connue sur la montagne où les fidèles avaient l'habitude de prier pour leur guérison. Satan lui avait donné de grands pouvoirs, dont ceux de guérir et de tuer. Afin d'amadouer la population, et de préparer ainsi la venue de son maître, Ahriman devait accomplir de retentissants miracles.

Il descendit de la limousine et contempla la magnifique bâtisse. On avait fait croire au peuple depuis des siècles que les démons ne pouvaient pas entrer dans les églises. Rien n'était plus faux. Au fil des ans, les chrétiens s'étaient fait endoctriner par les dirigeants de leur Église qui cherchaient surtout à asseoir leur pouvoir politique.

Leur Dieu ne se trouvait pas dans ces bâtiments qu'ils avaient construits pour leur gloire personnelle : il se trouvait partout dans sa création. Et, de plus, contrairement au diable, il respectait toutes ses créatures.

Ahriman grimpa les marches du parvis sans se presser. Il poussa la porte et avisa la centaine de pauvres gens qui réclamaient leur guérison. Certains étaient en fauteuil roulant, d'autres marchaient avec des béquilles. Les autres étaient agenouillés devant l'autel recouvert d'or. Une femme au teint livide, les mains jointes, au pied d'un Jésus en croix, tremblait de tous ses membres.

– Dieu tout-puissant et miséricordieux, j'ai vécu toute ma vie selon vos commandements, pleurait-elle. Je vous en conjure, débarrassez-moi de mon mal et permettez-moi ainsi de continuer à vous servir.

Un sourire sadique apparut sur les lèvres du serviteur du Mal. « Je n'en ferai qu'une bouchée », constata-t-il. Il avança lentement dans l'allée, prenant un air pieux.

Soudain, d'entre les bancs de bois, surgit un homme vêtu de noir. Il se planta devant le Faux Prophète, une expression de défi sur le visage. Ahriman n'avait pas beaucoup d'ennemis sur cette Terre, mais il reconnut facilement Judas, un des messagers célestes qui avaient le pouvoir de le renvoyer directement en enfer.

– Tu n'es pas le bienvenu dans Sa maison, Arimanius, l'avertit l'homme au teint méditerranéen.

Il semblait n'avoir que trente ans, mais Ahriman savait qu'il était aussi vieux que le monde.

– C'est donc toi le responsable de mes échecs, soupira le Faux Prophète.

– Tu as échoué au début des temps et tu ne réussiras pas cette fois non plus à t'emparer de Sa création.

Le Témoin se mit à avancer, sans la moindre frayeur. Ahriman aurait pu lui donner la leçon qu'il méritait, mais il aurait ainsi détruit en un seul instant la réputation qu'il

181

tentait de se bâtir au Québec. À contrecœur, le visage ravagé par la haine, il recula de quelques pas, puis quitta résolument l'église.

Océlus ne pouvait pas aider toutes ces pauvres gens qui priaient pour recouvrer la santé. Ce n'était pas la mission que Dieu lui avait confiée. Il ferma les yeux pour ne plus entendre leurs supplications et s'évapora comme un nuage de brume.

...0022

Thierry Morin étudiait les rapports qu'on lui avait transmis au début de la journée lorsque sa secrétaire frappa à la porte de son bureau. Christiane était une femme âgée d'une trentaine d'années, qui avait travaillé toute sa vie pour la police. Elle aimait bien son nouveau patron, qui était arrivé au Québec depuis quelques mois à peine. En plus d'être beau garçon, il avait des manières impeccables.

– Voilà la télécopie que vous attendiez, monsieur Morin, fit-elle en la déposant devant lui. La bibliothèque nous a envoyé tout ce qu'elle avait.

– Merci, Christiane.

– En passant, mademoiselle Chevalier ne travaille plus à la bibliothèque.

Il leva aussitôt un regard surpris vers elle.

– Depuis quand ?

– Depuis mardi. Avez-vous besoin d'autre chose ?

– Pourriez-vous m'apporter le portrait-robot de l'homme à la mitraillette dès qu'il sera prêt ?

– Bien sûr.

Elle sortit du bureau en refermant doucement la porte. Thierry se cala dans le fauteuil en réfléchissant.

– Depuis mardi, répéta-t-il à voix basse. Elle ne travaillait donc plus à la bibliothèque le jour de la fusillade... Est-elle de mèche avec les disciples d'Éros et le tueur ? Ou est-elle vraiment une amie du professeur ?

Il y avait une seule façon de découvrir la vérité : il devait coincer cette demoiselle Chevalier et la lui faire avouer.

À l'ANGE, Cédric Orléans était tout aussi obsédé que Thierry Morin par l'homme qui avait ouvert le feu sur son agent et sur les élèves du cégep. Il contemplait depuis un moment le visage d'Hadès, projeté sur l'écran mural.

— MONSIEUR ORLÉANS, VOUS AVEZ UN VISITEUR.
— Faites-le entrer.

La porte glissa. Vincent se précipita vers son patron. Cédric tenta de déchiffrer les émotions qui se succédaient sur le visage du savant.

— J'ai plusieurs nouvelles, déclara ce dernier.
— Commence par les bonnes.
— Il n'y en a pas.
— Les mauvaises, alors.

Vincent jeta un coup d'œil inquiet à Hadès et prit place devant son chef.

— On pourrait commencer par lui.
— Tu en as appris davantage sur ses déplacements ?
— La fiche de l'ordinateur est exacte, sauf qu'en fouillant un peu plus auprès de mes contacts en Amérique du Sud, j'ai découvert que ce meurtrier s'y prélassait depuis les attentats en France.
— Pourquoi a-t-il quitté sa cachette ?
— Mes contacts de Bogota n'en savent rien. Ils m'ont dit qu'il avait un comportement étrange depuis quelque temps, comme si quelque chose le préoccupait. Son visage étant connu des agents de l'ANGE là-bas, il était suivi discrètement dès qu'il quittait sa villa. Le jour de la fusillade, ils ont perdu sa trace sur la route qui mène à l'aéroport.

– As-tu vérifié la liste des passagers à destination de Montréal ?

– D'un bout à l'autre, mais aucun ne répondait au signalement d'Hadès. J'ai plutôt l'impression qu'il a utilisé un avion privé.

– Ce n'est pas impossible.

– La mauvaise nouvelle, c'est que je n'arrive plus à le localiser depuis sa tentative contre Yannick. J'ai mis toutes nos caméras de surveillance en alerte. Si elles captent son image où que ce soit au Québec, tu en seras informé le premier.

– Très bien. As-tu autre chose à m'apprendre ?

– La police cherche Océane. L'inspecteur Morin a appris qu'elle ne travaillait plus à la bibliothèque, et la concierge lui a ouvert la porte de son appartement il y a quelques minutes à peine.

– Il ne trouvera rien.

– C'est justement ce qui m'inquiète. S'il se met à creuser…

– Nous nous occuperons du policier en temps et lieu. Pour l'instant, je veux être certain qu'il n'y a pas d'autres tueurs de l'Alliance en liberté dans cette ville avant de remettre mes agents en service. Je te remercie, Vincent.

– Ce n'est malheureusement pas tout.

Cédric arqua un sourcil, alarmé.

– Air Éole veut savoir quand Cindy reviendra au travail.

– Je m'en occupe. Autre chose ?

– Je voudrais une augmentation de salaire.

– Retrouve Hadès et Seth, et je te donnerai tout ce que tu veux, promit Cédric, amusé.

– Ça va te coûter cher.

L'inspecteur Morin poursuivait lui aussi son enquête. Après avoir fouillé de fond en comble l'appartement d'Océane, il avait décidé de se tourner vers sa famille. Il se rendit d'abord chez sa tante Andromède. « C'est une bien grande maison pour une personne seule », s'étonna-t-il. Il sonna à l'entrée. Un homme d'origine hawaiienne lui ouvrit.

– *Aloha*, le salua-t-il avec un large sourire.

– Est-ce que je suis bien chez Ginette Chevalier ? s'inquiéta le policier.

– La maîtresse est dans le jardin, répondit l'homme avec un épouvantable accent.

Il recula pour le laisser entrer.

– La maîtresse de qui ?

L'étranger ne répondit pas. Il se contenta de lui indiquer le chemin à suivre. Thierry scruta la décoration du couloir avec stupéfaction. Dans les archives du Vatican, il n'avait jamais vu de hiéroglyphes racontant les aventures amoureuses d'une pharaonne.

Il cligna des yeux en arrivant dans la cuisine immaculée où les voiles transparents se débattaient contre le vent. « Quel curieux endroit ! » songea-t-il. Le soleil l'aveugla davantage lorsqu'il mit le pied sur la terrasse donnant sur le jardin.

En maillot de bain très coloré, de grosses lunettes noires sur les yeux, la tante de l'ancienne bibliothécaire était assise sous un faux palmier et buvait un jus de fruits exotique.

– Un visiteur, maîtresse, annonça l'Hawaiien en précédant le policier.

– Je suis désolé de vous déranger, madame, s'excusa Morin. Je cherche Ginette Chevalier.

– Il y a des siècles qu'on ne m'a pas appelée ainsi. Que puis-je faire pour vous, monsieur... ?

Il lui trouva aussitôt une grande ressemblance avec l'héroïne égyptienne du couloir de l'entrée.

– Morin. Inspecteur Thierry Morin.

– Inspecteur de quoi ? Pas de la ville, j'espère. J'ai lu tous les règlements municipaux et j'ai parfaitement le droit de remplir mon jardin de sable si ça me chante.

– Je suis inspecteur de police.

Craignant le pire, Andromède retira ses lunettes de soleil et chassa le bel Hawaiien d'un geste de la main.

– Je vous en prie, asseyez-vous et dites-moi ce que vous me reprochez, se résigna l'excentrique.

– Mais rien du tout, madame Chevalier, assura Thierry en restant poliment debout. Je cherche votre nièce, Océane. J'ai pensé la trouver chez vous.

– Elle m'a rendu visite avant-hier.

– Vous a-t-elle dit pourquoi elle a délaissé son appartement ?

– Oui, mais je ne m'en souviens plus très bien. Vous savez, ces boissons exotiques me font oublier bien des choses. Aimeriez-vous y goûter ?

– Pas vraiment, mais merci quand même. Y a-t-il un autre numéro de téléphone où je pourrais joindre votre nièce ?

– Si elle ne vous l'a pas donné, c'est que vous n'êtes pas un de ses prétendants…

– Non, ce n'est pas la raison pour laquelle je veux la voir. J'aimerais lui poser quelques questions sur sa relation avec un homme du nom de Yannick Jeffrey.

– Elle ne m'a jamais parlé de lui non plus, la coquine. Est-ce qu'il a de l'argent ?

– C'est à elle de vous le dire. Je veux seulement m'entretenir avec Océane.

– J'aimerais bien vous aider, mais je n'ai que le numéro de son appartement.

– Je vois. Eh bien, quand elle vous rendra visite à nouveau, pourriez-vous lui demander de m'appeler ?

Thierry sortit une carte de sa veste et la lui tendit.

– Je n'y manquerai pas, inspecteur Morin.

– Merci beaucoup et, en passant, ce décor est génial.

Il la salua et retourna vers la terrasse. Andromède Chevalier ne put s'empêcher de penser qu'il ferait un beau parti pour sa nièce.

...0023

Cédric surveillait attentivement les données qui défilaient sur l'écran encastré dans sa table de travail. Il savait bien que les malfaiteurs de l'Alliance finiraient par traverser l'océan, mais ses agents étaient-ils prêts à affronter leur fourberie ?

– Il y a une communication pour vous, monsieur Orléans.
– De qui s'agit-il ?
– De YJ sept, cinquante, en code normal.
– Passez-le-moi.

Cédric leva les yeux vers l'écran mural. Le logo de l'ANGE céda la place au visage maintenant détendu de Yannick Jeffrey.

– Que puis-je faire pour toi, Yannick ?
– J'aimerais que tu trouves un appartement à Cindy avant que je ne commence à prendre du poids. Elle n'arrête pas de me faire manger.

Cédric sourit malgré lui.

– J'aimerais bien t'aider, mon ami, assura-t-il, mais tant que je n'aurai pas localisé Seth et Hadès, je ne peux pas vous laisser circuler à votre guise. Que mangez-vous, ce soir ?
– Du poulet à l'italienne ! fit la voix de Cindy.

Yannick fit la moue.

– Depuis quand manges-tu de la viande ? s'étonna son chef.

– Elle essaie de me convaincre que le poulet n'est pas de la vraie viande.

– Je suis ravi de constater que les derniers événements ne vous ont pas traumatisés outre mesure. Mais, te connaissant, tu ne m'appelles sûrement pas pour te plaindre de la compagnie de Cindy.

– Je voulais surtout savoir quand nous pourrons quitter le loft, avoua Yannick, mais tu viens de me répondre.

– Vincent travaille comme un forcené pour retrouver les assassins de l'Alliance.

– Et si quelqu'un en est capable, c'est bien lui.

Cédric resta silencieux pendant quelques secondes. Yannick sentit tout de suite que quelque chose n'allait pas. Il voulut savoir à quoi son patron pensait.

– Il y a eu d'autres attentats de Terre-Neuve jusqu'en Ontario. Je suis justement en train de lire les rapports des autres divisions.

– Y a-t-il eu des morts ?

– Trois bons agents ont perdu la vie. D'autres ont été blessés, mais la plupart l'ont échappé belle.

– Je ne savais pas que l'Alliance disposait d'autant d'assassins.

– C'est justement ce qui m'inquiète. Les rescapés rapportent avoir été attaqués par Hadès, Barastar, Tatosi et Edeke.

– Tous en même temps ?

– À quelques heures d'intervalle. À moins d'avoir cloné ses tueurs, je ne vois pas comment l'Alliance a réussi ce tour de force.

– Elle possède des appareils qui altèrent nos perceptions, rappelle-toi. Elle a peut-être imprimé ces visages dans nos consciences, à notre insu.

– Tu as raison. Il ne faut pas sous-estimer leur technologie.

Cindy apparut alors aux côtés de Yannick sur l'écran.

– J'ai suffisamment de poulet pour trois, annonça-t-elle.
– Elle en a suffisamment pour toute une armée, rectifia Yannick.
– C'est gentil, et j'apprécie l'invitation, mais j'ai trop à faire en ce moment. Amusez-vous bien.

Cédric appuya sur une touche et le logo de l'ANGE apparut de nouveau sur le mur. Au moins, ces deux-là ne souffraient pas trop.

Thierry Morin poursuivit ses visites chez les membres de la famille de la bibliothécaire. Il grimpa les marches d'un appartement de Montréal et appuya sur la sonnette. Pastel Chevalier lui ouvrit la porte, en empêchant son petit Tristan de sortir. C'était une Océane bis, mais plus jeune et châtain clair.

– Je ne sais pas ce que vous vendez, mais faites vite, avant que mon bambin ne me démolisse les jambes, le pressa la jeune femme.
– Je suis l'inspecteur Thierry Morin, annonça-t-il en lui montrant son insigne de police. Êtes-vous Pastel Chevalier ?
– Oui..., s'effraya-t-elle. Est-il arrivé quelque chose à Alexandre ?
– Je cherche Océane, votre sœur.
– Pourquoi ?
– Pour lui poser des questions.
– Est-ce qu'elle a encore été témoin de quelque chose d'illégal ?
– À deux reprises.
– Elle a vraiment le don de se trouver au mauvais endroit au mauvais moment.
– Donc, ça lui arrive souvent.

– Depuis qu'elle est petite. On dirait que le ciel voudrait qu'elle soit policière, mais elle a décidé de s'enfermer dans une bibliothèque et de classer des livres.

– Elle n'y travaille plus, mademoiselle Chevalier. Je dois lui parler, mais je ne sais pas où elle est.

– Vous êtes allé à son appartement ?

Ils entendirent tomber quelque chose dans la maison.

– Tristan ! maugréa la mère, exaspérée, en jetant un coup d'œil dans le vestibule.

Elle se retourna vivement vers l'inspecteur.

– Oui, répondit-il. Sa concierge ne sait pas non plus où elle a pu aller.

– Vous commencez à me faire peur, monsieur Morin. Ma sœur n'est pas du genre à faire des fugues. C'est la personne la plus responsable que je connaisse.

Il lui tendit sa carte de visite.

– Si vous la voyez, pourriez-vous lui dire que je la cherche ?

– Certainement.

Un objet très lourd s'écrasa sur le plancher de l'appartement. Tristan se mit à pleurer. Pastel referma vivement la porte pour se précipiter au secours de son fils.

Les seules personnes qui prenaient la vie du bon côté, malgré la menace qui pesait sur l'Amérique, étaient Yannick et Cindy. Mais ce n'était pas par choix. Cindy déposa des assiettes appétissantes sur la table basse et y convia Yannick. Puisqu'il ne pouvait aller nulle part, il accepta finalement de partager ce repas avec elle. Il déboucha une bouteille de vin poussiéreuse et versa le liquide à la robe sombre dans un verre à pied. La jeune femme y goûta du bout des lèvres et écarquilla les yeux.

– Je n'ai jamais rien goûté d'aussi exquis !
– C'est un très vieux cru de Jérusalem.
– Tu sembles très attaché à ce pays.
– En effet. Ça m'afflige de penser que le Mal s'en emparera.
– Je ne peux pas croire que le peuple d'Israël laissera l'Antéchrist y faire tout ce qu'il veut.
– Ce sera un malheureux concours de circonstances. La religion juive attend toujours la venue du Messie. Tragiquement, ses espoirs messianiques l'inciteront à accepter les allégations de l'Antéchrist, qui dira être le Messie.
– Parle-moi de lui.
– Il possédera des pouvoirs miraculeux qui lui viendront directement de Satan. Il accomplira des prodiges et il réussira à tromper les gens sur sa véritable nature. Il affirmera être le Fils de Dieu et beaucoup le croiront, surtout là-bas.
– Mais tes livres disent qu'il commettra des crimes.
– Il ne montrera sa véritable nature qu'une fois que les gens l'auront accepté. Alors, il sera trop tard.
– Il n'empêche, je n'arrive pas à comprendre comment tout un peuple pourrait se soumettre volontairement à un tyran.
– Nous vivons dans un siècle où il n'y a plus de vrais chefs. Les gens ont désespérément besoin d'hommes politiques honnêtes et compétents, capables de rétablir l'équilibre financier, de régler les problèmes environnementaux et de contrer le terrorisme. Nous avons soif de vrai leadership.
– Et il sera tout ça ?
– Le prince des ténèbres les éblouira tous. Il utilisera les pouvoirs économiques, politiques et militaires de dix nations réunies pour conquérir tous les autres pays du monde.

– Même le Canada ?

– Non, pas nous. Nous deviendrons une terre d'asile pour ceux qui tenteront d'échapper aux persécutions qui séviront de l'autre côté de l'océan. C'est pour cette raison que les agents de l'ANGE doivent le plus rapidement possible décourager les serviteurs d'Ahriman de s'installer... ce qui est bien difficile à faire pour nous qui sommes enfermés ici.

– Cédric n'aura pas le choix, lui rappela Cindy : il devra tous nous utiliser pour y arriver.

Yannick se perdit une fois de plus dans ses pensées. La jeune femme mangea en silence, respectant son besoin de réfléchir.

Pendant que ses collègues ne pouvaient que discuter de leur participation à tous ces événements futurs, Vincent, lui, travaillait d'arrache-pied pour leur permettre de quitter leur cachette. Assis devant son ordinateur, il mangeait du chocolat tandis que les données défilaient en colonnes étroites devant ses yeux fatigués.

– Monsieur McLeod, il est tard.

– Il ne me reste que quelques lignes à lire.

– Si vous ne quittez pas votre poste immédiatement, je devrai en informer monsieur Orléans.

– Oui, bien sûr.

Vincent ne tint pas compte de la menace de l'ordinateur et poursuivit son travail. Il ne fut pas surpris de voir Cédric arriver, quelques minutes plus tard.

– Ça fait plus de quatorze heures que tu passes devant cet écran, lui reprocha le chef.

– Seulement ça ? tenta de plaisanter le savant.

– Une personne épuisée peut laisser passer des renseignements importants, Vincent.

– Il faut que je retrouve les assassins de l'Alliance pour que Yannick, Océane et Cindy se remettent au travail. Ce n'est pas une opération qui s'effectue en claquant des doigts.

– Je sais mieux que quiconque que c'est une entreprise de longue haleine, mais les humains doivent dormir pour être efficaces.

Vincent obtempéra. Il accepta de rentrer chez lui et de rassurer sa vieille mère, pourtant habituée à ses longues absences. En fait, madame McLeod croyait que son fils participait à la dépollution du fleuve, ce qui n'était pas une mince affaire.

Il enfila sa veste de jeans et quitta les Laboratoires. L'ascenseur le déposa dans le placard d'un immeuble gouvernemental de Montréal. Le jeune homme passa le cordon de son badge d'accès à son cou et marcha dans le couloir, en direction du hall d'entrée. Le gardien de sécurité le regarda inscrire son nom sur le registre et lui souhaita une bonne nuit, même s'il n'en restait que quelques heures.

Le savant s'empressa de s'engouffrer dans le métro avant que la station ne ferme ses portes pour la nuit. Il arriva dans son quartier et marcha lentement, en écoutant les bruits alentour. Personne ne le suivait. Il obliqua brusquement vers un escalier menant directement au premier étage d'un immeuble. Il jeta un dernier coup d'œil derrière lui et entra.

Rassuré, il ferma et verrouilla la porte de son appartement. Il s'empara du courrier en pile bien droite sur la console de l'entrée et gagna la cuisine. Il donna de la lumière, lança les enveloppes sur la table et s'arrêta devant le réfrigérateur où sa mère lui avait laissé une note :

Vincent, surtout ne t'inquiète pas. Ta tante Aline est entrée d'urgence à l'hôpital. On pense que c'est un empoisonnement alimentaire. Je resterai avec elle jusqu'à ce qu'elle ne soit plus en danger. Je sais que tu rentreras probablement tard, alors je t'appellerai demain matin pour te donner des nouvelles. N'oublie pas de manger quelque chose et ne passe pas la nuit devant l'ordinateur.
Maman

Vincent sortit du pain, des tranches de jambon, de la laitue et de la mayonnaise du réfrigérateur et s'installa à table. Il se confectionna un sandwich, en prit une bouchée et éplucha le courrier de l'autre main. Au milieu des enveloppes, il découvrit une feuille pliée en deux. Le scénario était un peu trop familier. Très inquiet, il déposa son repas et déplia la feuille.

FUYEZ LES MIROIRS. – O.

Effrayé, il laissa tomber le message sur la table. Il y avait des miroirs partout dans cet appartement ! Sa mère les collectionnait !

Son ordinateur personnel émit une alarme stridente dans le salon. Dominant son inquiétude de son mieux, Vincent fonça vers la petite pièce sans se regarder dans les nombreuses glaces suspendues sur tous les murs. Avant qu'il n'atteigne sa table de travail, l'écran s'alluma de lui-même. Le savant s'arrêta net.

– Ordinateur, séquence de reconnaissance de la voix quatre, quatre-vingt-deux, exigea-t-il.

Le système demeura muet, ce qui n'était vraiment pas normal. Vincent s'en approcha prudemment, se demandant si sa mère avait débranché des fils en nettoyant le tapis ou s'il était victime d'un virus. Le logo de l'ANGE apparut sur l'écran, le faisant presque sursauter.

– Mais qu'est-ce qui se passe ? s'énerva-t-il.

Le logo, habituellement noir, blanc et or, devint soudainement rouge clair.

– Ce n'est pas vrai ! geignit Vincent. J'ai installé des programmes qui empêchent ce genre de contamination !

Il prit place devant l'ordinateur et se mit à pianoter, sans pouvoir faire disparaître l'image de plus en plus rouge. Soudain, les lettres « N », « G » et « E » explosèrent, ne laissant plus que la lettre « A » qui augmentait de volume.

– « A » pour… ?

Un kaléidoscope aux couleurs psychédéliques se mit à tourner derrière le « A ». Vincent ouvrit tout grands les yeux, incapable de bouger.

Bonsoir, Vincent, fit la voix d'Ahriman. *Je suis ravi de faire ta connaissance.*

Vincent aurait voulu détacher son regard de l'écran et fuir, mais il était paralysé. La succession rapide des images éblouissantes l'hypnotisait.

J'aimerais bien qu'on puisse se parler en tête à tête, tous les deux.

Le jeune agent se mit à saigner du nez, car les ondes générées par les couleurs attaquaient maintenant son cerveau.

En fait, je suis le seul à présent qui puisse te sauver. Si tu ne viens pas vers moi, tu mourras vidé de ton sang.

La pauvre victime de ce piège virtuel se mit à trembler violemment.

– Non ! hurla-t-il avec le peu de volonté qui lui restait.

Vincent réussit finalement à bouger les bras, malgré ses convulsions. Il saisit l'écran et le lança plus loin dans la pièce. Haletant, il se plia en deux. Son nez continuait de couler comme un robinet.

– Ils ne m'auront pas ! cria-t-il en sortant tant bien que mal son petit écouteur de la poche de sa veste.

En tremblant, il essaya de le connecter, une opération impossible dans son état. Un bruit sourd dans l'entrée le fit sursauter. Il n'avait pas le temps d'entrer en communication avec Cédric. Il fit donc faire un tour complet au cadran de sa montre et appuya sur le verre.

Hadès arriva de nulle part au milieu du salon, un poignard à la main. Vincent recula vers la fenêtre avec l'intention de s'y élancer. Le démon l'agrippa par-derrière et le plaqua contre sa poitrine puante, ramenant la lame de sa dague sur sa gorge.

– Mon maître veut seulement te parler, grogna le tueur dans l'oreille du savant.

– Il peut aller se faire foutre ! cria Vincent, de plus en plus étourdi.

– Dépêche-toi, lança Barastar de l'entrée.

Hadès assomma l'agent de l'ANGE sans plus de façon, puis le traîna au travers du salon.

...0024

Yannick appréciait que Cindy s'intéresse autant à la lecture, car elle aurait trouvé le temps vraiment long dans cette pièce unique d'où ils ne pouvaient pas encore sortir. Assis l'un en face de l'autre, ils étaient absorbés par des ouvrages différents. Soudain, le professeur abaissa son livre. Cindy ne fit que lever les yeux du sien pour l'observer. On aurait dit qu'il entendait quelque chose.

– Il faut que je sorte faire une course, annonça-t-il.
– À cette heure ? s'alarma la jeune fille.
– Il y a un épicier à l'angle. Je ne serai parti que quelques minutes, tout au plus.
– Non, ce n'est pas une bonne idée.
– Je suis le plus prudent des agents de l'ANGE, rappelle-toi.
– Mais l'Alliance a quand même failli avoir ta peau.
– Ordinateur, faites-moi un rapport de sécurité sur le périmètre.
– Il n'y a rien à signaler.

Cindy interrogea Yannick du regard.

– Il n'est jamais arrivé à cet ordinateur de se tromper ?
– Pas celui-là.
– Je ne suis branché sur aucun système extérieur.
– Je ne voulais surtout pas vous offenser, s'empressa de s'excuser Cindy. Je suis seulement inquiète pour Yannick.
– C'est mon travail de veiller à sa sécurité.

– Bon, mais reviens vite, fit la recrue.

Yannick lui adressa un sourire reconnaissant et marcha vers la porte en enfilant sa veste de cuir.

– Déverrouillez la porte, je vous prie.

Le bruit métallique du mécanisme résonna dans la pièce, faisant frissonner Cindy. Yannick quitta le loft en silence.

Cédric était sur le point de rentrer chez lui lorsque l'alerte rouge de Vincent retentit dans son bureau. Il tourna les talons et revint devant les écrans des techniciens.

– A-t-on une communication vocale ?

– Rien du tout, monsieur Orléans. Il a activé le code rouge à partir de son cadran.

– Pouvez-vous le localiser ?

– Nous l'avons trouvé chez lui, puis plus rien du tout.

– C'est impossible ! s'emporta Cédric.

– Théoriquement, personne ne peut parasiter le signal, mais…

– Si on lui avait enlevé sa montre, on pourrait la retrouver. Même si on l'avait démolie, on pourrait lui mettre la main dessus.

– C'est justement ce qu'on ne comprend pas.

– Passez cette province au peigne fin. Utilisez toutes les fréquences.

Le chef retourna dans son bureau. La porte glissa sèchement derrière lui tandis qu'il allait s'asseoir à sa table de travail. Il ne pressa qu'une seule touche de l'ordinateur. Un petit clavier émergea d'un compartiment secret, juste devant le clavier régulier. La voix électronique qui lui répondit était entièrement différente de celle de l'ordinateur de la base.

– Code accepté. Séquence de reconnaissance de la voix.

– CO quatre, quarante-quatre.

– Bonsoir, monsieur Orléans. Vous n'avez pas souvent recours à mes services.

– Je n'en ai pas vraiment éprouvé le besoin jusqu'à maintenant.

– Comment puis-je vous aider ?

– J'ai besoin de savoir ce qui pourrait empêcher une montre de transmission d'émettre son signal inaltérable.

L'ordinateur d'urgence demeura silencieux, ce qui ajouta à l'angoisse de Cédric.

– Ai-je posé une question qui ne relève pas de mon niveau de confidentialité ?

– Non, monsieur Orléans. Il s'agit plutôt d'une question dont la réponse est hypothétique.

– J'en suis au point où même une supposition est la bienvenue.

– L'étude entreprise par l'agent Yannick Jeffrey sur les pouvoirs surnaturels de l'Antéchrist comporte une explication possible de ce phénomène.

– L'Antéchrist pourrait neutraliser la montre ?

– Il pourrait même arrêter le temps, selon cette analyse des textes bibliques.

– Y a-t-il d'autres théories ?

– Le chef de la division d'Asie a émis l'hypothèse que les agents de l'Alliance ont créé des virus informatiques puissants, capables de déjouer nos systèmes.

– Mais cela ne s'est jamais produit...

– Pas jusqu'à présent. Nous ne possédons aucune autre explication.

– Je vous remercie.

Le clavier réintégra sa cachette de lui-même.
- Ordinateur, appela Cédric.
Cette fois, ce fut celui de la base qui lui répondit :
- Que puis-je faire pour vous, monsieur Orléans ?
- Je veux savoir où sont mes agents.
- L'agente oc neuf, quarante est dans la salle de formation. L'agente cb trois, seize se trouve chez l'agent yj sept, cinquante. L'agent yj sept, cinquante se trouve à quelques rues de son domicile.
- Quoi ! s'exclama Cédric.
- S'agit-il d'une sortie non autorisée ?
- Je lui ai demandé de ne pas s'exposer volontairement au feu de l'ennemi.
- Les capteurs n'indiquent aucun danger immédiat.
- Poursuivez.
- Il nous est impossible de localiser l'agent vm quatre, quatre-vingt-deux pour le moment.
- Utilisez les capteurs de toute l'Amérique. L'ordinateur demeura silencieux pendant un moment.
- Il n'est nulle part.

Cédric se cacha le visage dans les mains, en proie à un grand découragement.
- Merci, murmura-t-il enfin. Établissez le contact avec l'agente CB trois, seize, je vous prie. Et dépêchez une équipe de surveillance discrète à l'appartement de l'agent VM quatre, quatre-vingt-deux. Je veux un rapport dans les plus brefs délais.

○

Cindy Bloom était plongée dans la lecture d'un autre vieux bouquin lorsque l'ordinateur du loft reçut l'appel du chef de la base.
- Une communication pour vous, mademoiselle Bloom.

La pauvre fille sursauta. Le livre lui échappa et tomba sur le sol.

– Je suis désolé de vous avoir effrayée.

– Ce n'est pas votre faute. Mettez-la à l'écran.

Elle se rendit à l'ordinateur où le logo de l'ANGE céda aussitôt sa place au visage tourmenté de Cédric.

– Où est Yannick? demanda-t-il, tendu.

– Il est allé faire une course à l'épicerie. Je l'ai mis en garde, mais il n'a rien voulu entendre.

– Depuis combien de temps est-il parti?

– Une vingtaine de minutes, environ. Que se passe-t-il? Pourquoi es-tu si inquiet?

– Nous avons perdu la trace de Vincent. Je me demandais si Yannick avait reçu un message de sa part.

– Pas que je sache, à moins qu'ils aient des codes personnels.

– Reste où tu es.

– Bien compris.

– Je te donne des nouvelles dès que j'en ai.

Ce n'était certes pas l'intention de Yannick de semer la panique à l'Agence. Il ignorait qu'on cherchait à le localiser lorsqu'il s'approcha de l'église par une rue sombre. Il mit le pied sur la première marche et aperçut Océlus, presque complètement dissimulé dans l'arche de la porte.

Un véhicule s'arrêta derrière le vétéran de l'ANGE, le forçant à se retourner vivement pour s'assurer qu'il ne s'agissait pas d'un ennemi. Le conducteur de la voiture en sortit.

– Monsieur Jeffrey, je suis le lieutenant Letellier, se présenta-t-il.

Il contourna l'automobile et lui présenta son insigne.

– L'inspecteur Morin m'a demandé de vous garder en vie.

– C'est gentil de sa part.

– Je ne crois pas que ce soit une bonne idée d'entrer tout seul là-dedans.

– Je ne vois pas quel danger je pourrais courir en priant.

– Certains hommes respectent encore le statut de sanctuaire des églises, mais pas les tueurs, et encore moins les fous qui tirent sur les professeurs de cégep.

– Je n'avais pas considéré les choses sous cet angle.

– Laissez-moi vous ramener chez vous. Ce sera plus prudent.

Yannick jeta un coup d'œil à l'église : Océlus n'était plus là.

– J'imagine que je pourrais prier chez moi, cette fois-ci, soupira-t-il.

Il accepta de monter dans la voiture.

○

Cindy faisait les cent pas devant la porte du loft. Puis, n'y tenant plus, elle mit la main sur la poignée. La porte refusa de s'ouvrir.

– MONSIEUR ORLÉANS VOUS A DEMANDÉ DE RESTER ICI.

– Je n'ai pas l'intention de désobéir. Je veux juste jeter un coup d'œil à la rue.

– LE PÉRIMÈTRE EST SÉCURISÉ.

– Je veux juste me rassurer. Ce n'est pas un geste qui s'explique, surtout à un ordinateur.

– JE PEUX COMPRENDRE BEAUCOUP DE CONCEPTS HUMAINS.

– Dans ce cas, vous savez que j'ai besoin de regarder dehors. Ces fenêtres sont trop hautes.

Elle entendit le déclic du déverrouillage et ouvrit aussitôt la porte. Elle descendit sur le trottoir et regarda vers la droite. La rue était déserte. Elle se retourna pour regarder à gauche et étouffa un cri de surprise en se retrouvant nez à nez avec Océlus. Voyant qu'il ne s'agissait pas de Yannick, il se mit à reculer.

– Ne me dites pas que cet appartement va sauter! s'effraya la jeune femme.

– Non, je ne suis pas ici pour cette raison.

Intimidé, il voulut s'éloigner.

– Océlus, attendez!

Surpris qu'elle connaisse son nom, il fit lentement volte-face, les yeux écarquillés.

– Qui vous a révélé mon nom?

– Personne. Je l'ai trouvé dans un très vieux livre sous un portrait qui vous ressemblait un peu trop. Pourquoi avez-vous choisi le nom d'un dieu celte et romain?

– Les druides me l'ont donné.

– Vous venez d'Angleterre? Il ne répondit pas.

– Pourquoi nous protégez-vous? poursuivit Cindy, curieuse.

– On me l'a demandé.

– Qui vous emploie?

Une fois encore, il garda le silence.

– Ce ne peut pas être l'Alliance, insista la jeune femme.

– Non.

– Êtes-vous une hallucination? Une sorte d'ange gardien que je crée pour me protéger?

– C'est difficile à expliquer.

– J'aimerais bien le savoir, mais si vous ne pouvez pas me le dire, je comprendrai. En tout cas, je veux vous remercier. Sans vous, je serais six pieds sous terre, aujourd'hui.

– J'ai réussi à sauver votre vie, mais pas celle de votre ami.

- Yannick ? Celui qui demeure ici ? s'effraya-t-elle.
- Non. Celui qui travaille sur l'appareil à miroir.
- Le quoi ?
- Les mots s'y écrivent tout seuls.
- L'ordinateur !
- Je ne connais pas tous vos mots, je suis désolé.
- Vous parlez de Vincent.
- On ne m'a pas révélé vos noms. Je ne connais que vos âmes.
- Je suis Cindy, et mon ami qui travaille sur un ordinateur s'appelle Vincent. Que savez-vous à son sujet ?
- Hadès a réussi à le prendre. J'avais prévenu votre ami, mais il ne m'a pas écouté.
- Est-ce qu'il est mort ? s'étrangla Cindy.
- Non. Je le sens toujours vivant, mais les serviteurs d'Arimanius sont de viles créatures. Ils ne l'ont certainement pas enlevé pour lui faire du bien.
- Savez-vous où Hadès l'a emmené ?

Océlus secoua la tête, navré. Il se mit à reculer sur le trottoir.

- Je vous en prie, ne partez pas. Je veux tout savoir sur vous.
- Vous ne pourriez pas comprendre.

Il disparut dans le noir.

...0025

Océane Chevalier s'était allongée sur le divan de la salle de Formation pour se reposer quelques minutes. Des membres de l'équipe de surveillance étaient assis autour d'une table et prenaient un café en bavardant. Soudain, l'un d'eux appuya la main sur son oreille pour mieux entendre ce qu'on lui disait dans son écouteur.

– Venez, dit-il ensuite à ses coéquipiers. Il y a des problèmes chez Vincent McLeod.

Océane sursauta.

– J'y vais avec vous ! annonça-t-elle en se levant.

Le chef sembla hésiter.

– Je ne vous causerai pas d'ennuis, promis.

Il lui fit signe de se dépêcher. Océane leur emboîta le pas. Les trois voitures de surveillance quittèrent le garage souterrain par des sorties différentes et patrouillèrent chacune dans une partie du quartier où habitait Vincent. Océane demanda à descendre à quelques rues de son immeuble. Le chef de l'équipe n'y vit aucun inconvénient.

L'agente se faufila dans une ruelle et se rapprocha de l'appartement de son collègue en faisant bien attention de ne pas être vue. Demeurant dans l'ombre, elle s'immobilisa contre un mur, de l'autre côté de la rue. Deux voitures de police étaient garées devant la porte. Sur le balcon, la mère de Vincent brandissait les poings devant les pauvres hommes qui tentaient seulement de faire leur travail. Océane n'eut pas besoin de s'approcher pour entendre ce qu'elle disait.

– Arrêtez de me poser des questions ! Trouvez mon fils !

– Pour ça, il nous faut des indices, répondit calmement un policier.

– Je vous ai dit tout ce que je sais ! Je suis rentrée ce soir au lieu de demain parce que ma sœur allait mieux. La porte était défoncée. L'ordinateur de Vincent était démoli et il y avait du sang partout !

Océane mit la main sur sa bouche pour ne pas laisser échapper un cri d'horreur.

– Votre fils a-t-il des ennemis ? poursuivit le policier.

– Il n'a même pas d'amis !

« C'est faux ! » protesta intérieurement Océane. Sa montre se mit à vibrer. Elle baissa les yeux et vit que les chiffres clignotaient en orange. Elle recula le plus loin possible dans la ruelle pour accepter cette communication. Elle s'installa sous un balcon de métal et brancha ses écouteurs.

– OC neuf, quarante, s'identifia-t-elle.

– Océane, c'est Cédric. Qu'est-ce que tu fais là ?

– Je cherche des indices sur la disparition de Vincent, évidemment.

– Je ne me rappelle pas t'avoir permis de participer à cette mission.

– Je dois entendre des voix, dans ce cas.

– Les tueurs de l'Alliance sont toujours en liberté. Rentre immédiatement à la base.

– Écoute, Cédric, je ne risque rien ici. La rue fourmille de policiers. Je veux juste écouter ce qu'ils ont à dire.

– Je te connais trop bien pour croire que tu en resteras là.

– C'est sûr que j'irai jeter moi-même un coup d'œil dans l'appartement dès qu'ils seront partis, mais il sera très tard et personne ne me surprendra.

— Je n'aime pas ça.
— Et tu n'aimes pas non plus que Vincent soit entre les mains de l'Alliance. Alors, plus vite nous découvrirons où ils l'ont emmené, mieux ce sera pour lui et pour nous.

Cédric ne répliqua pas, mais Océane crut l'entendre soupirer.

— Tu ne dis rien ?
— Korsakoff va me tordre le cou si tu te fais prendre, grommela son chef.
— Je ne parlerai pas, même sous la torture.
— Ne prends aucun risque inutile. Si tu trouves quelque chose, contacte-moi tout de suite. Il n'est pas question que tu t'aventures seule dans l'antre du dragon. Est-ce que je me fais bien comprendre ?
— Ça ne peut pas être plus clair. Merci, Cédric.
— Ne me fais pas regretter cette décision.

Le déclic dans son oreille fit comprendre à la jeune femme que leur conversation était terminée. Elle retourna donc à son poste d'observation et attendit que les policiers emmènent la mère de Vincent, qui avait besoin d'une bonne dose de tranquillisants. Un homme colla des rubans jaunes devant la porte, sommairement remise en place. Les voitures éteignirent leurs gyrophares et partirent l'une derrière l'autre. Les curieux rentrèrent aussi chez eux, puis le quartier redevint silencieux.

Océane sortit de l'ombre et traversa la rue. Elle marcha sur le trottoir sans se presser, scrutant le sol éclairé par le lampadaire. Une trace de main ensanglantée sur le poteau attira son attention.

— Mais qu'est-ce que vous faites ici ? lui demanda un homme, derrière elle.

L'agente fit volte-face.

— Inspecteur Morin ? s'étonna-t-elle.
— Répondez-moi.
— Je marche quand je n'arrive pas à dormir.

– Vous êtes loin de chez vous.
– Pas vraiment. J'habite à quinze minutes d'ici.
– Il y a longtemps que vous n'habitez plus chez vous.
Océane fit semblant d'être fâchée.
– Est-ce que vous me faites suivre ?
– Vous êtes mystérieusement arrivée sur deux scènes de crime ! Et je vous trouve ce soir sur une troisième !
– Une troisième ? s'exclama-t-elle, passant de la colère à la peur en l'espace d'une seconde. Où ça ?
– Madame Chevalier, votre situation n'est pas claire du tout. Je vous prie de me suivre.
– Vous m'arrêtez ?
– Je veux seulement obtenir des réponses à mes questions.
– Est-ce que vous avez le droit de faire ça ?
– Oh oui !
Il lui montra sa voiture, garée plus loin. Océane aurait pu facilement l'assommer et prendre le large, mais puisqu'il ne s'agissait pas d'un policier ordinaire, elle décida de jouer le jeu. À sa grande surprise, au lieu de l'emmener au poste de police, il la fit entrer dans un petit restaurant encore ouvert à cette heure de la nuit.
– Vous emmenez tous vos suspects prendre un café ? maugréa-t-elle.
– Je n'ai jamais dit que vous étiez un suspect.
– Vous avez raison. Je suis la personne la plus malchanceuse du monde, mais je n'ai rien fait de mal.
– Vous continuez de prétendre que vous êtes arrivée au poste de police et à l'auditorium du cégep par hasard ?
– Non, pas par hasard. Les deux fois, je voulais rendre service. On dirait, en revanche, que je choisis mal mes amis.
– Pourquoi avez-vous déserté votre appartement, dernièrement ?

– À cause d'une invasion de nuisibles. Je déteste les nuisibles.

– Vous n'êtes allée ni chez votre grand-mère, ni chez votre tante, ni chez votre sœur.

– Vous ne les avez pas effrayées, j'espère ?

– Je voulais savoir où vous étiez. À la bibliothèque, on m'a dit que vous aviez quitté précipitamment votre emploi. Je voulais savoir pourquoi.

– Est-ce que vous enquêtez sur tous ceux qui quittent leur emploi ?

– Seulement sur ceux qui se trouvent sur les lieux d'un meurtre à deux reprises en peu de temps, répéta-t-il.

– Je ne l'ai pas fait exprès ! cria Océane, feignant d'être exaspérée. Ce n'est pas ma faute si ces deux hommes ont des ennemis !

– Et, comme par hasard, je vous trouve en train de marcher devant l'appartement d'un homme qu'on vient d'enlever.

– Je ne sais rien de cette histoire !

– Il m'est bien difficile de vous croire, mademoiselle Chevalier, mais je n'ai pas suffisamment de preuves pour vous arrêter. Donnez-moi l'adresse où vous logez en ce moment.

– Je couche un peu partout, chez des amis.

– Vous avez un téléphone mobile ?

– Oui, bien sûr.

– Alors, donnez-moi votre numéro pour que je puisse vous joindre en tout temps.

Océane prit un air stupéfait, puis outragé.

– Maintenant, je comprends ! s'offensa-t-elle en se levant.

Il se leva aussi et voulut lui saisir le bras. Elle recula vivement.

– Si vous avez envie de sortir avec moi, vous n'avez qu'à le demander au lieu d'inventer toutes ces histoires !

Elle quitta le restaurant d'un pas furieux. Estomaqué, le policier ne chercha même pas à la rattraper.

Océane ne perdit pas une seconde. Elle fonça dans une ruelle et héla un taxi dans la rue suivante afin de se faire reconduire chez Vincent. Après avoir scruté attentivement les alentours, elle grimpa les marches en vitesse et passa sous le ruban jaune. Elle déplaça prudemment la porte arrachée, puis la remit à sa place. Elle fouilla la penderie, en retira une grosse lampe de poche et se dirigea vers la cuisine avant de l'allumer.

Elle constata tout de suite qu'il n'y avait aucune trace de lutte dans cette pièce. Un sandwich avait été laissé sur la table, à peine entamé. Le courrier n'avait pas encore été ouvert. Océane manipula le premier bouton de sa veste et brancha ses écouteurs.

– Océane, est-ce que tu m'entends ? fit la voix de Cédric sans même qu'un code soit activé.

– Parfaitement. J'ai réussi à entrer chez Vincent et je voulais partager ces images avec toi.

Elle éclaira la table et prit la note dépliée entre ses doigts.

– Tu vois ça ?

– On dirait bien que notre ami fantôme a voulu le prévenir, comprit Cédric.

– Il y a des miroirs partout dans cet appartement. Tu crois que les sbires de l'Alliance ont commencé à les utiliser pour se déplacer ?

– Il ne manquerait plus que ça.

– Je continue vers le salon.

Elle éclaira le plancher de l'entrée et la porte replacée de travers. Il y avait du sang sur les deux.

– Ça élimine les déplacements par les miroirs, nota Cédric.

Océane éteignit la lampe de poche et alla fermer les rideaux du salon avant de la rallumer.

– Désolée pour cette courte interruption.

Elle commença par scruter le plancher. Il y avait beaucoup de sang sur la table de travail et sur la chaise.

– Ce n'est peut-être pas le sien, tenta de la rassurer Cédric. Peux-tu en prendre un échantillon ?

Océane sortit de son sac à main un petit sparadrap. Elle le retira de son emballage, le déposa sur le sang et appuya le pouce sur le centre pendant quelques secondes. Puis elle le plia en deux pour le ranger dans son sac.

Elle continua d'éclairer le salon méthodiquement. Une lampe et des bibelots gisaient sur le sol.

– Il s'est débattu, c'est certain, souligna-t-elle.

– Montre-moi son ordinateur.

Elle dirigea le faisceau lumineux vers la table de travail, mais il ne restait que le clavier.

– L'ont-ils emporté ? demanda Cédric.

Océane examina le plancher et trouva l'écran en bien mauvais état. La tour était sous le meuble.

– Ou bien il est tombé pendant que Vincent résistait à son assaillant, ou bien celui-ci l'a jeté par terre.

– Peux-tu vérifier si quelqu'un a accédé à son système ?

Elle remit l'écran sur le bureau en constatant qu'il était plutôt endommagé. Elle tenta tout de même de le mettre sous tension, en vain.

○

L'inspecteur Morin mit un moment avant de réagir au départ précipité de cette mystérieuse femme qui semblait toujours croiser sa route. Soucieux, il retourna à

213

sa voiture. Il ramassa un dossier qui traînait sur le siège arrière et prit place derrière le volant. Il alluma le plafonnier au-dessus du rétroviseur et ouvrit la chemise. Le dossier contenait une photographie d'Océane Chevalier ainsi qu'un court rapport sur sa vie. Ressentait-il vraiment une attirance pour elle ?

– Elle est bien trop bizarre, trancha-t-il.

L'inspecteur referma le dossier et le lança sur le siège du passager. Avant de rentrer chez lui, il décida d'aller jeter un dernier coup d'œil à l'appartement du jeune McLeod.

...0026

Debout derrière un technicien, Cédric étudiait attentivement les images que lui renvoyait la petite caméra d'Océane. Cette dernière avait tenté en vain de faire fonctionner l'ordinateur personnel de Vincent McLeod.
– Il aurait fallu que j'apporte un petit écran dans mon sac à main. La tour semble fonctionner, en revanche.
– Je vais voir ce qu'on peut faire à partir d'ici, déclara le chef en faisant signe à un technicien de s'y mettre.
– Bonne chance, soupira Océane. Tu sais, comme moi, que Vincent est un as quand il s'agit de protéger un système informatique.

Elle se tourna brusquement vers la fenêtre du salon. La caméra ne montra que les rideaux.
– Que se passe-t-il ? voulut savoir Cédric.
– J'entends un moteur.

Océane éteignit la lampe de poche et jeta un coup d'œil discret dehors. Thierry Morin descendait de sa voiture.
– C'est pas vrai, soupira l'agente.

Elle regarda autour d'elle pour trouver une cachette. Il n'y avait aucun meuble assez gros pour qu'elle puisse s'y dissimuler. Elle fonça vers le couloir et entra dans la cuisine. Son cœur battait la chamade. Elle entendit tout de même les pas du policier gravissant les marches.

Océane mit la main sur la poignée de la porte qui donnait sur la ruelle. L'inspecteur venait de déplacer celle de l'entrée. Le couloir donnait directement sur la cuisine ! Elle pivota, certaine que sa carrière venait de prendre fin. Une main se posa sur sa bouche et elle perdit conscience.

Lorsqu'elle ouvrit l'œil, Océane était couchée dans la chambre shinto de la maison de sa tante Andromède.
— Ça ne peut pas n'être qu'un rêve…
Elle portait les mêmes vêtements que la veille.
— Mais comment me suis-je rendue jusqu'ici ?
Elle ne s'en souvenait pas. Sa montre se mit à vibrer : un code vert. Elle devait se rendre à la base le plus rapidement possible. Elle fila à la cuisine où sa tante prenait son petit déjeuner.
— Je ne savais pas que tu étais là ! s'exclama Andromède. Comment es-tu entrée ?
— J'ai utilisé un tunnel spatiotemporel.
Océane prit un croissant et le farcit de confiture de fraises.
— Mais ce matin, je vais devoir prendre un taxi pour aller travailler, poursuivit-elle. Je n'ai plus assez d'énergie pour créer un vortex.
— Un policier m'a laissé sa carte en me disant qu'il te cherche depuis un petit moment. As-tu enfreint la loi ?
— Le grand conseil galactique défend l'utilisation de ce mode de transport sur notre planète.
— Océane…
— Il veut juste sortir avec moi.
— C'est un bel homme.
— Il travaille pour la police ! protesta sa nièce. Il pourrait se faire tuer n'importe quand ! Moi, je veux vivre un grand amour qui n'aura jamais de fin.

Océane se versa une tasse de café, mais n'en avala qu'une gorgée.

– Où sont tes Hawaiiens ?

– Repartis dans leur belle île de soleil. Ils s'ennuyaient de la mer.

– Dommage, regretta Océane.

Elle embrassa sa tante sur la joue et appela un taxi.

Océane fut la dernière à entrer dans le bureau de Cédric. Yannick et Cindy étaient postés de chaque côté de leur chef et écoutaient les paroles de Michael Korsakoff sur le grand écran.

– Je serais surpris que vous retrouviez l'agent McLeod vivant, disait-il, l'air grave. Le même scénario s'est répété un peu partout sur la côte Est. Beaucoup de nos agents ont été tués tandis qu'ils travaillaient devant leur ordinateur à la maison. De toute évidence, l'Alliance veut s'installer chez nous. Je me suis entretenu avec Mithri Zachariah de l'Agence mondiale et avec les chefs des continents plus tôt aujourd'hui. Nous sommes convenus de faire l'impossible pour arrêter cette percée de l'Alliance.

– Nous serons à vos côtés, assura Cédric.

– Ce que nous avons du mal à nous expliquer, c'est la soudaine interruption du signal des montres de nos agents manquants.

Yannick releva un sourcil, car il les avait pourtant prévenus de cette menace dans ses rapports.

– Comme vous le savez, l'ANGE a utilisé une technologie de communication complexe que l'ennemi ne peut pas décoder, encore moins désactiver, poursuivit Korsakoff.

— Je ne crois pas que l'Alliance soit parvenue à déchiffrer le fonctionnement de cet équipement, monsieur, fit poliment le professeur d'histoire. Mais elle peut certainement masquer le rayonnement de nos montres.

— Les ondes que nous utilisons peuvent traverser n'importe quel alliage. Comment les savants de l'Alliance pourraient-ils nous les dissimuler ?

— Au moyen de la sorcellerie.

— J'ai lu vos théories avec beaucoup d'attention, monsieur Jeffrey, mais je ne suis pas encore prêt à admettre l'existence de sorciers ou d'assassins se déplaçant à la vitesse de la lumière.

— Avec tout le respect que je vous dois, monsieur Korsakoff, il ne s'agit pas de mes théories, mais de celles d'une foule de prophètes bibliques. Quant aux assassins dont vous parlez, nous les avons sur film.

Cédric posa la main sur le bras de Yannick pour l'inciter au calme.

— Nous pouvons débattre longtemps de cette question, répliqua le directeur de la division nord-américaine. Selon moi, ces hommes étaient sans doute de pauvres victimes de maladies mentales. Mais on ne savait pas ce que c'était, autrefois.

— Que vous vouliez l'admettre ou non, nous sommes au beau milieu d'un combat mortel dont l'enjeu est notre âme, répliqua Yannick.

— Messieurs, dut intervenir Cédric, le but de cet entretien est de savoir jusqu'où nos agents peuvent s'impliquer dans cette affaire.

— Je sais que nous avons décidé, il y a fort longtemps, de toujours recourir aux forces policières régionales et nationales pour les interventions de ce genre, mais la situation a changé. Utilisez toute la force que vous jugerez nécessaire. Cette incursion doit être stoppée sans tarder.

– Bien compris. Je vous tiendrai au courant de tous nos faits et gestes.

– Je n'en doute pas un seul instant, mon cher Cédric. Vous êtes parmi nos chefs les plus diligents. Bonne chance et à bientôt.

Le logo de l'ANGE remplaça le visage de Korsakoff sur l'écran. Yannick baissa les yeux un instant. Beaucoup d'hommes, comme le directeur de l'Amérique du Nord, découvriraient trop tard à qui ils avaient vraiment affaire. Cédric demanda à ses agents de prendre place à la table de conférence.

– On dirait qu'il ne comprend pas que notre ennemi est l'Antéchrist, souligna Cindy.

– Nous n'en avons pas encore la preuve irréfutable, lui fit remarquer Océane. Pour l'instant, l'organisation qui tente de s'emparer du pouvoir mondial est l'Alliance et on sait très peu de choses à son sujet.

– Mais c'est écrit noir sur blanc dans les livres de Yannick !

– Les dirigeants préfèrent les preuves concrètes.

– Il est futile de chercher à savoir qui a raison et qui a tort, trancha Cédric. Des agents ont perdu la vie et vous avez failli être tués tous les trois. Ce qui est urgent, en ce moment, c'est d'arrêter la poussée de l'Alliance, peu importe qui la dirige. Lorsque vous êtes devenus agents de l'ANGE, on vous a dit que vous ne seriez ni des policiers ni des soldats. Vous étiez appelés à devenir en quelque sorte des espions.

– Mais on nous a quand même enseigné le maniement des armes et l'autodéfense, indiqua Océane.

– Au fond, vous saviez qu'un jour, nous serions obligés de nous battre, comprit Cindy.

Cédric soupira avec découragement.

– Est-ce que tu essaies de nous dire, en nous ménageant, que tu veux enfin que nous passions à l'attaque ? l'aida Océane.

– En fait, ce que je veux, c'est retrouver Vincent et repousser l'Alliance en Europe où les divisions de l'ANGE sont mieux équipées que nous pour l'anéantir.

– Personnellement, même si j'adore la compagnie de Yannick, j'en ai assez d'être enfermée, indiqua Cindy. On m'a enseigné à traquer un adversaire.

– Dis-nous ce que tu attends de nous, insista Océane.

– Aujourd'hui, je voulais surtout savoir si la division nord-américaine nous permettait d'intervenir et si vous vouliez participer à l'opération de nettoyage. Donnez-moi quelques heures pour mettre au point un nouveau plan.

– Peut-on rester à la base en attendant ? l'implora Cindy.

Cédric leur accorda cette permission inhabituelle, puis les libéra. Dans le long couloir, les trois agents marchèrent côte à côte. Yannick restait silencieux.

– Ce n'est pas ton genre de ne rien dire, remarqua Océane.

– Je n'ai pas l'habitude de m'opposer aux décisions de Cédric.

– Je te connais trop bien, Yannick. Tu es en train de préparer quelque chose.

Ils entrèrent dans la salle de Formation. Yannick et Océane prirent place à une table, tandis que Cindy allait leur chercher du café. La grande pièce était déserte. Le professeur était une fois de plus songeur.

– Tu veux bien partager le fruit de tes réflexions avec nous ? le pressa Océane.

– Non seulement l'Alliance possède des pouvoirs occultes, mais elle a aussi des armes de prédilection, leur apprit-il.

– Qui sont ? demanda Cindy en déposant les tasses devant eux.

– L'écoute électronique et les virus informatiques. Tout ce que nous disons au téléphone et tout ce que nous écrivons sur Internet est enregistré en permanence dans une énorme base de données cachée quelque part dans le monde.

– Tout ? s'étonna Cindy.

– Absolument tout, et ça ne s'arrête pas là. Les caméras en circuit fermé et les badges électroniques que doivent porter certains employés servent à écouter les appels personnels et les conversations.

– C'est pour dépister les terroristes, non ? fit Océane.

– C'est ce que l'Alliance fait croire aux chefs d'État, mais son véritable but est de nous dominer. Elle veut créer un gouvernement mondial qui dictera le moindre de nos gestes. Ses ordinateurs peuvent maintenant recueillir de vastes quantités d'informations sur n'importe qui. Dans un avenir rapproché, elle pourra retracer toutes les activités, toutes les communications et toutes les transactions d'un citoyen de son berceau à sa tombe.

– C'est ainsi qu'ils ont su où nous trouver ? voulut savoir Cindy.

– Oui, c'est ce que je crois.

– Ou bien il y a un informateur de l'Alliance dans nos rangs, répliqua Océane.

– Vincent l'aurait débusqué, protesta Yannick. Je penche davantage pour la surveillance.

– Et la sorcellerie, là-dedans ? s'inquiéta Cindy.

– Il s'agit d'une arme dont l'Alliance a doté ses assassins. Elle permet de détruire et d'anéantir, pas de recueillir des renseignements.

– Parle-nous des virus informatiques, le pressa Océane, parce que c'est quelque chose qui pourrait avoir atteint

Vincent, lui qui passe le plus clair de son temps devant un écran.

– Des agents de Jérusalem m'ont dit que l'Alliance avait inventé un logiciel capable d'attaquer l'esprit de la personne qui utilise un ordinateur. Des sons et des couleurs projetées sur l'écran provoquent un état de transe chez l'utilisateur et peuvent transformer ses perceptions, le rendre fou, arrêter les battements de son cœur ou même causer des hémorragies.

– Il y avait du sang partout chez Vincent, se rappela Océane.

– Donc, l'Antéchrist a commencé à utiliser ses gros canons, comprit Cindy. Qu'est-ce qu'on fait ?

– De quelle façon pouvons-nous l'arrêter au moins chez nous ? renchérit Océane.

– La seule façon de tuer un serpent dangereux, c'est de lui couper la tête, indiqua Yannick.

– L'Antéchrist lui-même ? s'effraya Cindy. Mais je croyais que c'était la tâche du Christ...

– Il a envoyé un de ses hommes de confiance au Québec, leur confia le professeur. C'est lui qu'il faut arrêter.

Tout devint clair pour Cindy, dont le visage s'illumina.

– On n'a qu'à retracer la dernière communication sur l'ordinateur de Vincent ! s'exclama-t-elle.

– Une science où je n'excelle pas vraiment, déplora Yannick.

– Je ne suis pas aussi douée que Vincent, mais je me débrouille pas mal, assura la recrue. En plus, je connais certains de ses codes.

– Alors, qu'est-ce que tu attends ? s'exclama Océane.

Abandonnant son café à peine entamé, Cindy fonça vers la porte. Yannick se leva à son tour.

– Où vas-tu ? s'étonna Océane.

– Je connais quelqu'un qui pourrait nous aider.
– Cédric nous a demandé de ne pas quitter la base.
– J'utiliserai les téléphones sécurisés.

Quand Yannick avait une idée en tête, rien ne pouvait l'arrêter. Ainsi, Océane ne l'empêcha pas de partir.

...0027

Même si c'était le jour, il faisait très sombre dans la grande pièce. Les rideaux étaient tirés. Un feu brûlait dans l'âtre. Tous les meubles étaient couverts de draps blancs poussiéreux. Vincent était ligoté sur une chaise, la tête pendante, toujours inconscient.

Une porte claqua quelque part dans la maison, faisant sursauter le prisonnier. Revenant lentement à lui, le savant regarda tout autour. Il essaya de bouger, mais ses liens étaient trop serrés.

– Si tu réussis à te libérer, je te trancherai la gorge, fit une voix menaçante.

– Qui êtes-vous ? gémit Vincent.

Hadès sortit de l'ombre. L'agent de l'ANGE le reconnut sur-le-champ, mais décida de faire l'innocent.

– Je croyais que vous nous connaissiez tous, cracha le démon, franchement hostile.

– Qui ça « vous » ? Pourquoi suis-je ici ?

– Le maître veut te parler, ce qui est bien dommage. Moi, je te saignerais ici même.

– Le maître de qui ? Qu'est-ce que j'ai à voir avec lui ?

– Il ne sert à rien de mentir. Nous savons tout.

– Tout sur quoi ? Pourquoi vous êtes-vous introduit chez moi ?

Hadès s'approcha davantage. Il saisit Vincent par les cheveux et repoussa sa tête vers l'arrière, exposant sa gorge.

– Le maître te fera parler.

Le démon le lâcha et s'enfonça brusquement dans le plancher. Vincent était en fâcheuse posture, mais refusait de se décourager. Ses amis ne le laisseraient pas tomber. Yannick viendrait à son secours.

En espérant ne pas être repéré, Yannick composa un code sur le clavier de la porte des Transports et traversa la grande salle où des hommes attendaient leurs ordres en jouant aux échecs, en lisant le journal ou en feuilletant un magazine. Personne ne leva les yeux vers lui, comme s'il eût été invisible.

Yannick atteignit le fond de la vaste pièce et entra dans le garage. Au lieu de choisir un véhicule, il se dirigea vers une porte grillagée donnant sur une cage d'escalier. Océlus se matérialisa devant lui. Il portait encore ses vêtements noirs qui lui permettaient de passer inaperçu, la plupart du temps.

– La paix soit avec toi, Képhas, le salua-t-il.

– Et avec toi, Océlus. Mes amis ont fini par découvrir ton identité.

– Il est difficile de contrecarrer des gens aussi sagaces. J'aurais préféré que les choses se passent comme tu le désirais, mais la jeune personne Cindy a trouvé le parchemin qui parlait de mes exploits à l'époque des druides.

– Il est peut-être préférable qu'ils comprennent que tu es de notre côté, en fin de compte.

– Je sers notre maître à tous les deux, tu le sais bien.

– Cindy m'a dit que tu lui avais parlé.

– Par pur hasard, le rassura Océlus, car c'est avec toi que je voulais m'entretenir.

– Nous étions convenus que tu ne viendrais jamais chez moi.

– Les circonstances l'exigeaient, Képhas. J'ai surpris Arimanius dans une église.

– Arimanius ? répéta Yannick, incrédule.

– J'ai reconnu son infâme énergie.

Yannick était profondément contrarié par cette nouvelle. En silence, il fit quelques pas devant Océlus qui se contenta de l'observer en silence.

– La situation est encore plus grave que je ne le craignais, murmura finalement le professeur.

– As-tu l'intention d'intervenir ?

– Ce ne sont pas nos consignes, mais nous n'avons plus le choix. La présence d'Arimanius au Québec ne signifie qu'une chose : il prépare l'arrivée du prince des ténèbres.

– Les prophètes disent pourtant que cette terre ne sera jamais la proie du Mal.

– Et ce sera grâce à nous, le rassura Yannick.

– Je t'appuierai dans cette guerre contre l'esprit d'Aelius.

– Je sais, mon ami. As-tu réussi à trouver Vincent McLeod ?

– Non, et j'ai cherché sur toute la planète. Je sais qu'il est vivant, mais on me le cache habilement.

– Il faudra donc s'y prendre autrement. Commence par repérer Arimanius. C'est par lui que nous retrouverons Vincent.

Océlus s'inclina devant lui et s'évapora. Yannick tourna prestement les talons et réintégra la base avant que son absence ne soit remarquée.

Océane se rendit à la salle de l'Antéchrist pour poursuivre sa lecture des notes de son collègue sur ce sombre personnage. Mais, au lieu de lire les mots qui s'inscrivaient sur l'écran, elle revoyait sans cesse dans son esprit le sang qui souillait le salon de Vincent. Des larmes se mirent à couler sur ses joues. Cédric entra derrière elle et sentit tout de suite son chagrin. Il posa les mains sur ses épaules pour les masser en douceur.

– C'est moi qu'ils auraient dû prendre, pas lui..., pleura-t-elle.

– Ce sont des lâches, Océane. Ils ont pris celui qui sait le moins se défendre.

– Est-ce que Yannick a raison ? Sommes-nous au seuil de la plus terrible bataille de tous les temps ?

– S'il a raison, nous serions au tout début du règne du fils de Satan. À ce que je vois, c'est ce que tu es en train de lire.

– J'ai les yeux tellement enflés que je vois à peine les mots.

– J'ai parcouru cet article des centaines de fois, avoua Cédric. Cette histoire est si invraisemblable.

– Si nous sommes à l'aube du règne de l'Antéchrist, nous pouvons encore nous défendre, songea à haute voix Océane, qui n'avait pas écouté le dernier commentaire de son patron.

– Les divisions européennes travaillent là-dessus et nous leur prêterons main-forte si la situation l'exige. Personnellement, je crois que nous devrions commencer par débarrasser notre territoire de cette menace.

– Donc, tu as un plan ? se reprit-elle en essuyant ses larmes.

– J'ai relu les derniers rapports des agents du Québec, de l'Ontario, des Maritimes et de l'est des États-Unis. Leurs commentaires me portent à croire que le Faux Prophète est ici.

– L'Antéchrist est à Montréal ? s'insurgea-t-elle.

– Pas l'Antéchrist, mais le Faux Prophète. Ce sont deux personnes distinctes. Le travail de ce serviteur de Satan consiste à préparer la venue de son maître, un peu comme saint Jean-Baptiste a préparé celle de Jésus.

– Et il a choisi le Québec ?

– Selon Yannick, la prise de pouvoir de l'Antéchrist se fera en Europe et elle commencera en Israël. C'est sur l'ancien territoire de l'empereur Hadrien qu'Armillus voudra régner.

– Tu commences à raisonner comme notre professeur préféré.

– Ses théories sont controversées. Cependant, je ne peux pas les écarter aussi facilement que Michael Korsakoff. Un bon chef ne doit rien laisser au hasard.

– Tu es un bon chef, Cédric, ça ne fait aucun doute. Dis-moi ce que je peux faire pour anéantir ce Faux Prophète de malheur.

– J'ai lu, dans un entrefilet du journal d'hier, qu'un étranger s'était présenté dans une clinique d'un quartier défavorisé de la ville. Après avoir guéri plusieurs personnes, il est parti sans dire son nom.

– Le Faux Prophète ne les aurait pas guéris, il les aurait tués !

– La Bible prétend que l'Antéchrist et le Faux Prophète accompliront d'abord des miracles pour gagner la confiance des hommes. Une fois que ce démon sera au pouvoir, ils montreront tous les deux leur véritable visage.

– Tu penses qu'il récidivera dans d'autres cliniques, n'est-ce pas ? comprit Océane.

– Ou d'autres hôpitaux. Je crois que c'est la meilleure façon de lui mettre la main au collet.

— Je vais me procurer la liste de tous les établissements de santé et y placer des membres de l'équipe de surveillance. Si tu le veux bien, naturellement.
— Tu as carte blanche.

Océane l'embrassa sur la joue et se précipita vers la porte. Cédric se dirigea ensuite vers les Laboratoires où travaillait Cindy. Il la trouva devant l'ordinateur de Vincent, en compagnie d'une technicienne. Il observa leurs progrès un instant avant de les questionner :

— Arrivez-vous à quelque chose ?
— Nous avons réussi à établir la liaison entre notre ordinateur sécurisé et celui de Vincent, mais on dirait qu'un peu après minuit, le jour de son enlèvement, il a complètement cessé d'exister.
— On ne peut donc pas savoir s'il a été infecté.
— Pas à partir d'ici, en tout cas, affirma Cindy. Il faudrait récupérer son appareil.
— C'est évidemment hors de question.
— Alors, nous passons à l'attaque ?
— Nous allons tuer la vipère dans l'œuf. Habituellement, mes agents travaillent seuls, mais tu n'as pas encore suffisamment d'expérience sur le terrain. Tu feras donc équipe avec Océane.
— Où frapperons-nous ?
— En ce moment, Océane essaie d'établir la position de votre cible avec l'équipe de surveillance. Va la rejoindre.

Heureuse de participer enfin à une mission de la plus haute importance, Cindy décolla comme une fusée, abandonnant la technicienne devant l'écran.

Cédric retourna à son bureau, l'air soucieux.

— Ordinateur, verrouillez la porte et ne laissez entrer personne, ordonna-t-il.
— Porte verrouillée.

Le chef montréalais gagna sa bibliothèque. Il déplaça un des livres vers la droite. L'étagère entière pivota avec un léger déclic, dévoilant une paroi de roc poli. Un tube métallique sortait de la pierre. Son extrémité supérieure était ouverte, tel un tuyau de renvoi.

Cédric approcha les lèvres de l'embout et émit une série de sifflements aigus. Quelques secondes plus tard, il reçut une réponse dans le même langage.

...0028

Dès qu'Hadès le quitta, Vincent se débattit furieusement sur sa chaise pour se libérer, en vain. Il considéra pendant un moment la possibilité de sautiller avec elle en direction de la porte ou de la fenêtre. Avec un peu de chance, il trouverait un escalier dans le couloir ou un éclat de verre près des rideaux pour trancher ses liens.

– Ne perdez pas votre temps, monsieur McLeod, fit une voix sirupeuse.

Vincent s'immobilisa. Le sang se glaça dans ses veines. C'était la même voix que celle qui était sortie de son ordinateur !

Ahriman surgit de l'ombre. Contrairement à ses tueurs, il avait une apparence soignée et portait des vêtements de marque. Une lumière s'alluma brusquement au-dessus de Vincent, formant un cercle autour de lui. « Comme les feux de la scène », se surprit-il à penser. Ahriman pénétra dans la lumière sans se presser.

– Si vous aviez accepté de collaborer avec nous, vous ne seriez pas dans une si fâcheuse position.

– Qui êtes-vous et que me voulez-vous ? geignit Vincent, exaspéré.

– Disons que je suis un bon ami du prochain maître du monde. Si vous vous montrez docile, je pourrais vous trouver une place enviable au sein de son gouvernement.

– Est-ce que je suis dans un asile d'aliénés ?

– Malheureusement, non.

– Je ne comprends pas ce que vous dites.

– Alors, vous préférerez sans doute que j'aille droit au but. Je suis Ahriman, le bras droit d'un prince qui deviendra bientôt très célèbre.

– Ahriman... Ce n'est certainement pas un nom québécois.

– Vous êtes un petit malin, malgré votre apparence inoffensive.

– C'est ça, vous êtes le psychiatre !

Le Faux Prophète ignora cette remarque.

– Je suis un homme conciliant, sous mon apparente intransigeance, poursuivit-il. Alors, je vais vous donner une seconde chance de me faire plaisir.

– Ensuite vous me laisserez sortir d'ici ?

– Seulement si vous répondez à mes questions de façon satisfaisante.

– Et si je n'en connais pas les réponses ?

Une boule de feu se matérialisa dans la paume de son geôlier. Vincent roula des yeux effrayés.

– Avant que vous me le demandiez : non, ce n'est pas une illusion. Je maîtrise véritablement cette énergie.

– J'ai perdu conscience dans mon salon et je suis en train de faire un cauchemar..., murmura Vincent en secouant la tête.

– Je déteste maltraiter mes invités, mais voici un aperçu de ce qui vous attend si vous vous entêtez à ne pas collaborer.

Il laissa partir la sphère incandescente. Elle frappa Vincent au milieu de la poitrine, lui arrachant un cri de douleur.

– À mon retour, j'espère que vous serez mieux disposé, ricana le Faux Prophète.

Il tourna les talons. Vincent s'entendit gémir. Jamais il n'avait eu aussi mal de sa vie. Mais Ahriman avait tort : il ne lui livrerait pas ses amis !

Aux Renseignements stratégiques, Océane faisait des pieds et des mains pour retrouver les ravisseurs de Vincent. Un technicien lui tendit une feuille imprimée. Cindy franchit la porte, un air combatif sur son beau visage d'enfant.

– Cédric m'a demandé de te seconder ! annonça-t-elle fièrement.

– Ça tombe bien. Nous avons du pain sur la planche. Il y a un nombre incroyable d'établissements de santé dans cette ville. Je vais dépêcher nos agents de surveillance partout. Dès qu'ils apercevront notre faiseur de miracles, il faudra foncer tout de suite.

– Avons-nous l'ordre de l'abattre ?

– Je préférerais l'arrêter et le jeter dans une de nos cellules blindées, mais s'il le faut, j'ouvrirai le feu. Sais-tu te servir d'un pistolet ?

– Oui, mais je n'ai jamais tiré sur autre chose que des cibles en papier.

– Tu les atteins, au moins ?

– Oui, et toi ?

– Je suis plus douée que Yannick.

– Est-ce qu'il est bon ?

– Il était le meilleur à Alert Bay.

– C'est rassurant, avoua Cindy.

Océane se tourna alors vers un technicien.

– Est-ce qu'on a suffisamment d'hommes pour couvrir tous ces endroits ou faut-il demander des renforts à Sherbrooke ou à Québec ?

– On en a assez, si on en place un seul par établissement, affirma-t-il.

– Je pense que notre surveillance serait moins apparente ainsi, commenta Cindy.

— Tu as raison, acquiesça Océane. Un seul homme suffira. Maintenant, allons nous armer.

Survoltée, Cindy suivit la doyenne dans la salle des armes, ignorant que leur collègue était en proie à d'atroces souffrances à moins de vingt minutes de la base montréalaise.

Vincent reconnut l'odeur de soufre du Faux Prophète avant même qu'il n'apparaisse dans le cercle de lumière où il baignait.

— Êtes-vous prêt à collaborer, monsieur McLeod ?

— J'ai bien réfléchi à la façon de vous dire que vous vous trompez d'homme, mais je n'ai rien trouvé, haleta l'agent blessé.

— Vous ne m'en voudrez pas de vous donner un coup de pouce, n'est-ce pas ?

Ahriman remua la main. Un fauteuil glissa jusqu'à lui. Il s'y assit, un large sourire illuminant son visage.

— Je ne suis pas un homme paresseux, mais cet interrogatoire risque de durer longtemps.

Vincent demeura muet. Il commençait à craindre pour sa vie. Il avait disparu depuis plusieurs heures déjà : les secours auraient dû être là.

— L'ANGE est une organisation fascinante, mais bien naïve, je le crains, soupira son geôlier. Nous savons qu'elle opère partout dans le monde, mais nous perdons un temps fou à chercher ses bases.

— Des bases de quoi ? fit mine de s'étonner Vincent.

— Monsieur McLeod, vous avez deux choix, se durcit le Faux Prophète. Ou bien vous me dites librement ce que vous savez, ou bien je l'extrairai de votre crâne.

— Et après, vous me tuerez ?

— Je vous ai déjà offert la possibilité de devenir l'un des nôtres.

— En envoyant des brutes m'agresser chez moi ?

Une boule de feu apparut dans la main d'Ahriman, un peu plus grosse que la première.

— Ceux qui acceptent de trahir leurs amis occupent des postes de choix dans notre hiérarchie, indiqua-t-il.

— Si vous êtes le bras droit du prince qui va bientôt régner sur le monde, vous avez dû en trahir plusieurs.

Le Faux Prophète serra les dents pour ne pas donner libre cours à sa colère.

— Je n'ai rien trouvé sur votre ordinateur, dit-il plutôt.

— On ne peut pas être doué dans tous les domaines.

Ahriman se leva brusquement. De sa main qui ne manipulait pas le feu, il sortit de sa poche la montre de Vincent.

— À quoi sert cette montre ?

— Elle indique l'heure.

— Ma patience a des limites, monsieur McLeod.

— Que voulez-vous que je vous dise ? cria Vincent, exaspéré. C'est juste une montre !

— De quelle façon l'utilisez-vous pour communiquer avec l'ANGE ?

— Je ne parle pas aux anges.

Son bourreau fit disparaître la boule incandescente pour saisir Vincent à la gorge.

— Répondez-moi ! hurla-t-il.

— Je ne sais pas de quoi vous parlez ! suffoqua le jeune homme.

Ahriman le projeta au sol avec la chaise. Le savant atterrit sur le dos et émit un gémissement.

— Vous êtes un agent de l'ANGE !

Vincent jugea plus prudent de ne pas répondre.

— Dites-moi comment m'infiltrer dans leur base !

— Allez vous faire pendre, murmura le prisonnier.

Incapable de se maîtriser plus longtemps, le Faux Prophète poussa un cri de frustration. Il se jeta à genoux près de Vincent. Son visage s'était transformé en un masque diabolique. Sous les yeux de la victime, ses ongles se changèrent en longues griffes noires. Il les planta dans le crâne de Vincent, qui perdit conscience.

...0029

Adoptant une attitude aussi détendue que possible, Yannick émergea d'un immeuble commercial du centre-ville et se mêla tout de suite à la foule. Il faisait sombre, mais les vitrines des innombrables magasins éclairaient suffisamment les trottoirs pour qu'il voie où il marchait. Le temps était frais. Il cacha ses mains dans ses poches. Il ne s'était jamais habitué au climat du Québec.

Il grimpa les quelques marches du parvis d'une église et s'immobilisa, soudainement en proie à une terrible douleur à la tête. Il tituba et faillit tomber à la renverse. Une vieille dame s'empressa de lui venir en aide. Puisqu'il ne l'avait jamais rencontrée, Yannick ne pouvait pas savoir qu'il s'agissait de Mithri Zachariah, le chef suprême de l'ANGE.

La septuagénaire était la femme la plus puissante du monde. Elle dirigeait l'ANGE d'une main de maître. Tous les agents connaissaient son nom, mais pas son visage. Même les dirigeants des divisions nationales ne savaient presque rien à son sujet. Pourtant, cette grande âme veillait sur chacun de ses soldats comme s'ils avaient tous été ses enfants.

Mithri Zachariah aimait observer ses agents sur le terrain, surtout ceux dont le passé n'était pas tout à fait clair.

– Jeune homme, est-ce que ça va ? s'inquiéta-t-elle.

Une aura lumineuse entoura Yannick, l'espace d'un instant, émerveillant la vieille dame.

— C'est seulement un malaise, affirma le professeur en reprenant ses sens.

— J'imagine que tous les anges disent la même chose lorsqu'ils descendent sur la Terre pour la première fois.

— Les quoi ? répéta Yannick, étonné.

— J'ai vu vos ailes pendant un instant.

— C'est impossible, tenta-t-il de plaisanter, je les ai laissées chez moi.

La bonne Samaritaine se mit à rire de bon cœur.

— Vous ne prenez pas assez soin de vous, jeune homme. Vous pourriez éviter ces migraines si vous arrêtiez de compromettre votre santé.

— Je vous remercie pour votre aide. De nos jours, les bonnes gens sont rares.

— Et ceux qui vont à l'église aussi. Allez, ne me laissez pas vous retarder.

Elle le poussa vers les portes et poursuivit sa route. Dès qu'elle se fut mêlée aux passants, Océlus vint à la rencontre de son compagnon, comme s'il était soudainement apparu au milieu du parvis.

— Il s'en est fallu de peu que le Seigneur ne perde un de ses Témoins, Képhas.

— J'ignore ce qui s'est passé. On aurait dit qu'un étau tentait de me broyer le crâne.

— Je l'ai perçu aussi.

— Qu'est-ce que c'était ?

— Je pense qu'on fait souffrir ton ami Vincent.

— As-tu eu le temps de trouver l'endroit où on le retient prisonnier tandis que Satan nous faisait vivre ses souffrances ?

Océlus secoua la tête. Il savait seulement que Vincent était encore en vie.

— Il faut faire l'impossible pour le retrouver, Océlus.

— Je ne sais pas comment déchirer le voile dont l'ennemi l'entoure.

Yannick soupira avec découragement.

– Emmène-moi dans l'appartement de Vincent, exigea-t-il.

– Est-ce prudent ? L'homme du Vatican fait surveiller son logis. Il pourrait détruire ta couverture en ce monde.

– Une surveillance extérieure ou à l'intérieur ?

– Dans la rue, dans un véhicule.

– Alors, emmène-moi dans le salon.

Océlus commença par hésiter. Ils n'étaient que deux pour contrer la menace de l'Antéchrist sur cette terre remplie de promesses. Il aurait été plus utile qu'ils se lancent tous les deux aux trousses d'Ahriman. Mais, devant le regard suppliant de son compagnon, il obtempéra.

S'assurant que personne ne les observait, il prit les mains de Yannick. Ils s'évaporèrent instantanément.

Au quartier général de l'ANGE, Océane et Cindy s'armaient puissamment afin de capturer l'homme qui séquestrait Vincent. Cindy considéra Océane : habillée tout en noir, des holsters positionnés sous les aisselles, celle-ci attachait une autre ceinture d'armes à sa taille.

– Maintenant, on a l'air de deux espionnes, déclara fièrement la recrue.

– Et avant ça, on avait l'air de quoi ? s'étonna Océane.

– D'une bibliothécaire et d'une préposée d'aéroport, évidemment.

Océane éclata de rire. Elle donna dans le dos de Cindy une claque amicale qui faillit la projeter dans les casiers.

– Je t'aime de plus en plus, avoua l'aînée. Es-tu prête ?

– Tu parles !

– Allons rôder en ville jusqu'à ce que nous recevions un appel.

– Je veux bien, si tu conduis.

– Froussarde, la taquina Océane en se dirigeant vers la porte.

– Je ne suis pas froussarde ! Je n'ai jamais appris à conduire !

Elles sautèrent dans la voiture grise, que les préposés du garage avaient préparée pour elles, et foncèrent dans la ville. Elles se mirent à patrouiller dans les grandes artères, en attendant le signal des agents de surveillance.

– Pourquoi cet homme guérirait-il des gens en pleine soirée ? demanda soudainement Cindy.

– C'est une intuition.

– Les instructeurs d'Alert Bay ne nous ont jamais dit de nous fier à notre intuition. Ils préféraient que nous analysions des faits concrets.

– C'était la même chose dans mon temps, assura Océane. J'ai appris à dépasser le stade de l'analyse avec Yannick.

– Vous avez travaillé en équipe ?

– Non. Les agents de l'ANGE ne travaillent jamais en équipe. C'est plus prudent.

– Est-ce trop indiscret de demander quand il t'a enseigné cette technique, alors ?

– Quand je suis arrivée à la base, Yannick y était déjà, avec deux autres agents, qui ont ensuite été mutés à l'internationale. C'est lui qui m'a entraînée.

– Et vous êtes tombés amoureux ! comprit Cindy.

– Follement.

– Ce qui est contraire à nos règlements.

– Nous avons réussi à garder notre relation secrète pendant quelque temps, mais Cédric est doué pour l'observation. Il nous a demandé de nous séparer ou de quitter l'Agence. Ça a été difficile, mais nous y sommes arrivés.

– Est-ce que tu l'aimes encore ?

– Oui. C'est pour ça que j'ai hâte de changer de division.

La montre d'Océane se mit à vibrer sur son poignet. Elle baissa les yeux et vit que les chiffres clignotaient en orange. Elle gara la voiture près du trottoir et connecta ses écouteurs à sa montre.

– OC neuf, quarante.

Un des surveillants venait de repérer le guérisseur dans un hôpital de Montréal. Océane enfonça l'accélérateur, arrachant un cri de surprise à sa recrue.

Pendant que ses collègues enquêtaient sur le faiseur de miracles, Yannick était accroupi devant la tour de l'ordinateur de Vincent, sous le bureau du salon. Heureusement, la mère de Vincent habitait chez sa sœur pendant l'enquête policière. Le professeur examina l'appareil à la lumière d'une petite lampe de poche. Océlus se tenait debout près de l'embrasure, l'observant avec intérêt.

– J'ai déjà visité cet endroit, lui dit-il. Que cherches-tu ?

– La preuve que ma théorie du virus informatique cérébral est plausible.

– Il serait très dangereux de t'y exposer, Képhas. Nous ne sommes pas protégés à ce point.

– Sois sans crainte, mon frère. Je ne peux pas faire fonctionner l'ordinateur d'ici.

– Tu veux l'emporter chez toi ?

– Non, à l'ANGE, où les techniciens pourront l'étudier en toute sécurité. Puisque nous ne pouvons pas franchir le ruban de police avec cet objet dans les bras, j'ai pensé que tu pourrais m'aider.

– Tu sais que tu peux compter sur moi. Où veux-tu que je le dépose ?

— À l'endroit où nous nous sommes rencontrés plus tôt, sous la terre.

Yannick débrancha la tour et la déposa dans les bras de son compagnon fantôme.

— Et toi, que feras-tu ? s'inquiéta ce dernier.

— J'ai besoin de marcher et de réfléchir au combat qui approche.

— Arriveras-tu à sortir d'ici sans te faire voir ?

— J'ai les mains vides et je suis discret. Je passerai par-derrière. Merci, Océlus.

Le Témoin se dématérialisa. Yannick regagna la cuisine dans le noir. Il jeta un coup d'œil dans la cour : personne. Il tâta l'encadrement de la porte et trouva le bouton que Vincent avait installé pour désactiver l'alarme de cette sortie pendant tout au plus quelques secondes. Il valait mieux ne pas faire retentir de sirène avec ces policiers qui surveillaient la façade.

Le professeur enfonça le bouton et mit le pied sur le balcon de métal. Sans faire de bruit, il referma la porte, puis descendit dans la cour. Il longea les murs de brique et passa devant une bande de jeunes qui ne le virent même pas. Il arriva dans la rue et emprunta le trottoir, les mains dans les poches. Son ennemi était tout près. Comment le combattrait-il ?

○

Océane et Cindy passèrent à l'action. Ayant abandonné leur voiture à proximité de l'hôpital, elles se dirigeaient prudemment vers les urgences, tous leurs sens en alerte.

— Là, on a vraiment l'air de deux espionnes, murmura Cindy, amusée.

— Arrête d'en parler, l'avertit sa collègue.

Elles entrèrent dans la bâtisse. La salle était bondée, malgré l'heure avancée. Ahriman circulait lentement entre les malades qui attendaient de voir un médecin, cherchant celui qu'il pourrait guérir de façon impressionnante. Il vit un petit enfant, tellement pâle qu'il avait l'air d'un spectre. Le gamin était affalé dans les bras de sa mère qui pleurait à chaudes larmes. Le Faux Prophète s'accroupit près d'elle en lui présentant son visage le plus bienveillant.

– Est-ce que je peux vous aider, madame ?
– Vous êtes médecin ?
– Non. Je suis bien plus que ça.

Il passa la main au-dessus de l'enfant. Le petit reprit aussitôt des couleurs et commença à s'agiter dans les bras de sa mère.

– Que lui avez-vous fait ?
– J'ai chassé la maladie de son corps, tout simplement.

Les autres patients observèrent d'abord le guérisseur avec méfiance. C'était son deuxième miracle de la soirée. Puis un homme s'approcha, le bras enveloppé dans une serviette maculée de sang. Ahriman passa la main au-dessus du pansement, puis le déroula. Il n'y avait plus de blessure sur sa peau.

L'agent de surveillance de l'ANGE, qui observait la scène dans l'embrasure de la porte, vit alors Cindy et Océane arriver. Il les intercepta avant qu'elles n'entrent aux urgences.

– Il est toujours là, chuchota-t-il. Faites attention.
– Nous serons prudentes, le rassura Océane.
– Ce n'est pas lui qui risque d'être le plus dangereux, mais les gens qui espèrent être guéris. Ils ne voudront pas que vous le leur enleviez.

Ahriman avait commencé à enrayer la terrible toux d'une vieille femme lorsqu'il vit les agentes entrer. Il réprima un air agacé et termina son travail de guérison en vitesse.

Lorsque Cindy et Océane mirent le pied dans la salle, il ne sembla plus y avoir aucune activité miraculeuse. « Comment le reconnaître ? » se demanda Océane en promenant son regard sur l'assemblée.

– Où est l'homme qui fait des miracles ? s'exclama alors Cindy, excitée.

– Il est parti par là ! répondit une femme en pointant la main vers le couloir. Je pense qu'il est allé voir un patient qui se meurt.

Les espionnes ne perdirent pas de temps. Elles franchirent les premières portes : le couloir était désert. Cindy ouvrit la bouche pour parler, mais Océane lui fit signe de se taire en mettant son index sur ses lèvres. Elles avancèrent à pas feutrés, tendant l'oreille. Une porte claqua plus loin. Elles s'élancèrent en même temps. Si cet homme leur échappait, elles ne reverraient plus jamais Vincent ! Elles s'arrêtèrent abruptement devant la sortie de secours. Cindy se plaqua au mur tandis qu'Océane ouvrait prudemment la porte. Des bruits de pas résonnaient dans l'escalier. Les deux femmes le dévalèrent quatre à quatre. La porte de secours leur claqua au visage. Océane saisit la poignée et poussa un cri de douleur.

– Qu'est-ce qui se passe ? demanda Cindy.

– C'est brûlant ! geignit sa compagne en secouant sa main.

– Il y a peut-être le feu de l'autre côté…

– C'est la rue, de l'autre côté !

Cindy enleva son imperméable, le roula autour de sa main et tira la poignée. Il n'y avait pas d'incendie, seulement une ruelle où s'entassaient les poubelles de l'hôpital. La recrue se risqua dehors. Une silhouette s'enfuyait au loin. Océane suivit sa collègue en soufflant sur sa paume meurtrie.

– Est-ce qu'on lui donne la chasse ? demanda Cindy.

– On est venues ici pour le capturer, et c'est exactement ce qu'on va faire !
– Mais ta main ?
– Du moment qu'une de nous deux peut se servir de son arme, ça ira.

Cindy ravala sa salive. C'était la première fois qu'on lui faisait entièrement confiance sur le terrain. Elle ne décevrait pas Océane. Les deux femmes coururent aussi vite qu'elles le purent dans la ruelle, bien décidées à rattraper le fuyard.

À peine quelques rues plus loin, Yannick capta la diabolique énergie du serviteur de l'Antéchrist.
– Arimanius ! gronda-t-il, en colère.

Il bondit au-devant du Faux Prophète. Ahriman sentit l'arrivée du Témoin de Dieu. Il ralentit aussitôt le pas pour tenter d'établir sa position exacte.
– Enfin un adversaire de taille, se réjouit-il.
– Arrêtez ou je tire ! le menaça Cindy.

Ahriman se retourna lentement, offrant un sourire hypocrite à la belle femme blonde qui le mettait en joue.
– Et pour quelle raison, au juste ?
– Montrez-moi vos papiers d'identité, ordonna Cindy.
– Pas sans savoir ce qu'on me reproche.
– Nous travaillons pour le service de l'immigration, mentit Océane avant que Cindy n'invente quelque chose de moins plausible. Faites ce qu'on vous demande.
– L'immigration, répéta-t-il, amusé. Mon passeport devrait vous satisfaire, dans ce cas.

Le fourbe fit semblant de fouiller dans la poche de sa veste. Une boule de feu se matérialisa dans sa paume.

Ressentant la formation de l'énergie maléfique, Yannick redoubla d'efforts pour arriver avant que le Faux Prophète ne l'utilise contre les agentes de l'ANGE. Ahriman se concentrait sur les deux femmes qui le visaient avec leur revolver. Il ne flairait donc pas son approche.

Le feu grossissait de plus en plus entre les doigts du Faux Prophète.

– Je ne semble pas l'avoir, déplora-t-il. Est-ce que ceci fera l'affaire ?

La sphère mortelle décolla comme un missile. Océane plaqua Cindy sur le sol, oubliant sa main blessée. La boule de feu explosa sur une voiture. Ahriman en fit aussitôt apparaître une autre. Océane n'attendit pas qu'il la lance. Grimaçant de douleur, elle appuya sur la détente. Cindy fit de même. Les balles traversèrent le corps du Faux Prophète sans lui faire le moindre mal, comme s'il était immatériel.

– Petites sottes ! Pensez-vous vraiment me capturer ? Je sais qui vous êtes ! Et puisque mes esclaves n'ont pas su vous éliminer, je vais le faire moi-même !

Courant à toutes jambes, Yannick obliqua dans une rue transversale. Hadès lui bloqua la route, le forçant à s'arrêter brusquement.

– Je t'ai manqué la première fois, mais ici, loin de tes élèves, tu ne pourras pas m'échapper, ricana le tueur.

– Écarte-toi de mon chemin, serviteur du Mal, ou tu subiras le même sort que Seth! hurla Yannick.

– Si quelqu'un l'a détruit, ce n'est certainement pas toi.

Une auréole dorée se forma autour de Yannick. Le démon perdit aussitôt de sa superbe.

– Mais qui es-tu? s'effraya-t-il.

– Je suis l'un des deux Soldats qui seconderont le Fils de Dieu lorsque viendra le temps pour lui de débarrasser le monde de la cruauté de Satan!

Un rayon de lumière aveuglante jaillit du ciel et enflamma le corps d'Hadès. Il poussa un cri strident avant d'être réduit en cendres.

○

Ahriman s'apprêtait à lancer une deuxième boule de feu sur les jeunes femmes lorsque la destruction de son serviteur l'ébranla. Il chancela et laissa tomber la sphère irisée sur le sol. Si l'exécuteur d'Hadès était véritablement l'un des Témoins, il risquait de subir le même sort avant même d'avoir connu son heure de gloire. Le Faux Prophète prit donc ses jambes à son cou et fonça vers la grande artère, au bout de la rue.

Océane et Cindy bondirent à sa suite. Au moment où elles arrivaient au coin de la rue Sherbrooke, elles virent le fuyard sauter dans un taxi et se perdre dans la circulation. Cindy rengaina son revolver, visa la voiture avec la petite caméra de son veston et brancha sa montre.

– CB trois, seize. Code rouge. Retrouvez le taxi portant cette plaque.

Yannick sentit le souffle fétide d'Ahriman à proximité. Sa grande vitesse lui fit comprendre qu'il était à bord d'un véhicule. Sans aucune crainte, le professeur se planta au milieu de la chaussée. Le démon l'aperçut de loin. Cet homme ne bronchait pas, malgré les coups de klaxons des automobiles qui le frôlaient et les injures des conducteurs.

– Espèce de fou ! cria à son tour le chauffeur du taxi. Ôte-toi de là !

Voyant que le piéton ne bougeait pas, il commença à appuyer sur le frein.

– Ne vous arrêtez pas, ordonna Ahriman.

– Je ne veux pas le tuer !

De longues griffes poussèrent au bout des doigts de l'entité maléfique. Le Faux Prophète les planta dans le crâne de l'entêté sans le moindre scrupule.

Yannick vit le taxi prendre de la vitesse. Il leva le bras devant lui, comme si sa main nue pouvait à elle seule arrêter la course du bolide qui fonçait sur lui. Au moment où il allait être frappé de plein fouet, Océlus apparut derrière lui et le poussa hors d'atteinte de la voiture. Les deux hommes roulèrent sur l'asphalte, tandis que le taxi poursuivait sa course vers l'est.

– Pourquoi m'as-tu arrêté ? éclata le professeur, en colère.

– Le Seigneur t'a donné de grands pouvoirs, Képhas, répondit Océlus en l'aidant à se remettre sur pied. Mais pas celui de détruire Arimanius.

Yannick se calma instantanément.

– Et si je le tue, il ne pourra pas me conduire à Vincent, déduisit-il.

– Il ne le séquestre plus.

– Comment le sais-tu ?

– J'ai capté l'énergie de celui que tu appelles Hadès et je l'ai suivi. Il a jeté le corps de ton ami dans un endroit où il n'y a pratiquement personne.

– Son corps ? s'attrista Yannick. Je t'en prie, conduis-moi jusqu'à lui.

Océlus regarda autour de lui. Des voitures et des passants s'étaient arrêtés pour l'observer, éblouis par son geste héroïque. Yannick lui saisit le bras et le traîna derrière un Abribus. Un jeune homme voulut les rejoindre afin de s'assurer qu'ils n'étaient pas blessés.

– Attendez ! s'écria-t-il. Avez-vous besoin d'aide ?

Lorsqu'il arriva derrière la cabine, il n'y avait plus personne.

...0030

Une voiture de surveillance de l'ANGE s'arrêta devant Océane et Cindy. Elles s'engouffrèrent à l'arrière du véhicule. Elles ne devaient pas rester dans les environs, surtout que plusieurs résidents s'étaient massés devant leurs fenêtres, dans la rue où avait eu lieu l'attaque du Faux Prophète.

– Les Renseignements stratégiques ont-ils repéré le taxi ? voulut savoir Cindy.

– Ils travaillent là-dessus en ce moment, répondit le chauffeur du véhicule.

Les montres des deux agentes se mirent à vibrer et à clignoter en orange. Cindy était déjà branchée à la sienne. Océane fouilla rapidement dans ses poches pour trouver ses écouteurs.

– CB trois, seize.

– OC neuf, quarante.

– Le satellite est en train de localiser la voiture pour vous, annonça Cédric.

Le conducteur mit l'ordinateur de bord sous tension. On pouvait y voir un plan de toute la ville.

– Où est ce salaud ? s'emporta Océane.

– Encore quelques secondes, signala le chef.

– Il ne faut pas le perdre, supplia l'agente. C'est un gros poisson de l'Alliance.

Le point lumineux apparut sur l'écran, se déplaçant rapidement le long des lignes blanches.

– Soyez prudentes, recommanda Cédric.

– Toutes nos vies dépendent de cette interception, fit remarquer Océane.

Cédric mit fin à la transmission. Il fit converger toutes les voitures de surveillance de l'ANGE vers le fuyard, afin de seconder les deux femmes. Il savait bien qu'Océane avait tendance à s'exposer au danger sans réfléchir.

Le point rouge sur l'écran s'immobilisa, à la grande surprise du conducteur de la voiture. Il identifia tout de suite ce secteur comme étant un quartier de vieilles usines sur le point d'être démolies et de terrains vagues.

– Il va changer de transport! comprit Océane. Dépêchez-vous!

Ils trouvèrent finalement leur cible immobilisée au milieu d'une grande cour déserte. La voiture de l'ANGE s'arrêta à bonne distance, ses phares éclairant le coffre du taxi. On voyait le dos du chauffeur, mais pas de passager.

Armes et lampes de poche au poing, écouteurs connectés à leurs montres, Océane et Cindy s'approchèrent prudemment du taxi. Elles en éclairèrent l'intérieur et découvrirent le conducteur affalé sur le volant, la tête ensanglantée. Océane ouvrit la portière et appuya les doigts sur le cou de la victime.

– Il est mort, annonça-t-elle.

– Parce qu'il aurait pu identifier le fugitif, murmura Cindy.

– Il ne peut pas être loin.

– Il a dû se réfugier dans l'usine, bien que je comprenne mal qu'un homme capable de lancer du feu et de résister à nos balles ait besoin de se cacher.

– Ce n'est pas de nous qu'il a peur, devina Océane.

– Océlus?

– Je n'ai pas vraiment eu le temps de regarder s'il était là pendant la fusillade.

Leurs montres se mirent à clignoter en orange.

– Cédric. Ce n'est vraiment pas le moment, soupira Océane.

– Nous n'avons pas le choix. Nous devons répondre.

– Il va nous déconcentrer.

Elle commença à avancer vers l'usine, en pointant la lampe de poche devant elle.

– C'est lui le patron, lui rappela Cindy. CB trois, seize.

– Qu'avez-vous trouvé ? fit la voix inquiète de Cédric.

– Le chauffeur de taxi est mort. Nous pensons que l'assassin s'est réfugié dans l'usine adjacente au stationnement.

– N'y entrez pas. Je vais demander un balayage de cette installation par satellite. S'il s'y trouve, nous le saurons tout de suite.

Cindy transmit ses ordres à Océane.

– Il n'y a pas de mal à repérer les entrées et à les surveiller en attendant, protesta cette dernière.

La recrue savait bien qu'elle ne pourrait pas l'empêcher de poursuivre la cible si celle-ci venait à quitter sa cachette. Le mieux était de couvrir Océane en attendant le rapport des Renseignements stratégiques.

Cédric avait du mal à tenir en place. Il se promenait d'un écran à l'autre, accumulant le plus d'informations possible pour venir en aide à ses agents.

– Le satellite est en place, annonça un technicien.

Le chef se précipita sur lui.

– Ne cherchez pas uniquement les sources de chaleur, mais tentez de capter aussi le moindre mouvement, ordonna-t-il. Les membres de l'Alliance possèdent une technologie qui leur permet bien souvent d'échapper à nos balayages.

— Nous aurons une image dans trois minutes.

Cédric laissa échapper un soupir d'impatience.

— Ordinateur, localisez Yannick Jeffrey et prévenez-le que je veux le voir tout de suite.

— Monsieur Jeffrey a quitté la base.

— Quoi ?

— Il a utilisé les escaliers de la salle des transports.

— Mettez-moi tout de suite en communication avec lui. Code rouge, YJ sept, cinquante.

Ruminant sa colère, le chef de la division montréalaise arpenta la grande salle, pendant que l'ordinateur faisait son travail.

— Je suis incapable de repérer sa montre, monsieur Orléans.

— Non ! s'exclama Cédric.

— Sa montre semble avoir les mêmes difficultés à fonctionner que celle de l'agent McLeod.

— Ce ne sont pas des difficultés ! On a perdu sa trace parce qu'il est tombé aux mains de l'ennemi !

— Je ne peux rien faire de plus, monsieur Orléans.

— Dois-je lancer un appel à nos agents de surveillance ? s'informa le technicien.

— Faites tout ce que vous pouvez.

Cédric enfouit son visage dans ses mains, déconcerté. Il en avait presque oublié ses agentes, qui surveillaient l'usine. Il se redressa brusquement et s'approcha d'un microphone branché dans l'ordinateur d'un technicien.

— Revenez à la base toutes les deux, commanda-t-il.

253

Les deux femmes échangèrent un regard incrédule. Pourquoi Cédric leur ordonnait-il d'abandonner cette importante chasse à l'homme ?

– Ne peut-on pas prendre cinq minutes pour jeter un coup d'œil dans l'usine ? s'enquit Cindy.

– Négatif. Il semble que l'ennemi ait profité de cette chasse à l'homme pour enlever Yannick.

– Pas Yannick, s'étrangla-t-elle.

Le sang se glaçant dans ses veines, Océane s'arrêta net et jeta un regard interrogateur en direction de sa jeune collègue. Cindy lui fit signe qu'elles devaient rentrer tout de suite.

En réalité, le professeur d'histoire n'était nullement entre les griffes de l'Alliance. En compagnie d'Océlus, il venait de se matérialiser sur les quais encombrés du port. Il entrevit le corps de Vincent entre deux grosses poubelles en métal. Yannick se laissa tomber près de lui et appuya l'oreille sur sa poitrine. Des larmes se mirent à couler sur ses joues.

– Non…, gémit-il, bouleversé.

Océlus vit briller un objet sur le sol et se pencha : c'était la montre du savant. Il la ramassa tandis que Yannick levait les yeux au ciel, assis sur ses talons.

– Dieu tout-puissant, vous m'avez accordé de grands pouvoirs pour accomplir Votre volonté, pleura-t-il.

– Képhas, c'est inutile…

– Cet homme est l'un de vos meilleurs serviteurs et l'un de mes plus précieux alliés. Je vous en conjure, donnez-moi la force de le ramener en ce monde.

– Képhas, tu sais ce que tu risques.

Yannick posa les mains sur la poitrine de son collègue.
- Vincent, je t'ordonne de réintégrer ton corps ! supplia le professeur.
Une lumière éclatante jaillit de ses mains et enveloppa le cadavre.

...0031

Lorsqu'elles arrivèrent finalement à la base, Cindy et Océane trouvèrent Cédric seul dans la salle de Formation. Une tasse de café était posée devant lui, mais il ne s'en préoccupait pas. Il était perdu dans ses pensées et profondément malheureux. Les espionnes prirent place près de lui en observant son visage torturé.

– Tu as des nouvelles ? s'inquiéta Océane.

– Il n'y avait personne dans l'usine. Le fugitif a dû utiliser un deuxième moyen de transport.

– Je parlais de Yannick.

– Je suis certain qu'ils arriveront à s'échapper, peu importe où on les a emmenés. Ils sont rusés comme des renards.

– Le problème, c'est que l'Alliance possède des armes qui sortent de l'ordinaire, soupira Cindy. Je voudrais bien savoir comment ils font pour créer des boules de feu.

– Pendant que vous poursuiviez ce faiseur de miracles, un autre criminel de l'Alliance a réussi à attirer Yannick hors de la base, déplora Cédric.

– Non, ça ne lui ressemble pas, protesta Océane. Tu sais comme moi que Yannick a trop d'expérience pour se laisser piéger de cette façon.

– Mais quelque chose l'a suffisamment intéressé pour qu'il accepte de courir ce risque, répliqua Cindy. Un informateur, peut-être ?

– Il nous en aurait parlé, répliqua Cédric. Ce n'est pas le genre de secret que gardent les agents de l'ANGE.

– Entrée illégale à la salle des Transports au niveau du sol.

Cédric se redressa comme si une abeille l'avait piqué.

– Identifiez l'intrus, ordonna-t-il.

Le délai que mit l'ordinateur à lui répondre irrita beaucoup le chef, mais il devait attendre que le processus soit terminé.

– Il s'agit des agents Jeffrey et McLeod.

– Dieu soit loué ! se réjouit Cindy.

– Interceptez-les immédiatement, lâcha Cédric en fonçant vers la porte.

– Les agents de sécurité sont déjà en route.

○

À bout de forces, Yannick descendit les dernières marches menant au garage souterrain. Il portait Vincent dans les bras depuis qu'Océlus les avait fait apparaître dans le tunnel. Il s'approchait de la porte de métal lorsqu'elle s'ouvrit subitement, dévoilant une dizaine de canons de pistolets.

– Je n'ai pas été suivi, haleta-t-il. Je vous en prie, aidez-moi.

Les agents de sécurité se précipitèrent pour le soulager du poids de son collègue.

– Il est inconscient, leur apprit Yannick, et il a subi des blessures sévères.

Ils emmenèrent aussitôt Vincent. Le professeur fit quelques pas incertains, dans le but de les suivre.

– Et vous, monsieur Jeffrey ? demanda le chef de la sécurité.

– En ce moment, je ne dirais pas non à un fauteuil roulant.

Yannick tourna de l'œil et s'effondra dans ses bras, au moment où Cédric, Océane et Cindy arrivaient en trombe.

– Est-il dans le même état que Vincent ? demanda Cédric.

– Je ne vois ni sang ni blessure apparente, rapporta le chef de la sécurité. Je pense que monsieur Jeffrey est tout simplement épuisé.

– Emmenez-le à l'infirmerie.

Ils s'empressèrent d'obéir, Océane et Cindy sur leurs talons. Cédric demeura sur place, vivement troublé.

– Ordinateur, demandez au docteur Béatrice Carbonneau de me rejoindre à la section médicale, code rouge, dit-il, enfin.

– Tout de suite, monsieur Orléans.

Vincent McLeod ne reprit ses esprits que le lendemain. Il battit des paupières et regarda autour de lui, sans vraiment reconnaître cette salle qu'il n'avait jamais visitée depuis son arrivée à la base.

– Comment te sens-tu ? chuchota Cindy, assise près du lit.

Il sursauta. Les dernières images de sa captivité inondèrent son esprit.

– Ne reste pas ici ! s'écria-t-il, effrayé.

– Tu n'as rien à craindre, Vincent. Tu es de retour chez nous.

Le jeune homme l'observa, incrédule.

– Est-ce que tu es vraiment Cindy ?

– Il y en a une autre ? plaisanta-t-elle pour l'apaiser.

– Ces assassins prennent la forme qu'ils veulent.

– Dans ce cas, je vais te prouver que je suis la vraie Cindy Bloom. Il n'y a pas longtemps, tu m'as fait lire ta théorie sur les intraterrestres. Ces articles prétendent que seuls les reptiliens peuvent se métamorphoser de cette façon.

Vincent se détendit d'un seul coup. La jeune femme prit sa main en faisant attention de ne pas décrocher les fils qu'on avait branchés sur son bras.

– Que s'est-il passé ? voulut-elle savoir. Comment ont-ils réussi à te capturer ?

– Les salauds ont infecté mon ordinateur à la maison. Ils m'ont hypnotisé grâce à mon écran. Il y a eu des couleurs vives, puis une voix. Je me suis mis à saigner du nez et à perdre des forces.

– Ils utilisent donc les virus informatiques dont Yannick nous a parlé.

– Je n'avais jamais rien vu de tel. Tous mes réflexes ont été amoindris. C'est là qu'Hadès m'a enlevé.

– Et ensuite ? demanda Cédric en se postant derrière Cindy.

– J'ai perdu conscience dans la voiture. Quand je me suis réveillé, j'étais attaché sur une chaise.

– Est-ce qu'ils t'ont torturé ?

– Celui qui s'appelle Ahriman peut faire apparaître du feu dans ses mains et je te jure que ce sont de vraies flammes.

La terreur dans les yeux du savant et les brûlures sur son abdomen en attestaient déjà.

– Océane et moi l'avons pourchassé à travers la ville hier soir, lui apprit Cindy.

– Vous n'auriez pas dû ! s'angoissa Vincent. Il est très dangereux !

– Pourtant, il guérit des gens dans les urgences des hôpitaux.

– Alors, ce n'est pas le même homme. Ahriman est un tueur qui possède des pouvoirs surnaturels. Nous ne sommes pas de taille, Cédric.

– C'est ce que l'Alliance tente de nous faire croire, répliqua le chef, mais elle ignore nos ressources. Les faibles ont souvent recours à la peur pour arriver à leurs fins. L'ANGE ne se laissera pas impressionner.

Vincent garda le silence, toujours bouleversé. Comprenant que seul le temps effacerait ces mauvais souvenirs, Cédric lui recommanda de se reposer.

– Je vais aller voir comment se porte Yannick, dit-il à Cindy avant de quitter la pièce.

– Que lui est-il arrivé ? s'alarma Vincent.

– C'est lui qui t'a ramené à la base, expliqua Cindy. Quand il est parti sans dire où il allait, nous avons cru que l'ennemi l'avait enlevé lui aussi. Il semble plutôt qu'il était à ta recherche. Nous ne savons pas où il t'a trouvé. Il a perdu conscience en arrivant ici.

Vincent voulut s'asseoir, mais Cindy le plaqua sur son lit d'une main ferme.

– J'ai peut-être l'air d'une fille douce et fragile, mais il ne faut pas se fier aux apparences, l'avertit-elle en prenant un petit air supérieur.

– Je veux voir Yannick. Je veux savoir ce qui m'est arrivé après que le démon m'a attaqué.

– Le démon ?

– Je te jure que je n'ai jamais vu quelqu'un d'aussi maléfique. Des griffes noires sortaient de ses doigts !

– Je commence à être d'accord avec Cédric : tu as besoin d'un moment de répit avant de faire ton rapport.

– Tu ne me crois pas ?

– Le médecin t'a donné un analgésique assez fort pour brouiller ta mémoire. Ton démon pourrait bien se transformer en un visage identifiable dans quelques heures, si tu vois ce que je veux dire.

– Oui, je comprends...

– Je suis vraiment contente de te revoir, le savant.

Cindy embrassa Vincent sur la joue, faisant naître un sourire sur son visage d'une pâleur inquiétante.

Béatrice Carbonneau, la femme médecin attitrée des agents de l'ANGE, venait tout juste de terminer son examen du professeur d'histoire. Elle prenait encore une fois sa tension lorsque Cédric entra dans la chambre.

— Comment notre indomptable aventurier se porte-t-il ? s'informa-t-il.

— Ses signes vitaux sont acceptables pour un homme qui s'est effondré il y a à peine quelques heures, répondit la femme médecin.

— Je vais bien, soupira Yannick.

— Présentes-tu des blessures ? demanda Cédric.

— Non.

— Un homme en aussi bonne condition physique que toi ne perd pas conscience sans raison, fit remarquer le docteur Carbonneau.

— Vincent est beaucoup plus lourd à porter que vous ne semblez le croire, tenta de plaisanter son patient.

Elle retira le manchon gonflable de son bras.

— Peut-être vaudrait-il mieux te faire passer une batterie de tests, suggéra-t-elle.

— Je n'ai rien. Cédric, je t'en conjure, sauve-moi !

— Si je n'avais pas besoin de lui de façon urgente, je te laisserais lui faire tout ce que tu veux, Béa, mais...

— Je préfère mourir en mission que dans un grand tube en métal qui sonde mes entrailles ! s'exclama théâtralement Yannick.

Cédric posa la main sur l'épaule du médecin et ferma les yeux, l'espace d'un instant. Yannick eut la surprenante impression qu'il échangeait silencieusement des informations avec elle. Puis le chef quitta la chambre sans rien dire. Yannick joignit ses mains en signe de supplication, faisant rire son médecin.

○

Dès que Cédric mit le pied à l'extérieur de la chambre, Océane bondit de sa chaise dans la salle d'attente.
– Il n'a pas une seule égratignure, la rassura son chef. C'était seulement de la fatigue.
Océane poussa un soupir de soulagement.
– Je ne sais toujours pas comment il a retrouvé Vincent.
– Il est bourré de talent, affirma-t-elle.
– Ou il a des amis bien placés.
– Si c'est un agent double que tu cherches, tu frappes à la mauvaise porte. Yannick est d'une loyauté à toute épreuve.
– Quelqu'un nous espionne, Océane. C'est mon devoir de douter de tout le monde.
– Même de moi ?
Il hocha doucement la tête.
– Et toi alors ? osa soupçonner l'agente.
– Si c'était moi, mes supérieurs m'auraient démasqué depuis longtemps.
– Donc, s'il y avait une taupe dans notre division, ils la découvriraient tout aussi facilement, non ?
– C'est mon travail à moi, trancha-t-il. Et ce n'est pas le moment de discuter de tout ça. Je sais que tu n'as pas dormi de la nuit et que la disparition de Yannick t'a ébranlée.
– Tu as raison. Quand je suis fatiguée, je vois des coupables partout. Je vais aller me reposer dans mes nouveaux quartiers de la base. Surtout, réveille-moi s'il y a du nouveau.

Elle l'embrassa sur la joue et disparut dans le couloir. Cédric attendit d'être bien certain qu'elle se rendait à la salle de repos, puis obliqua vers les Laboratoires. Il se dirigea vers une section différente de celle où Vincent avait l'habitude de travailler. Il passa des portes de verre et rejoignit deux techniciens qui examinaient les montres de Yannick et de Vincent.

– Savez-vous pourquoi elles ont cessé d'émettre leur signal pendant un certain laps de temps ? s'enquit-il.

– Non, soupira l'un des deux hommes. Elles sont en parfait état. Elles n'auraient pas dû arrêter de fonctionner.

– Le système de localisation a-t-il été désactivé durant l'enlèvement de Vincent et la disparition de Yannick ?

– Non, monsieur. Toutes les données y sont.

– Êtes-vous en mesure de me fournir tous leurs déplacements ?

– Vous les aurez dans une heure.

Cédric les remercia et retourna dans son bureau. Il ne rentrerait pas chez lui avant d'avoir élucidé ces énigmes.

– Vous avez un appel de monsieur Lucas. Code rouge.

– Mettez-le à l'écran, je vous prie.

Sur le mur, le logo de l'ANGE fut aussitôt remplacé par le visage de Kevin Lucas.

– J'ai bien reçu ton message, Cédric. Tu me vois soulagé d'apprendre que tu as retrouvé Vincent en vie. Mais ce que tu rapportes au sujet du guérisseur, qui a attaqué tes agentes avec des boules de feu, me trouble beaucoup.

– Cette technologie est nouvelle pour moi aussi. En fait, j'espérais que tu pourrais m'éclairer davantage.

– C'est la première fois que j'en entends parler. Michael est tout aussi sidéré que moi. Est-ce que je pourrais interroger Océane et Cindy là-dessus ?

– Certainement. Elles décriront le phénomène en détail à tes experts, mais pas tout de suite. Elles ont besoin de repos.

– Et toi, est-ce que tu as un peu dormi, cette nuit ?

– Pas vraiment. Je ne peux jamais fermer l'œil quand j'ai un casse-tête à résoudre.

– Et tu crois pouvoir y arriver en un jour ?

Kevin avait raison. En général, les mystères ne se laissaient pas résoudre aussi facilement.

– Tu as fait analyser les montres ? demanda le chef de l'Agence canadienne.

– Dès que je les ai récupérées. J'aurai plus d'informations pour toi dans quelques heures. Je retrouverai celui qui a torturé Vincent et je vous le livrerai pieds et poings liés.

– Non, Cédric, l'ANGE ne fonctionne pas ainsi. Nous avons plus de ressources que bien des gouvernements. Utilise-les. Je t'enverrai des équipes spéciales.

– Tout compte fait, je suis probablement plus épuisé que je ne le pensais…

– Rappelle-moi quand tu auras un peu dormi, d'accord ?

Le visage de Kevin disparut. Cédric s'enfonça dans son fauteuil en fermant les yeux.

...0032

Lorsque Béatrice Carbonneau finit par le laisser tranquille, Yannick sombra dans le sommeil, mais il ne dormit pas longtemps. Une main se posa doucement sur son bras. Il ouvrit les yeux et aperçut Océlus à son chevet, l'air soucieux.

– Que se passe-t-il, mon frère ? dit Yannick en se redressant.

– Je veux seulement te parler…

– La dernière fois que nous avons pris le temps de parler, c'était bien avant la création de cette agence. Est-ce que quelque chose te tracasse ?

– En quelque sorte.

Océlus prit place sur le bord du lit, hésitant.

– C'est bien la première fois que je te vois aussi désemparé.

– Te souviens-tu de ce qui s'est passé lorsqu'on t'a demandé d'entraîner Océane ?

– Tu es amoureux ! comprit Yannick.

– Je n'en suis pas certain.

– Qui est l'élue de ton cœur ?

– C'est celle que tu appelles Cindy.

Yannick en demeura bouche bée.

– Et c'est un peu sa faute, poursuivit son compagnon. Elle se met si souvent en danger que je dois constamment venir à son aide.

– On n'est pas obligé de tomber amoureux de tous ceux qui appellent au secours, Océlus, réagit finalement Yannick.

– Elle n'est pas comme les autres. Elle vit dans ce monde profanateur, mais son cœur est demeuré pur. Elle est devenue une agente de l'ANGE sans aucune arrière-pensée. Elle veut seulement sauver le monde, comme nous.

– Es-tu en train de me dire que tu as trouvé ton âme sœur ?

– Je suis surtout confus… C'est pour cette raison que je sollicite tes conseils.

– Te souviens-tu de la punition qui nous est infligée lorsque nous partageons le lit d'une mortelle ?

– Nous perdons une partie de nos pouvoirs. Mais cela ne t'a pas empêché de poursuivre le travail que le Seigneur nous a confié.

– Mais je dépends désormais de toi pour me déplacer.

Piteux, Océlus baissa la tête. Ses boucles noires retombèrent mollement devant ses yeux.

– Je ne veux surtout pas te rendre malheureux, temporisa Yannick. Je m'en voudrais pour l'éternité. Alors, voilà ce que tu pourrais faire : courtise ta belle, mais ne couche pas avec elle. De cette façon, ton cœur sera apaisé et tu ne perdras pas tes pouvoirs.

Océlus adressa un regard reconnaissant à Yannick.

– C'est une excellente idée. Merci, Képhas.

– Ne me remercie pas. Il est tout naturel que je veille sur toi, moi aussi.

Yannick entrevit alors la caméra, dans le coin de la chambre.

– S'ils sont en train de m'épier, ils vont bien penser que j'ai perdu la boule, puisque les caméras n'enregistrent pas ta présence, chuchota-t-il.

– Dis-leur que tu rêvais à moi, suggéra Océlus en descendant du lit.

Il le gratifia d'un sourire espiègle et disparut. Yannick ramena ses bras sous sa tête. Si un être aussi stoïque qu'Océlus soupirait enfin d'amour, alors tout n'était pas perdu pour cette planète…

Lorsque ses agents eurent dormi quelques heures, Cédric les convoqua dans la salle de conférences. Seul Vincent ne fut pas appelé, car il avait besoin de récupérer.

Océane fut la première à rejoindre son chef au point de rencontre.

– Reposée ? l'interrogea Cédric.

– Les matelas de cette base sont plutôt durs, mais quand on est épuisé, il ne faut pas s'en plaindre.

Cindy arriva la deuxième et alla s'asseoir près d'Océane. À leur grande surprise, Yannick entra à son tour dans la pièce.

– Mais qu'est-ce que tu fais ici ? lui reprocha Océane.

– Aux dernières nouvelles, je suis toujours un agent de l'ANGE, non ?

– Béatrice Carbonneau ne lui a trouvé aucune blessure interne ou externe, expliqua Cédric.

Yannick prit place le plus loin possible d'Océane, qui le foudroyait du regard. Cédric en vint tout de suite aux faits.

– Où et comment tu as retrouvé Vincent ? demanda-t-il à Yannick.

– Un homme, qui travaille sur les quais, m'a appelé pour me dire qu'on venait d'abandonner un blessé près des poubelles. Il lui trouvait une certaine ressemblance avec la photo que je lui avais montrée plus tôt.

– Qui est cet homme ?

– C'est un informateur, Cédric. Je ne peux pas te révéler son identité, tu le sais bien.

– L'ANGE n'est pas un corps policier. Nous n'utilisons pas d'informateurs.

– J'ai tenté ma chance, parce qu'aucune autre méthode ne donnait de résultats.

Cédric étouffa sa remontrance.

– Est-ce qu'il avait sa montre sur lui ? l'interrogea Cindy pour désamorcer la querelle qui risquait d'éclater entre les deux hommes.

– Elle était sur le sol près de lui, les informa Yannick.

– Elle fonctionnait ? fit Océane.

– Je croyais que c'était une rencontre stratégique. Pourquoi m'interroge-t-on ainsi ?

– Pour connaître la vérité, intervint Cédric. Mais je vous ai surtout convoqués pour planifier nos prochaines actions. Je veux tout de même que tu me remettes un rapport complet de tous tes récents déplacements.

– Tu l'auras.

– Ordinateur, projetez la photo.

Le visage d'Ahriman apparut sur le mur, faisant frissonner Cindy d'horreur.

– Notre homme de surveillance a pris plusieurs clichés du faiseur de miracles. Voici le plus clair.

– C'est Ahriman ou Arimanius, l'identifia Yannick. Aussi connu sous le nom de Faux Prophète dans les prophéties anciennes.

– C'est lui, l'Antéchrist ? demanda Cindy.

– Non. Satan a confié au Faux Prophète la mission de préparer le monde pour la venue d'Armillus.

– Arimanius, Armillus... il n'est pas facile de s'y retrouver avec tous ces « usse », soupira-t-elle.

– Satan, tu dis ? répéta Océane en relevant un sourcil. On n'est même pas certains qu'il existe.

– Et Dieu, alors ? répliqua Yannick, exaspéré. Ce n'est pas parce qu'on ne peut pas voir ces entités qu'elles n'existent pas.

– Ce n'est pas le moment de débattre de cette question, trancha Cédric. Nous avons un tueur sur les bras, peu importe son nom ou sa position dans l'Alliance. Nous devons le capturer ou l'éliminer.

– Après ce que nous l'avons vu faire, ça ne va pas être facile, fit remarquer Cindy.

– Kevin nous prêtera main-forte, assura le chef.

– Il faut commencer par traquer Ahriman, indiqua Yannick.

– Continuera-t-il à opérer des guérisons maintenant que nous l'avons identifié ? douta Cindy.

– J'en suis certain. C'est par ses bonnes actions qu'il prépare le chemin pour l'Antéchrist.

– Dans ce cas, nous n'avons qu'à relancer la surveillance sur la ville et utiliser tous nos effectifs pour le coincer, suggéra Océane.

– Je suis d'accord, acquiesça Yannick.

La jeune femme lui lança un regard perplexe. Habituellement, il s'opposait à ses idées, juste pour la faire fâcher.

– ON DEMANDE À VOUS REMETTRE UN RAPPORT, MONSIEUR ORLÉANS.

– Faites entrer.

Un technicien vint lui apporter quelques feuilles, puis se retira, sans dire un mot. Il avait évalué l'humeur de son patron d'un seul coup d'œil : il était préférable qu'il parte en silence. Cédric se mit à lire le document en marchant le long de la grande table.

– Peut-on savoir de quoi il s'agit ? s'impatienta Océane.

– Les montres de Vincent et de Yannick nous ont fourni de précieux renseignements, dont l'adresse où on a séquestré Vincent. Il s'agit d'une maison achetée par un riche Texan, qui séjourne à Sydney en ce moment.

Il tendit une des feuilles à Océane.

– Je veux que tu t'y rendes tout de suite avec Cindy et une équipe d'intervention. C'est peut-être notre seule chance de capturer Ahriman.

– Et Yannick? s'étonna Cindy en se levant.

– J'ai d'autres plans pour lui, répondit-il en fixant le professeur d'histoire.

Ce dernier restait silencieux, ce qui ne lui ressemblait pas du tout. Océane le regarda d'un air inquiet et quitta promptement la salle avec la recrue.

– De quoi s'agit-il? soupira le vétéran.

– S'il n'émanait pas des meilleurs techniciens du monde, je ne tiendrais pas compte de ce rapport, commença Cédric.

Il le déposa devant Yannick.

– Explique-moi comment tu as réussi à te déplacer de sept kilomètres en deux secondes.

Le professeur demeura muet. Il savait bien que c'était Océlus qui lui avait permis de franchir aussi facilement cette distance. Cédric alla s'asseoir à l'autre bout de la table. Il croisa ses doigts et en appuya le bout sur ses lèvres, bien décidé à attendre la réponse du vétéran.

– Si j'étais technicien, je pourrais peut-être avancer une explication, mais je suis historien, tenta Yannick. Attendons que Vincent soit complètement remis et présentons-lui ce problème.

– Tu as réussi à sortir de la base sans qu'on s'en rende compte et tu as tout de suite su où trouver Vincent.

– Je me suis adressé aux bonnes personnes, c'est tout.

– Et lorsqu'on t'a signalé qu'il était au port, tu t'y es rendu en quelques secondes à peine… Comment?

– J'ai pris un taxi. La montre a dû s'arrêter pendant un moment.

Cédric ne sembla pas convaincu, mais il se garda de faire un commentaire.

— Je ne sais pas quoi te dire, poursuivit Yannick, sur la défensive. Je ne comprends pas non plus ce qui s'est passé.

— Plus tôt, aujourd'hui, dans ton lit de la section médicale, tu parlais à un interlocuteur imaginaire.

— Ce n'est pas tout à fait exact : je parlais tout seul.

— À qui disais-tu qu'en couchant avec une mortelle, on perdait ses pouvoirs ? Quels pouvoirs ?

Yannick soupira profondément. Il était presque à court d'arguments.

— De qui dépends-tu pour te déplacer aussi rapidement ?

— Écoute, Cédric, il m'arrive de divaguer, surtout lorsque je suis stressé. Quand je me suis rappelé que je n'étais pas chez moi et que des caméras enregistraient tous mes mots, il était trop tard pour me taire.

— Tu as dit à cet homme invisible que les caméras ne pouvaient pas enregistrer sa présence.

— Évidemment, puisque c'est mon ami imaginaire. Je parie que si nous nous mettions à creuser un peu plus dans la tête des membres de cette agence, nous découvririons que nous sommes tous un peu cinglés.

Cédric observa Yannick sans rien dire.

— Est-ce que je suis congédié ? souffla ce dernier.

— Pas encore. Mais si ce que tu viens de me dire est vrai, je ne pourrai plus te confier d'enquête.

— C'était une plaisanterie !

— Rentre chez toi et repose-toi.

— Je ne suis pas fou, protesta Yannick.

— Non, mais la fusillade t'a ébranlé, contrairement à ce que nous avons d'abord cru. Je vais t'obtenir une consultation avec le docteur Tessier.

— Ce n'est pas sérieux ? se fâcha le professeur.

— Est-ce que, moi, j'ai l'habitude de plaisanter ?

Très contrarié, Yannick quitta la salle.

...0033

La berline grise s'arrêta de l'autre côté de la rue, devant les grilles de l'immense demeure qui semblait avoir été désertée. Il n'y avait aucun véhicule devant le garage. Océane se cala dans le siège du conducteur et observa les données qu'elle recevait sur l'ordinateur de bord. À côté d'elle, Cindy faisait la même chose. Deux membres de l'équipe d'intervention, assis sur la banquette arrière, silencieux, attendaient leurs ordres.

— Le satellite ne repère aucun signe de vie à l'intérieur, annonça finalement Océane, mais ça ne veut rien dire.

— Surtout si les membres de l'Alliance sortent tout droit de l'enfer, maugréa Cindy.

— Ils sont seulement plus avancés que nous en technologie, la reprit Océane.

Elle fit signe aux agents de sortir. Ils s'esquivèrent, toujours sans mot dire, et longèrent le mur de pierre. Plus loin, d'autres hommes et d'autres femmes de l'ANGE sortaient de leurs véhicules. Tous convergèrent vers les grilles.

— Allons voir si elles sont verrouillées, indiqua Océane en prenant les devants.

Cindy lui emboîta le pas.

— Tu as fréquenté Yannick et tu ne crois pas à ses théories ? chuchota-t-elle.

— On n'en parlait pas quand on sortait ensemble. En fait, on ne se parlait pas beaucoup, si tu vois ce que je veux dire. Ce que j'ai vécu avec Yannick, c'est une passion dévorante qui a bien failli nous détruire tous les deux. Maintenant, silence.

Elle fit signe à Cindy de rester cachée près du mur tandis qu'elle poussait discrètement les portes d'acier. En vain.

— Je me serais bien passée de l'escalade, mais bon, soupira-t-elle.

Les agents se mirent à examiner la muraille afin de trouver une façon d'y grimper.

Pendant que ses collègues prenaient d'assaut le lieu de ses tourments, Vincent dormait dans son lit de l'infirmerie. Il se réveilla en sursaut, les yeux emplis de terreur, en proie à un autre cauchemar.

— C'est le diable! hurla-t-il. Ne laissez pas Yannick l'affronter seul!

Océlus apparut près de lui. Il posa la main sur sa poitrine, ce qui eut pour effet de détendre le savant sur-le-champ.

— C'est vous sur le portrait, murmura Vincent, soudain calmé.

— Je ne vous veux aucun mal. Sachez seulement que je veille sur lui.

— Qui êtes-vous, en réalité?

Dans la salle des Renseignements stratégiques, Cédric et un technicien surveillaient les progrès de l'équipe d'Océane sur un écran. Un peu plus loin, un autre homme observait une scène bien différente.

— Monsieur Orléans, je crois que vous devriez voir ceci, l'appela-t-il.

Intrigué, Cédric se rapprocha aussitôt de lui. Sur l'écran, Vincent était seul dans sa chambre, mais il parlait à quelqu'un ! Ils ne pouvaient évidemment pas entendre les répliques d'Océlus, ni le voir.

— Je ne connais pas tellement la Bible, disait Vincent. Je ne sais pas ce que c'est, un Témoin.

Il y eut un temps d'arrêt, comme si l'informaticien écoutait une explication.

— Où prenez-vous ce sang qui a deux mille ans ?

Une vive inquiétude apparut sur le visage de Cédric.

— Sondez cette pièce avec tout l'équipement que nous possédons, ordonna-t-il au technicien. Je veux savoir s'il y a quelqu'un avec lui dans un angle que la caméra ne peut pas capter.

Le spécialiste pianota rapidement sur son clavier.

— Les appareils n'enregistrent rien, monsieur, affirma-t-il. Pourtant, on dirait bien que l'agent McLeod parle à une autre personne.

— Ordinateur, demandez à Béatrice Carbonneau d'aller vérifier immédiatement l'état de santé de Vincent.

— Tout de suite, monsieur Orléans.

Vincent observait son visiteur avec de grands yeux ébahis. C'était la première fois qu'il rencontrait un ange gardien. Sa mère lui avait souvent répété qu'il en avait un, lorsqu'il était petit. Il avait cru qu'elle inventait ces histoires pour le rassurer...

– Pourquoi protégez-vous seulement Yannick, Océane et Cindy ? voulut-il savoir.

– Je veille aussi sur vous, Vincent, mais vous avez fait fi de mon avertissement.

– Vous m'avez mis en garde contre des miroirs ! C'est mon ordinateur qui a failli me tuer !

– Je ne connais pas tous vos mots, je suis désolé. Je viens d'un endroit où ces appareils n'existent pas.

La porte s'ouvrit, obligeant Océlus à se dématérialiser.

– Revenez ! cria le savant, angoissé.

Béatrice accourut.

– Calmez-vous, Vincent.

– Je vous en prie, allez-vous-en ! Il reviendra si vous partez !

– Ce n'était qu'un rêve. Détendez-vous.

Le savant éclata en sanglots. Avant qu'il ne devienne carrément hystérique, la femme médecin sortit une seringue de sa poche et injecta son contenu dans le cathéter relié aux veines du convalescent. Il sombra dans le sommeil.

Cédric était dérouté par tous les événements étranges qui ébranlaient son personnel, mais il n'eut pas le temps de réfléchir davantage à ce second épisode psychotique de la journée. On réclama son attention devant l'autre écran.

L'équipe d'intervention avançait maintenant vers la maison, sur la belle pelouse et la large entrée pavée. Tous ses membres avaient connecté leurs montres à leurs écouteurs.

Océane atteignit la porte la première. Serrant son revolver dans sa main pansée, elle tourna la poignée avec l'autre. Elle n'était pas verrouillée. Elle entra sans faire de bruit, aussitôt suivie de Cindy. Elles entendirent s'ouvrir des portes et même des fenêtres dans la maison. D'autres agents avaient trouvé des points d'entrée.

– Il n'y a personne dans les cuisines, annonça l'un d'eux dans leurs écouteurs.

– Personne dans le garage et aucun véhicule, fit un autre.

– Soyez tout de même prudents, recommanda Océane.

Elle se mit à gravir le grand escalier, sa jeune collègue sur les talons. Elles entrèrent dans la première pièce qu'elles trouvèrent à l'étage. Il y faisait particulièrement sombre, car on y avait tiré les épais rideaux. Sans réfléchir, Cindy tâta le mur et trouva l'interrupteur. Elle alluma le plafonnier, faisant sursauter Océane.

– Merci, Cindy !

– Je suis désolée... mais je sens que cette pièce est vraiment importante.

Elle avait bien raison. En pivotant lentement sur elle-même, la doyenne aperçut une mare de sang autour des fragments d'une chaise fracassée.

– Venez me rejoindre en haut, ordonna-t-elle dans son micro. Je veux que vous releviez le moindre indice dans la pièce où je suis actuellement.

Des larmes coulèrent en silence sur les joues de Cindy, qui continuait de fixer l'endroit où Vincent avait été torturé. Océane communiqua tout de suite sa découverte à son patron.

– Ils ont laissé toutes sortes de traces, comme s'ils étaient vraiment certains qu'on ne découvrirait pas cet endroit, ajouta-t-elle.

– Ils sont probablement déjà ailleurs, comprit Cédric.

– Moi, ce qui me fait vraiment peur, c'est qu'ils ont peut-être réussi à faire parler Vincent et qu'ils se dirigent tout droit chez nous.

— J'y ai songé aussi, quand Yannick nous l'a ramené, et j'ai doublé la sécurité. Recueillez tout ce que vous pouvez et rentrez à la base.

Cédric regardait avec attention chaque image que lui fournissaient ses agents d'intervention sur plusieurs écrans différents. Il finit même par en oublier son rebelle professeur d'histoire.

Au lieu de rentrer chez lui, Yannick quitta son bureau du cégep et se mit à marcher dans les rues. Sans se préoccuper des passants, il partit à la recherche de son ennemi, à sa façon.

— Je fais appel à toutes les légions d'anges et au Tout-Puissant, murmura-t-il, en transe. Indiquez-moi où opère ce serviteur de Satan.

Croyant qu'ils avaient affaire à un fou, les piétons changeaient rapidement de trottoir. Soudain, une vision se forma dans l'esprit de Yannick. Dans un semi-brouillard, il vit Ahriman accomplir un miracle sur une vieille femme, couchée sur une civière. Derrière lui, il vit clairement, sur le mur, le nom de l'hôpital.

— Merci, fit-il, soulagé.

Il héla un taxi.

Cédric marchait d'un écran à l'autre, comme un lion en cage, lorsque le nom de Yannick résonna mystérieusement dans sa tête.

— Ordinateur, localisez l'agent Jeffrey.

— Tout de suite, monsieur Orléans.

La recherche lui sembla durer un siècle. Le comportement de Yannick était si étrange que le chef de la division montréalaise commençait à se demander s'il pouvait être un agent double…

— Monsieur Jeffrey se trouve dans un véhicule en direction nord sur la rue Berri.

— Ce n'est pas son quartier, nota Cédric. Ordinateur, pouvez-vous me dire s'il est retourné chez lui en quittant l'ANGE il y a une demi-heure ?

— Non, monsieur. Il n'y est pas retourné.

— Suivez-le. Je veux savoir où il s'arrêtera.

Cédric se tourna vers l'écran qui montrait toute la ville de Montréal, cherchant à deviner où se rendait son agent récalcitrant.

○

Le taxi s'arrêta à la porte des urgences. Yannick en descendit en prenant une profonde inspiration. Il n'aimait jamais ces combats entre le Bien et le Mal, mais ils étaient devenus nécessaires, ces dernières années. Il marcha lentement vers la porte en priant.

— Je vous en conjure, donnez-moi la force de renvoyer le Mal à l'endroit d'où il vient.

Avant qu'il ne puisse mettre la main sur la poignée de la porte, Océlus lui barra la route.

— Il ne revient ni à toi ni à moi de chasser Arimanius de ce pays.

— Le Seigneur ne reviendra que lorsque l'Antéchrist aura enfin montré son visage au monde, énonça Yannick. Nous ne pouvons pas attendre jusque-là. J'aime cette ville autant que j'aime Jérusalem. Je ne laisserai pas cet assassin la perturber.

– Ce combat aura lieu de l'autre côté de l'océan, pas ici. Arimanius est très puissant, Képhas. Il tire son pouvoir de Satan lui-même.

– Je suis un serviteur de la Lumière. Il ne peut pas me détruire, pas plus que toi d'ailleurs.

– Tu pourrais toutefois perdre les facultés divines qui te restent.

– Je sais ce que je risque, Océlus. C'est pourquoi je l'affronterai seul. Peu importe ce qui se passera dans cet édifice, n'interviens pas.

Océlus ferma les yeux, résigné. Yannick le serra dans ses bras avec affection.

– Fais attention, lui murmura son ami.

Suivant la trace qui marquait le passage du Faux Prophète, Yannick entra dans le couloir qui menait à la salle d'attente.

L'ordinateur venait d'avertir Cédric que son agent était sorti du véhicule dans lequel il se déplaçait.

– L'hôpital Notre-Dame ? répéta le chef, d'abord étonné.

Sa stupéfaction fit aussitôt place à la colère. Ses agents connaissaient les règles : jamais ils ne devaient se mettre en situation de danger sans prévenir les Renseignements stratégiques. Yannick n'avait prévenu personne.

– Communication OC neuf, quarante, et CB trois, seize, code rouge, exigea Cédric, bouillant de rage.

Océane était accroupie près de l'agent qui prélevait des échantillons de sang, tandis que Cindy examinait le fauteuil où Ahriman s'était assis. Leurs montres se mirent à vibrer en orange, puis en rouge. Elles acceptèrent la communication presque en même temps.

– Laissez quelques membres de l'équipe d'intervention poursuivre ce travail à la villa et emmenez les autres à l'hôpital Notre-Dame, ordonna Cédric. J'ai de bonnes raisons de croire que Yannick a décidé d'affronter seul le Faux Prophète.

– Tout de suite ! assura Océane.

Elle transmis l'ordre de Cédric aux agents qui passaient la maison au peigne fin et dévala l'escalier à la tête du groupe qui s'était spontanément formé pour appuyer Yannick. Elle ne comprenait pas pourquoi son ami agissait ainsi. Elle savait seulement qu'il n'arriverait pas seul à détruire l'homme qui lançait des boules de feu mortelles.

○

Yannick n'avait aucune idée de ce qu'il devait faire pour neutraliser le lieutenant de l'Antéchrist. Il décida de le sommer d'abord de retourner vers son maître. Il s'arrêta à l'entrée des urgences. Ahriman était agenouillé devant un petit enfant qui crachait du sang. Le Faux Prophète appuya la main sur sa poitrine et calma immédiatement sa toux. La vile créature sentit alors la présence du soldat de Dieu.

– Mais quelle est donc cette énergie céleste qui tente de m'intimider ? maugréa-t-il en se levant.

Il aperçut Yannick.

– Un ange ? ricana Ahriman. C'est tout ce que ton maître a trouvé à m'opposer ?

– Ce pays n'appartiendra jamais au Mal, Arimanius.

– Et tu connais mon nom, en plus.

Ahriman traversa lentement la salle, sans se préoccuper des malades qui tentaient de s'accrocher aux pans de son manteau.

— Je reconnais ton enveloppe physique, soldat. N'es-tu pas le professeur d'histoire qui fait partie de la ridicule organisation qui se donne le nom de l'ANGE ?

— Le prince des ténèbres établira son règne entre les océans et la majestueuse montagne, récita Yannick, mais, malgré toute sa puissance, il sera détruit et personne ne lui viendra en aide.

— Tais-toi ! Tu ne sais pas de quoi tu parles !

— Le Fils de Dieu le jettera avec son Faux Prophète dans le lac de feu où ils brûleront à tout jamais.

La salle devint soudainement très sombre. Des nuages noirs se formèrent sur le plafond, au-dessus de la tête d'Ahriman. Les patients reculèrent contre les murs en poussant des cris d'effroi.

— Ceux qui ont prononcé ces paroles ne connaissaient pas la puissance du grand maître ! hurla le Faux Prophète.

Le tonnerre gronda au plafond. Deux hommes cherchèrent à s'échapper en courant vers la porte. Des éclairs jaillirent des nuages sombres et les frappèrent dans le dos. Ils s'effondrèrent aux pieds de Yannick, qui ne bougeait pas.

Une infirmière eut la présence d'esprit d'appeler police secours, mais ses doigts se figèrent sur le téléphone. Tous ceux qui se trouvaient aux urgences furent immobilisés comme des statues, tous sauf Yannick et Ahriman.

— Vous avez appelé la police, fit une voix dans le combiné. Comment pouvons-nous vous aider ? Allô !

Nullement incommodé par cette magie, Yannick passa par-dessus les corps fumants des deux victimes du Faux Prophète.

– Dis-moi pourquoi ton Dieu n'envoie qu'un seul homme pour affronter le bras droit du futur maître du monde !

– Cette terre restera une terre d'asile.

– Elle nous appartient comme toutes les autres !

Des boules de feu se matérialisèrent dans les mains du démon.

– Avant que je te tue, dis-moi ton nom.

– Je suis Simon-Pierre. Ni Armillus ni toi ne pourrez me tuer.

– Je connais les prophéties. Elles disent aussi que les deux Témoins de Dieu seront exécutés sur la place publique afin que tous voient le sort qui attend ceux qui défient mon maître.

– Tout homme a le pouvoir de changer l'avenir.

Cindy et Océane firent irruption aux urgences, armes au poing, tandis que les membres de l'équipe d'intervention se dirigeaient vers les autres pavillons et l'entrée principale de l'hôpital.

– Celles-là sont humaines, se réjouit le Faux Prophète. Tu auras leur sang sur tes mains, Témoin.

D'un geste sec, il lança ses projectiles enflammés sur les deux femmes. Prises de court, elles ne bougèrent même pas. Océlus apparut juste à temps pour recevoir les sphères brûlantes en pleine poitrine.

– Non ! cria Cindy, pensant que sa dernière heure était venue.

Océlus s'écroula comme une poupée de chiffon. Cindy se jeta à genoux pour le recevoir dans ses bras.

Yannick profita de cette diversion pour foncer sur son ennemi. Les nuages au-dessus de la tête d'Ahriman se mirent à tourbillonner. Un magnifique rayon de lumière blanche les transperça. Comprenant qu'il s'agissait d'un phénomène divin, le démon prit la fuite dans le couloir à l'autre bout de la salle. Sans hésitation, l'agent de l'ANGE se lança à sa poursuite.

— Yannick, attends ! cria Océane.

Trop tard. Son collègue avait disparu à la suite du Faux Prophète. Elle jeta un coup d'œil à Cindy qui serrait la tête d'Océlus contre sa poitrine. Comprenant qu'elle ne réussirait pas à l'arracher au personnage mythique qui lui avait si souvent sauvé la vie, elle décida de seconder Yannick sans elle. Elle contourna prudemment le rayon de lumière éclatante et s'élança dans le couloir.

Cindy caressa le visage d'Océlus. Il battit des paupières et esquissa un sourire timide.

— Je ne pouvais pas le laisser vous faire du mal…, souffla-t-il.

— Ne gaspillez pas vos forces. Je vais aller chercher un médecin.

— Je n'en ai nul besoin.

Cindy leva les yeux pour trouver de l'aide. Elle remarqua avec surprise que toutes les personnes présentes aux urgences s'étaient figées comme des statues, même les médecins.

De la lumière fusa des plaies d'Océlus, arrachant un cri à la jeune fille.

— Mais que vous arrive-t-il ? fit-elle, stupéfaite.

— Il referme mes blessures.

— Qui ça ?

— Mon Père. Je vous en prie, n'ayez pas peur.

Cindy ne savait pas si elle devait se réjouir ou s'évanouir. Elle observa le mystérieux phénomène en se disant qu'Océane ne voudrait jamais la croire.

...0034

Ahriman zigzagua entre les membres du personnel et les patients immobilisés dans le couloir. Quelques secondes plus tard, Yannick Jeffrey empruntait le même chemin. Il vit le Faux Prophète obliquer à gauche dans un autre corridor et l'y suivit. Ahriman poussa les portes de la cage d'un escalier. Yannick accéléra. Il ne devait pas le laisser s'échapper.

Océane n'était pas loin derrière son collègue. Elle prenait le corridor en hâte. On la saisit par la taille. Elle se débattit aussitôt, mais son assaillant, aussi versé qu'elle dans les arts martiaux, parvint à l'immobiliser. Elle poussa un cri de rage et voulut se servir de son revolver. Son agresseur frappa durement sa main contre le mur, lui arrachant un cri de douleur.

– Mais qu'est-ce que vous faites encore ici ? tonna une voix d'homme.

Elle reconnut le ton arrogant de Thierry Morin !

– Et avec une arme, en plus !

– Je n'ai pas le temps de vous l'expliquer ! cria-t-elle en se débattant.

– Au nom de la loi, je vous arrête, mademoiselle Chevalier. Tout ce que vous direz...

– Lâchez-moi !

Océane réussit à lui assener un violent coup de coude dans l'estomac. Le policier relâcha son emprise l'espace d'un instant. Cela suffit à l'espionne pour s'échapper.

– Si vous fuyez, ce sera pire ! l'avertit Morin.

Il la poursuivit de son mieux, mais Océane courait comme si la peste était à ses trousses. Elle vit Yannick se précipiter dans la cage d'escalier. Elle allait l'y rejoindre lorsque l'inspecteur la saisit à nouveau.

– Allez-vous me lâcher ! cria-t-elle, furieuse. Ne voyez-vous donc pas que j'essaie de sauver un homme !

– Ce n'est pas le travail d'une bibliothécaire !

Il réussit à faire reculer Océane en direction du mur, même si elle tentait maintenant de le mordre, et libéra une de ses mains suffisamment longtemps pour ouvrir la porte d'un placard.

– Mais qu'est-ce que vous faites ? protesta-t-elle.

– Je vous sauve la vie !

Il la poussa dans le placard.

– Vous ne comprenez pas ! hurla Océane.

Avant qu'elle ne puisse réagir, il l'embrassa sur les lèvres, puis referma vivement la porte. La peau de la main du policier se recouvrit alors d'écailles de reptile, mais Océane n'en vit rien. Des doigts de Thierry Morin s'échappa un liquide fumant ressemblant à du plomb en fusion. Il posa la paume sur la poignée qui se mit à fondre.

– Laissez-moi sortir d'ici ou je vous tuerai ! tempêta la captive.

S'assurant que la porte était bel et bien scellée, Thierry Morin se précipita vers l'escalier où Yannick avait disparu.

Océane n'était pas une femme qui s'avouait vaincue facilement. Elle alluma sa petite lampe de poche, appuya son dos contre le mur du fond et se mit à donner de grands coups de pied dans la porte. Celle-ci ne céda pas. L'agente poussa un cri de rage et brancha son petit écouteur.

– CO quatre, quarante-quatre, code rouge !

Il ne se passa rien du tout. Elle secoua son poignet pour faire fonctionner la montre : toujours rien.

– Cindy ! cria-t-elle en s'époumonant.

Les Renseignements stratégiques connaissaient aussi des difficultés de transmission. Dans tous ses états, Cédric marchait d'un technicien à l'autre, les pressant de remédier à cette panne.

– Essayez encore ! tonna-t-il. Il est impossible que trois agents disparaissent d'un seul coup !

Les spécialistes faisaient de leur mieux. Le chef se dirigea vers un autre groupe, de l'autre côté de la pièce.

– Avez-vous envoyé la seconde équipe d'intervention ?

– Oui, monsieur. Les véhicules se déplacent aussi rapidement qu'ils le peuvent, mais c'est la fermeture des magasins.

– Dites-leur d'utiliser les gyrophares de police.

– Mais, monsieur, c'est contre…

– Faites ce que je vous dis !

Cédric retourna auprès du premier groupe.

– Toujours rien, lui dit un des hommes avant qu'il ne le demande. Leurs montres ne répondent pas, et je n'arrive pas à les repérer.

– Yannick commença par descendre les marches, mais, en tendant l'oreille, il entendit des pas au-dessus de lui. Il rebroussa prestement chemin.

Ahriman mit le pied sur le toit de l'établissement. Il courut jusqu'au rebord de métal rouillé, puis se retourna pour faire face à son adversaire céleste. À sa grande surprise, c'était non pas le Témoin qui se tenait devant lui, mais un inconnu.

— Tu n'es ni humain ni divin, nota le Faux Prophète.

L'inspecteur Morin le mit en joue, tenant son revolver à deux mains.

— Les humains ne sont pas les seules créatures qui ont intérêt à préserver l'équilibre de cette planète, déclara le policier.

— Sais-tu qui je suis ?

— Un loup déguisé en brebis. Et nous ne les tolérons pas.

— Tu fais donc partie de ces imbéciles de soldats de Dieu.

Ahriman fit apparaître des boules de feu dans ses paumes. Le phénomène ne sembla pas du tout intimider Morin, au contraire. Il rengaina calmement son arme.

— Vous vous plierez à la volonté de mon maître, comme tous les autres ! l'avertit le démon.

— Combien voulez-vous parier là-dessus ?

Yannick s'immobilisa au dernier palier de l'escalier de secours. Un homme, dont il ne voyait que le dos, se mesurait à la créature diabolique.

— Ce sont ceux de ma race qui sauveront le monde, fils des ténèbres, fit l'inconnu.

Le Faux Prophète lança les projectiles meurtriers. Thierry se laissa tomber sur un genou et posa les deux mains sur le revêtement de fin gravier du toit en terrasse. Un mur de pierre s'éleva d'un seul coup entre les deux adversaires. Les boules de feu y explosèrent, l'une après l'autre.

À demi caché dans l'embrasure de la porte, Yannick écarquilla les yeux. Il n'avait pas encore reconnu l'inspecteur, mais l'énergie qui se dégageait de lui le fascinait.

Ahriman n'arrivait pas non plus à croire ce qu'il venait de voir. Il fut doublement étonné lorsque le policier passa à travers le mur que ses créations incandescentes n'avaient pas pu franchir.

– Nous sommes les bâtisseurs de cathédrales, les gardiens des plus grands secrets du monde, l'informa Morin en avançant vers lui.

– C'est impossible... Ils ont tous disparu.

– Nous avons choisi de vivre plus discrètement, mais nous sommes toujours là.

Il continuait de s'approcher, sans la moindre peur. Ahriman se mit à dangereusement reculer près du bord.

– Est-ce qu'on vous a appris à voler ? ironisa l'inspecteur.

Le Faux Prophète jeta un coup d'œil en bas. Il était coincé.

– Les anges, eux, ont des ailes, poursuivit Morin.

– Je ne sais pas qui tu es, insolent, mais je te retrouverai et je te tuerai.

Ahriman serra les poings et les ramena vivement devant lui. Un rideau de flammes l'entoura. Lorsqu'elles s'amenuisèrent, le lieutenant de l'Antéchrist avait disparu. Thierry crut alors entendre un bruit derrière lui.

Voyant que l'adversaire d'Ahriman allait se retourner, Yannick redescendit les marches, le plus silencieusement possible. Ne se sentant pas de taille à affronter un être qui créait instantanément de la pierre, il tourna les talons pour prendre la fuite, mais se heurta à la poitrine d'Océlus. Ce dernier referma les bras sur lui, les faisant disparaître tous les deux.

Thierry Morin fonça dans la cage d'escalier, mais n'y trouva personne.

Les deux Témoins reprirent forme dans le couloir qui menait aux urgences.

– Tu trembles ? s'étonna Océlus. Que s'est-il passé ?
– Partons d'ici, supplia son vieil ami, encore choqué par le spectacle auquel il avait assisté.

Océlus le transporta instantanément à l'extérieur de l'hôpital, près de la porte des urgences.

– Tu n'as jamais eu peur de qui que ce soit auparavant.
– C'est différent, répliqua Yannick. Le Seigneur ne nous a jamais parlé de ce que j'ai vu tout à l'heure.
– Des démons sont-ils à nos trousses ?
– J'ai vu un homme qui fabriquait du roc avec ses mains nues.
– Notre Père a créé des milliards de créatures différentes partout dans l'univers, Képhas. Tu le sais, pourtant. Certaines ont d'étranges facultés.
– Pas sur cette Terre.
– Celui que tu as vu était-il un ami ou un ennemi ?
– Il s'est opposé à Arimanius et il l'a fait fuir.
– Alors, nous devrions nous réjouir d'avoir un tel allié. D'ailleurs, s'il est intervenu dans cet hospice, c'est sans doute que Dieu lui-même nous l'a envoyé. Il pourrait être l'un des trois Anges.

Yannick ferma les yeux un moment et respira très profondément, ce qui eut pour effet de le calmer. Océlus avait raison : l'arrivée soudaine de ce nouveau joueur dans la mêlée pourrait leur permettre de repousser plus efficacement l'Alliance.

– Ramène-moi auprès de Vincent, à l'infirmerie, demanda-t-il en ouvrant les yeux.
– Ta montre enregistrera un nouveau déplacement inexplicable.

– Je n'ai pas le choix, Océlus.

Yannick se mit à détacher son bracelet.

– Tu ne peux pas t'en séparer, Képhas. Sans elle, tu ne pourras pas expliquer comment tu es retourné dans la base. Utilise tes facultés humaines, c'est plus sûr. D'ailleurs, Cindy a besoin des conseils d'un aîné en ce moment.

Océlus se dématérialisa, ne lui laissant aucun choix. Yannick s'élança vers la salle d'attente où les patients et le personnel de l'hôpital étaient toujours pétrifiés. Cindy allait toucher une infirmière du bout du doigt lorsque son collègue arriva au pas de course.

– Yannick ! Tu es sauf ! Que fait-on avec tous ces gens ?

Le professeur la saisit par le bras et la força à courir avec lui vers la sortie.

– Mais qu'est-ce que tu fais ? s'alarma-t-elle.

Ils déboulèrent dehors au moment où les voitures de la deuxième équipe d'intervention rappliquaient. Yannick ouvrit une portière au hasard et poussa Cindy à l'intérieur, puis sauta sur la banquette près d'elle.

– Décollez ! Maintenant ! ordonna-t-il.

Le chauffeur lui obéit sur-le-champ.

– Vas-tu finir par m'expliquer ce qui se passe ? exigea Cindy.

– Les reptiliens de Vincent sont bel et bien réels, haleta-t-il.

– Quoi ? Où est Océane ?

Constatant qu'il l'avait complètement oubliée, Yannick se mordit la lèvre.

– Cette fois, elle va me tuer…

Mais Océane avait des ennuis de nature fort différente. Lorsqu'il la libéra enfin de sa prison, Thierry Morin la trouva appuyée contre le mur du fond, les bras croisés et l'air ombrageux.

– ... et tout ce que vous direz pourra être retenu contre vous, récitait le policier pour conclure la déclaration d'usage.

– J'ai droit à un téléphone et j'y tiens.

Elle sortit du placard et passa devant lui, la tête haute. Ils traversèrent les urgences où la vie avait miraculeusement repris son cours. Médusés, les médecins étaient penchés sur les cadavres fumants des victimes d'Ahriman.

– Je suis désolée, disait une infirmière au téléphone, je ne me souviens pas d'avoir appelé police secours.

Océane observa les patients qui ne semblaient pas se rappeler ce qui s'était passé avant leur engourdissement surnaturel. Thierry voulut lui prendre le bras pour la diriger vers la sortie, mais elle l'en empêcha aussitôt. Il l'avait suffisamment humiliée comme ça.

○

Aux Renseignements stratégiques, un technicien se redressa vivement sur son siège : il captait de nouveau le signal des montres des trois agents disparus !

– Monsieur Orléans, je les ai ! s'écria-t-il.

Soulagé, Cédric accourut.

– Où sont-ils ?

– Monsieur Jeffrey et mademoiselle Bloom reviennent à la base avec l'équipe d'intervention.

– Et Océane ?

– Elle part dans la direction opposée.

Cédric fronça les sourcils. Il allait demander un code orange à l'intention d'Océane lorsque Yannick communiqua avec les Renseignements stratégiques.

– Où es-tu ? tonna le chef.

– Ahriman faisait son petit numéro à l'hôpital Notre-Dame. Nous avons bien failli le coincer, mais un autre joueur s'est ajouté à la partie.

– Un membre de l'Alliance ?

– Je ne crois pas. Il en voulait lui aussi à notre ami de l'enfer.

– Pourquoi Océane n'est-elle pas avec toi ?

– Je n'en sais rien. Nous étions pourtant tous ensemble aux urgences. Peut-être suit-elle une piste différente. Je suis certain qu'elle te fera signe dès qu'elle le pourra. Elle est la plus disciplinée de nous tous.

– Je veux savoir tout ce qui s'est passé, dès ton retour.

– C'est promis. Fin de la transmission.

Mais dès qu'il mit le pied à la base, Yannick se dirigea plutôt vers la section médicale. Il trouva Vincent en train de mourir d'ennui dans son lit d'hôpital.

– Dieu soit loué, tu es sauf ! s'égaya le savant.

– Tu ne croiras pas ce que j'ai vu aujourd'hui.

– Toi non plus.

Yannick tira une chaise pour s'asseoir. Vincent croisa discrètement ses index en lui adressant un regard interrogateur. Le vétéran sortit prestement de sa poche un petit appareil, pas plus gros qu'une noix, que le savant avait conçu pour brouiller les appareils d'écoute électronique. Il rendrait leurs paroles inintelligibles à condition qu'ils parlent tout bas. Sans perdre une seconde, Vincent raconta à Yannick sa conversation avec Océlus.

...0035

Très contrariée, Océane observait l'inspecteur Morin tandis qu'il vidait le contenu de son sac à main sur sa table de travail. Son revolver se trouvait déjà dans un petit sac en plastique. Le policier examina attentivement chaque article : étui pour diverses cartes commerciales, porte-monnaie, rouge à lèvres, petit miroir, écouteurs, téléphone portable.

– Pas de photos de la famille ? s'enquit-il.
– Elles sont ailleurs, répondit-elle évasivement.
– J'ai vérifié vos derniers appels.
– Vous n'avez pas grand-chose à faire.
– Vous n'appelez pas souvent les gens de votre famille, poursuivit-il en faisant fi de ses commentaires.
– Je préfère aller les voir en personne. Est-ce un crime ?

Thierry se cala profondément dans son siège en observant le visage courroucé de la suspecte.

– Non seulement ce revolver n'est enregistré nulle part, mais ce modèle n'existe même pas. Où l'avez-vous eu ?
– On me l'a offert.
– C'est l'ANGE qui vous l'a remis ?
– Je ne vais plus solliciter les anges à l'église depuis longtemps, répliqua-t-elle, impavide.
– Vous n'avez plus de raisons de me mentir, mademoiselle Chevalier.
– Dans ce cas, dites-moi qui vous êtes et je vous dirai qui je suis.

Il considéra cette proposition pendant un instant.

– Très bien, accepta-t-il. Je suis policier, mais je ne travaille pas vraiment pour la Sûreté du Québec.

– Ce n'est pas suffisant.

– Je suis un enquêteur spécial du Vatican.

– Un prêtre ? fit mine de s'étonner Océane.

– Pas tout à fait. J'ai été entraîné par une division spéciale du clergé, mais je n'en fais pas partie.

– Entraîné à quoi ?

– À dépister le Mal et à l'empêcher de prendre possession du monde.

– Pourquoi n'en avons-nous jamais entendu parler ?

– Le Vatican recèle d'innombrables secrets qu'il n'est pas prêt à partager avec le reste de l'univers.

Océane demeura silencieuse et méfiante.

– Maintenant, parlez-moi un peu de vous. Vous n'êtes pas vraiment bibliothécaire, n'est-ce pas ?

– J'ai reçu la formation requise.

– Qui êtes-vous ? Pourquoi vous trouvez-vous toujours sur les scènes de crime qui impliquent l'Alliance ?

– En fait, c'est plutôt le contraire…

– Donc, l'Alliance tente de vous éliminer. Le professeur Jeffrey fait-il aussi partie de votre organisation ?

Elle ne répondit pas.

– Il n'est pas retourné au cégep depuis l'attentat, l'informa Thierry.

– Si vous avez l'intention de me mettre en prison, faites-le maintenant, parce que je ne vous dirai rien de plus.

– C'est comme vous voulez.

Debout devant un écran des Renseignements stratégiques, Cédric, Yannick et Cindy assistaient à cet échange grâce à la caméra d'Océane. Ils voyaient maintenant le couloir qu'elle empruntait au poste de police.

— Il faut la sortir de là ! explosa Cindy.

— Un avocat s'en occupe déjà, assura calmement Cédric.

— Je suis surpris et soulagé à la fois d'apprendre que le Vatican traque les mêmes criminels que nous, avoua Yannick.

— Pas autant que moi, répliqua le chef. Nos dirigeants sont en communication avec tous les chefs de gouvernement et tous les chefs religieux du monde. Ils auraient dû nous en informer.

— À moins que Thierry Morin ne soit pas du tout ce qu'il dit être, raisonna le professeur.

— Ça m'a effleuré l'esprit. Je vais en parler à Kevin Lucas.

— En attendant, je vais voir si je peux retrouver Ahriman... à ma façon.

— Je ne veux pas que tu prennes de risques inutiles, Yannick.

— Tu me connais mieux que ça.

Le vétéran le salua d'un mouvement de tête et se dirigea vers la porte. Cindy hésita un instant, puis s'élança à sa suite. Elle le rattrapa dans le long couloir.

— Je sais où tu prends tes renseignements, annonça-t-elle.

Yannick posa discrètement le doigt sur ses lèvres pour lui recommander de se taire.

— Ça me surprendrait beaucoup, répondit-il pour les caméras.

Cindy le suivit jusqu'à la porte des Laboratoires. Son collègue saisit la combinaison sur le clavier d'ouverture et la laissa passer devant lui. Ils s'arrêtèrent net en trouvant Vincent assis à son poste, un pansement autour de la tête et sur les bras.

— Mais qu'est-ce que tu fais ici ? s'étonna Cindy.

Yannick forma un « X » avec ses index devant sa poitrine, pour recommander la prudence au jeune savant.

– Tu n'as rien à craindre, le rassura ce dernier. J'ai activé le logiciel de la salle vide.

– C'est quoi, ce logiciel ? demanda Cindy en voyant Yannick se détendre.

– Un enregistrement de cette pièce sans personne devant l'ordinateur.

– C'est pour cette raison qu'il est ici et que personne ne le sait, comprit Yannick.

– Est-ce qu'elle est au courant ? s'inquiéta le savant.

– Elle n'a pas vu le reptilien, mais elle connaît Océlus.

– Qu'est-ce qu'il a à voir avec les reptiliens ? s'énerva Cindy.

– Rien du tout, affirma Yannick. Nous nous sommes tous retrouvés au même endroit au bon moment.

Yannick fit rouler une chaise et prit place près de Vincent.

– Tu peux te manifester, Océlus, l'invita-t-il. Les caméras ne nous surveillent pas.

Le jeune homme aux belles boucles noires et aux yeux de velours fit son apparition.

– Tu en es bien certain ?
– Absolument certain.
– Vous vous connaissez, tous les deux ? s'étonna Cindy.
– Depuis deux mille ans, répondit innocemment Océlus.

Cindy et Vincent les regardèrent à tour de rôle, incrédules.

– C'est une longue histoire…, bredouilla Yannick.

– Lui, je peux croire qu'il a deux mille ans, parce qu'il n'est pas physique comme nous et qu'il utilise du sang aussi vieux que lui, admit Vincent. Mais toi ?

– Il pouvait faire les mêmes choses que moi, autrefois, leur apprit Océlus. Il a perdu une partie de ses pouvoirs en se joignant à votre agence.

– Alors, tu n'es pas le professeur d'histoire et le super-agent secret que j'ai appris à estimer ? se désola Vincent.

– C'est ce que j'ai décidé d'être dans ce siècle, voulut le rassurer Yannick.

– Qui es-tu, en réalité ? le questionna Cindy. Et pourquoi Océlus apparaît-il à ton commandement ?

– Nous avons tous les deux été choisis par le Tout-Puissant pour surveiller la montée de l'Antéchrist et limiter le plus possible les dégâts en attendant le retour de son Fils.

Ses collègues furent sidérés par cet aveu. Yannick se crut donc obligé de s'expliquer davantage :

– Océlus n'était pas d'accord, mais j'ai pensé qu'en devenant membre de l'ANGE, ce serait plus facile pour moi de faire mon travail.

– Vous êtes les Témoins, comprit Vincent.

– C'est un des noms qu'on nous donne, confirma Océlus.

– Est-ce que Cédric connaît ta véritable identité ? demanda Cindy.

– Non, mais il s'en doute. Son intelligence est vraiment remarquable.

– Et Océane ?

– Pas du tout.

– Mais vous avez été si proches !

– Il a même perdu certaines de ses facultés divines à cause d'elle, confia Océlus.

– Il n'est pas vraiment nécessaire que tu leur révèles tous ces détails, indiqua Yannick à son vieil ami.

– Donc, vous êtes tous les deux des créatures dotées de pouvoirs surnaturels, s'égaya Vincent. Est-ce que vous pouvez vraiment nous débarrasser du Faux Prophète ?

Océlus ouvrit la bouche pour répondre, mais Yannick lui fit signe de se taire.

– Notre tâche n'est pas de le détruire, mais de le repousser vers son maître, expliqua le professeur à sa place.

– Je n'ai pas du tout aimé mon séjour dans son antre, maugréa Vincent. Dites-moi comment je peux vous aider.

– Attendez juste une petite minute, s'interposa Cindy. C'est quoi, cette histoire de reptiliens ?

– Yannick en a vu un aujourd'hui, lui apprit le savant.

– À l'hôpital ?

Le professeur d'histoire hocha doucement la tête pour confirmer ses dires.

– De quel côté sont-ils ? s'enquit-elle.

– Du nôtre, apparemment, la rassura Yannick.

– Nous avons besoin d'un plan, se ressaisit Vincent.

– Il faut commencer par sortir Océane de prison, leur rappela Cindy.

– Je peux m'en occuper, proposa Océlus.

– Fais-le maintenant, ordonna Yannick.

Son compagnon disparut sous leurs yeux. Cindy était littéralement en état de choc devant toutes ces révélations.

– Il faut trouver une façon de localiser Arimanius, soupira le professeur.

– C'est un autre nom d'Ahriman ? l'interrogea Vincent.

– Alerte rouge ! Alerte rouge !

Répondant instantanément à leur formation de combat, Yannick et Vincent se précipitèrent sur un casier dissimulé dans le mur. Ils appuyèrent leurs montres au centre du panneau en même temps. La porte glissa immédiatement, révélant une cache d'armes.

– Cindy, secoue-toi ! exigea Yannick.

Il lui lança une mitraillette dans les bras, la faisant sursauter.

– Entrée non autorisée dans le portail sept cent cinquante.

– C'est le tien, Yannick, lui dit Vincent en armant son pistolet.

– Ils se sont introduits dans mon bureau au cégep.

Yannick et Vincent se précipitèrent vers la sortie. Cindy leur emboîta le pas.

○

Cédric était planté devant un écran qui montrait l'intérieur de l'ascenseur de la base. Il y aperçut un certain mouvement, comme les contours flous de deux personnes.

– Bloquez l'ascenseur.

Le technicien tapa fiévreusement sur le clavier.

– Je n'y arrive pas, s'énerva-t-il.

– Coupez l'alimentation.

– Les commandes ne répondent pas.

– Nos défenses sont-elles en place ?

– Oui, monsieur.

Cédric marcha vers la porte. Un membre de la sécurité lui bloqua la route.

– Vous connaissez le règlement, monsieur Orléans, lui rappela le colosse. Vous êtes le chef de cette base. Vous ne pouvez pas vous exposer au feu de l'ennemi.

Cédric était contrarié, mais il n'avait pas le choix. Il retourna se poster devant les écrans.

– Ordinateur, donnez-moi un accès vocal au couloir principal, commanda-t-il.

– Je vous servirai de relais.

– Donnez-m'en un visuel.

Le technicien s'affaira. Une image apparut aussitôt. Armés jusqu'aux dents, les agents de sécurité ainsi que

Yannick, Cindy et Vincent avaient adopté des positions défensives.

– Vincent ? Mais qu'est-ce que tu fais là ? s'étonna Cédric.

– Je vous donne un coup de main, répondit le savant en gardant le canon de la mitraillette pointé sur la porte de l'ascenseur.

Ce n'était pas le moment de lui faire la morale.

– Tout porte à croire que les intrus se déplacent à la même vitesse que l'assassin d'Éros, les prévint leur chef. Soyez très vigilants.

– Ils ne passeront pas, murmura Yannick.

Cindy lui lança un regard inquiet. Sa voix n'était plus la même, tout à coup.

– Ouvrez le feu dès que les portes s'entrebâilleront, ordonna-t-il.

– On risque d'être frappés par des ricochets, l'avertit Vincent.

– Préfères-tu te faire égorger par des créatures qui se déplacent plus vite que la lumière ?

En se rappelant les mauvais traitements qu'il avait subis aux mains de leurs ennemis, Vincent se mit à trembler.

– L'ascenseur est presque arrivé, les informa Cédric dans les haut-parleurs.

Tous les agents se préparèrent à tirer.

– Les voilà.

Les portes argentées commencèrent à s'ouvrir. Yannick appuya sur la détente le premier, visant l'étroite ouverture. Tous les autres l'imitèrent. Le tir de barrage dura un peu plus d'une minute, puis Yannick ne perçut plus de danger.

– Cessez le feu ! commanda-t-il.

Les agents lui obéirent sur-le-champ. Le professeur se leva et s'approcha lentement de la cabine d'ascenseur, tenant toujours son arme prête à tirer. Un homme gisait sur le sol, sans vie. Yannick fronça les sourcils, inquiet, car on leur avait annoncé plusieurs intrus. Il poussa le corps du bout du pied : il ne bougea pas.

– Cédric, combien l'ordinateur a-t-il détecté de passagers ? voulut-il savoir.

– Deux.

Yannick reçut une goutte de sang sur le visage et leva immédiatement les yeux vers le plafond. Barastar y était collé comme une araignée. L'agent de l'ANGE n'eut pas le temps de relever sa mitraillette. Son ennemi se laissa tomber sur lui en poussant un rugissement inhumain.

– Non ! cria Cindy, qui ne pouvait pas utiliser sa mitraillette sans atteindre aussi Yannick.

Écrasé sous le poids de Barastar, le vétéran n'arrivait pas à dégager sa propre arme.

– Lâche-le tout de suite, démon ! hurla Vincent en fonçant dans l'ascenseur.

Barastar leva la tête. Vincent lui envoya son pied au visage. L'impact fit suffisamment reculer le démon pour que Yannick appuie le canon de sa mitraillette sur sa poitrine. Il n'attendit pas que le serviteur de l'Alliance se serve de ses facultés surhumaines pour déjouer ses collègues et ouvrit le feu. Le corps de l'assassin fut sccoué comme un pantin tandis que les balles s'enfonçaient dans sa peau. Il s'écrasa finalement sur le plancher, par-dessus le corps de son acolyte.

Vincent saisit le bras de Yannick et le remit sur ses pieds. Cindy s'approcha pour inspecter la cabine de haut en bas.

– Pourrait-il y en avoir d'autres que nous n'avons pas vus ? demanda-t-elle.

– Négatif, répondit Cédric. Nous venons d'effectuer un balayage de la base.

– Pourquoi n'ont-ils envoyé que deux des leurs et par la porte principale, en plus ? s'étonna Vincent.

– Venez me rejoindre dans mon bureau pendant qu'on nettoie tout ça.

L'air sombre, Yannick remit son arme à un des agents de sécurité. Profondément contrarié, il se dirigea vers le fond du couloir. Vincent et Cindy échangèrent un regard étonné et s'élancèrent à sa suite.

...0036

Océane Chevalier était assise en boule sur le petit lit de sa cellule. Elle savait que l'Agence ne la laisserait pas pourrir au poste de police, mais elle était plutôt mécontente de s'être laissé prendre comme une débutante. Océlus apparut près d'elle, la faisant tressaillir.

– Je suis venu vous sortir d'ici, annonça-t-il.

– J'apprécie cette gentillesse, le remercia Océane en se calmant, mais nous ne sommes plus au temps du Far West.

– Du quoi ?

– C'est l'époque où les bandits faisaient évader leurs copains de prison.

– Je ne suis pas un bandit ! protesta Océlus.

– Moi non plus, mais si vous me sortez d'ici, ce sera une évasion. Et une évasion est un acte criminel.

– Mais vos amis ont besoin de vous.

– Dans ce cas, qu'ils paient ma caution. Ça, c'est civilisé.

– Vous refusez mon aide ?

– Pour cette fois, en tout cas, mais merci de m'avoir tirée des autres mauvais pas.

Même s'il ne comprenait pas tout à fait les motivations de cette femme, Océlus ne pouvait pas agir contre son gré. Il s'évanouit comme un mirage, créant une fois de plus une certaine confusion dans l'esprit de l'espionne, qui ne croyait qu'à ce qu'elle pouvait toucher.

Yannick, Vincent et Cindy prirent place devant Cédric. Le professeur d'histoire nettoyait avec une compresse humide le sang des agents de l'Alliance qui souillait ses vêtements et son visage.

— Les représentants de la division nord-américaine vont se réunir dans les prochaines heures pour discuter de la pertinence de fermer la base de Montréal, leur annonça le chef.

— Fermer la base ? s'étonna Cindy.

— Maintenant que l'ennemi connaît un de nos points d'entrée, il enverra sans doute d'autres assassins.

— Moi, je ne comprends toujours pas pourquoi il n'y en avait que deux dans l'ascenseur, s'interrogea Vincent.

— Peut-être qu'ils n'ont pas encore beaucoup de soldats au Québec, suggéra Cindy.

Cédric observait Yannick, qui ne disait rien et qui continuait à frotter sa joue, bien que cette dernière fût propre.

— À quoi penses-tu ? lui demanda-t-il.

— Cet assaut en plein jour ressemble un peu trop aux attaques suicides dont j'ai été témoin à Jérusalem, rapporta le professeur.

— Tu penses qu'ils ont attiré notre attention pendant qu'ils frappaient ailleurs ?

— Arimanius n'est pas un imbécile. S'il a envoyé ces deux assassins ici, il avait certainement une idée derrière la tête.

— Peut-être qu'il voulait s'en débarrasser ? hasarda Vincent.

— Ce n'est pas exclu, estima Yannick. L'Alliance emploie souvent des procédés barbares pour renouveler ses effectifs.

– Je vais redoubler la surveillance de la ville pendant que j'attends des nouvelles de Kevin Lucas, annonça Cédric.

– Que nous arrivera-t-il s'il décide de fermer cette base ? voulut savoir Cindy.

– Nous serons tous mutés ailleurs. Cependant, l'ANGE ne laisse pas tomber ses agents. La surveillance de la ville serait alors effectuée par les autres bases grâce au satellite.

– Ça veut dire que, demain, nous pourrions tous être séparés ?

– C'est possible, mais c'est trop tôt pour le dire. Pendant que nous patientons, je vous suggère de ne pas sortir d'ici. Si l'Alliance a réussi à trouver le point d'entrée de Yannick, il y a fort à parier qu'elle surveille aussi son appartement.

– Pouvons-nous au moins effectuer des recherches aux Laboratoires ? s'enquit le professeur.

– Je vous y encourage.

Yannick et Vincent échangèrent un regard entendu.

– Mais je préférerais que Vincent retourne à la section médicale, ajouta le chef.

– Je suis parfaitement remis, Cédric. Et tu sais bien que je ne pourrais pas rester tranquille dans mon lit en sachant que nous risquons une seconde attaque ou un démantèlement prématuré.

– Si tu craques, c'est à Alert Bay que tu iras passer ta convalescence.

– Je ne vous laisserai pas tomber.

Océane commençait à désespérer dans sa petite cellule lorsque Thierry Morin apparut à la porte en compagnie d'un policier.

– Je n'ai pas changé d'idée, maugréa la jeune femme.
– J'imagine que non.

Il fit signe à son collègue de le laisser seul avec la détenue.

– Dans ce cas, pourquoi êtes-vous ici ?

L'inspecteur s'assit sur le lit, à côté d'elle.

– J'ai beaucoup réfléchi depuis votre arrestation, admit-il.

– Est-ce que c'est une bonne nouvelle ?

– Ça reste à voir. En fait, avant que je vous relâche, j'aimerais que vous écoutiez ce que j'ai à dire sans m'interrompre.

Elle se tut pour montrer sa bonne volonté.

– Je veux d'abord vous dire que je fais partie d'une organisation beaucoup plus vieille que l'ANGE. Nous apprécions évidemment que des agences comme la vôtre participent au travail colossal qui consiste à refouler les forces du Mal, mais il y a des dossiers sur lesquels nous préférerions travailler seuls.

Océane ne dit rien, mais elle avait relevé un sourcil pour indiquer qu'elle n'appréciait guère son arrogance.

– Nous n'avons pas l'intention de laisser l'Antéchrist s'installer en Amérique, poursuivit-il. Nous possédons les moyens de le persuader de rester de l'autre côté de l'océan. En poursuivant son bras droit, comme vous le faites, vous nuisez à nos progrès.

– Vous vous adressez à la mauvaise personne, dit-elle enfin.

– Pas si vous répétez mes paroles à votre dirigeant. Je pourrais fort bien le trouver moi-même, mais cela me ferait perdre du temps.

– Inspecteur Morin, vous êtes la personne la plus suffisante qu'il m'ait été donné de rencontrer.

– Et vous êtes la plus belle femme qu'il m'ait été donné de rencontrer.

Océane était si surprise par cet aveu qu'aucun son ne voulut sortir de sa bouche ouverte.

– J'aimerais vraiment que vous restiez en vie, ajouta-t-il.

– Pas autant que moi.

– Lorsque vous retournerez vers votre chef, et je suis certain que c'est la première chose que vous ferez en sortant d'ici, dites-lui qu'un envoyé spécial du Vatican lui demande de se retirer de cette affaire.

– Si vous le connaissiez, vous sauriez qu'il ne voudra rien entendre.

– Dites-lui que je suis le seul *varan* à pouvoir bloquer Ahriman.

– Le seul quoi ?

– Il comprendra.

Thierry se leva.

– Un certain maître Brunet est venu plaider votre cause il y a quelques minutes et il a été très convaincant. Vous êtes libre de partir.

– Jurez-moi que vous ne me ferez pas suivre.

– Comme je vous l'ai dit tout à l'heure, je n'ai pas de temps à perdre.

L'inspecteur sortit de la cellule. Océane se prépara à quitter cet endroit détestable. Tout comme ce policier prétentieux, elle avait fort à faire.

Yannick était assis devant un écran, les yeux fermés, tandis que Vincent, un peu plus loin, pianotait fiévreusement sur un clavier. Cindy suivit les informations qui défilaient sur l'écran pendant un moment, puis remarqua l'état méditatif du professeur. Elle fit rouler sa chaise jusqu'à lui.

– Je sais que ce n'est probablement pas le moment de t'embêter, mais quelque chose me tracasse.

Yannick ouvrit les yeux.

– Nous sommes des soldats sous le commandement de l'archange Michel, répondit-il avant qu'elle ne formule sa question. Nous avons reçu la permission de nous défendre et de terrasser nos ennemis.

– Je m'étais fait une idée différente des serviteurs de Dieu, je pense.

– Il y a des limites à notre patience, Cindy. Nous commençons toujours par donner un avertissement aux démons, puis nous passons à l'acte.

– Vous n'êtes que deux...

– Pour l'instant. Lorsque l'Antéchrist se fera enfin connaître au monde, le ciel nous enverra de l'aide.

– Et tu fais ce travail depuis deux mille ans ?

– Nous ne savions pas quand ces événements se produiraient, alors j'ai attendu patiemment mon heure.

– Mais d'où vient ta théorie sur la résurgence de l'Empire romain, alors ?

– Du rêve du prophète Daniel sur les quatre bêtes sortant de l'océan. Je l'ai interprété à ma façon. Selon moi, elles symbolisent quatre royaumes importants de l'histoire de l'homme. La première représente la splendeur de Babylone. La seconde, la puissance de l'Empire perse, et la troisième fait référence à l'Empire grec d'Alexandre le Grand. Quant à la quatrième, la bête à dix cornes, elle désigne l'Empire romain. De ce dernier royaume émergerait une onzième corne : l'Antéchrist.

– Mais il ne s'est pas manifesté durant l'Antiquité.

– Je ne le sais que trop bien. Les dix cornes correspondent à dix rois régnant simultanément, pas consécutivement. Il n'y a jamais eu dix empereurs en même temps à Rome, mais il pourrait bien y avoir dix dirigeants de pays différents dans la nouvelle union qui se forme sur l'ancien territoire romain.

Océlus se matérialisa près de son compagnon, l'air contrarié.

– Où est Océane ? s'inquiéta Yannick.

– Elle a refusé de me suivre. Elle a dit que nous n'étions plus au Far West...

Un sourire amusé étira les lèvres de son ami.

– Est-ce que je devrais y retourner et insister, Képhas ?

– Ce serait bien inutile, mon frère. Elle est aussi têtue qu'une mule.

– Comment l'avez-vous appelé ? s'étonna Cindy en se tournant vers Océlus.

– Il utilise toujours mon vieux nom, expliqua sommairement Yannick.

Océlus ressentit alors les énergies négatives qui avaient pénétré dans la base un peu plus tôt. Son visage angélique s'assombrit.

– Que s'est-il passé ici ?

– Nous avons eu de la visite, l'informa Yannick.

– Arimanius ?

– Non. Barastar et un autre tueur que je ne suis pas capable d'identifier.

– J'aurais dû rester près de toi.

– Nous nous sommes très bien débrouillés.

Cindy observait le teint olivâtre et le regard langoureux de cet homme d'un autre temps qui avait veillé sur elle depuis son arrivée à Montréal. Malgré toute sa sagesse, Océlus ressemblait à un adolescent mal habillé...

– Ça y est ! Je l'ai trouvé ! s'écria Vincent, excité.

– Trouvé quoi ? fit Cindy en sursautant.

– Le point d'origine du virus !

Yannick bondit de son siège pour lire cette information lui-même.

– Fais attention ! prévint-il.

— Tu t'inquiètes pour rien. Mon ordinateur, que tu as rapporté à la base, est inutilisable. Je ne peux donc pas faire repasser la transmission qui a failli me coûter la vie. Mais je suis arrivé à trouver les relais que ce virus a empruntés, grâce à nos pisteurs électroniques.

Océlus lança un regard interrogateur à Yannick, car il ne comprenait rien à tout cela.

— Ils se sont donné beaucoup de mal pour masquer leurs pistes, mais ils ne savaient pas à qui ils avaient affaire, s'enorgueillit Vincent.

— C'est de l'excellent travail, le félicita le professeur. Il faut tout de suite prévenir Cédric et empêcher Korsakoff de fermer la base.

○

Cédric était assis à son bureau, à réfléchir à ce qu'il allait faire. Lui non plus ne se résignait pas à abandonner le travail de toute une vie.

— Vous avez un visiteur, monsieur Orléans.

— À moins qu'il ne s'agisse d'un de mes agents, je ne veux voir personne.

— C'est l'agent Chevalier.

Cédric se redressa brusquement.

— Faites-la entrer.

— Tout de suite, monsieur.

La porte glissa et Océane vint se poster devant la table de travail.

— Nous avons de la concurrence, lâcha-t-elle.

— Assieds-toi. Elle lui obéit, même si elle aurait préféré rester debout.

— Premièrement, merci de m'avoir libérée aussi rapidement, commença-t-elle.

— C'est la procédure.

– Deuxièmement, d'autres organisations s'emploient à débarrasser le Québec de la menace du Faux Prophète. Le policier Thierry Morin m'a dit qu'il était le seul *varan* à pouvoir bloquer Ahriman.

Cédric recula dans son siège, s'efforçant de cacher sa surprise.

– C'est quoi, un *varan* ? demanda Océane.
– C'est un soldat spécial du Vatican…, bafouilla le chef.
– Pourquoi es-tu bouleversé, Cédric ?
– Je ne croyais pas que le péril était si grand…
– Le Faux Prophète est en train de préparer le terrain pour son terrible maître ! Qu'est-ce qu'il te faut de plus ?
– La base a été attaquée par ses sbires tout à l'heure.
– Ils ont réussi à se rendre jusqu'ici ! s'alarma-t-elle.
– Monsieur Orléans, vous avez des visiteurs. Ils sont plutôt pressés.
– Faites-les entrer, murmura Cédric, désemparé.

Yannick, Vincent et Cindy déboulèrent dans le bureau, comme une bande d'enfants sortant de l'école.

– Océane ! s'exclama Cindy. Tu es saine et sauve !
– Tu sais bien que je sais me débrouiller.
– Que se passe-t-il ? s'impatienta Cédric devant leur soudain enthousiasme.
– J'ai trouvé d'où émanait la transmission électronique qui s'est attaquée à mon cerveau ! s'exclama Vincent.
– C'est probablement là que se cache le Faux Prophète, ajouta Cindy. Si nous arrivons à le coincer à cet endroit, monsieur Korsakoff reviendra sur sa décision.
– Je vois, fit calmement le chef.
– Je pensais que ma découverte te transporterait de joie, déchanta Vincent.
– C'est surtout la tête d'Ahriman que tu veux ? soupçonna Océane.
– Je veux sauver la base et la vie de mes agents, laissa tomber Cédric.

– Je crains que ce soit maintenant devenu une affaire personnelle, objecta Yannick.

– C'est justement ce que je ne voulais pas t'entendre dire, grogna Cédric.

Il tendit la main. Vincent lui remit aussitôt le résultat de ses découvertes.

– À quoi es-tu en train de penser, Cédric ? s'alarma Océane.

– L'ANGE effectuera une descente à cet endroit, mais elle emploiera les agents de Québec.

– Pourquoi ? s'étonna Yannick.

– Parce que l'Alliance ne les connaît pas.

Les quatre agents montréalais échangèrent des regards déçus, car ils savaient bien que leur patron avait raison.

– Est-ce qu'on pourrait au moins leur servir de renfort ? voulut savoir Océane.

– Ce sera un détail dont je discuterai avec monsieur Shufelt, le directeur de cette division. Je te remercie pour cette information, Vincent. C'est du beau travail.

– Mais ce n'est pas suffisant pour sauver cette base, n'est-ce pas ? déplora Cindy.

– Je n'en sais rien encore.

– Allons nous préparer, juste au cas où Québec aurait besoin de nous, suggéra Océane.

Sentant que Cédric voulait être seul pour réfléchir, elle poussa ses collègues vers la porte.

...0037

Confortablement assis à son bureau, Thierry Morin épluchait un rapport sur les guérisons opérées par le Faux Prophète, un peu partout à Montréal, lorsqu'il entendit un grincement discordant. Il referma prestement le dossier et quitta son bureau. Il traversa la salle où les policiers répondaient à de multiples appels téléphoniques, puis s'engagea prestement dans l'escalier qui menait au sous-sol. Sans hésiter, il se dirigea vers un coin sombre où un grand nombre de tuyaux couraient sur le mur de béton. Les grincements étaient beaucoup plus clairs à cet endroit. Il les écouta avec attention.

À la base de l'ANGE, les agents attendaient dans la salle de Formation le moment de participer enfin à la mêlée. Assis à une table, Océane et Vincent buvaient du café. Sur le sofa, Cindy se tortillait les doigts avec nervosité. Yannick était planté devant le distributeur de boissons gazeuses, incapable de décider ce qu'il voulait boire. Cindy et Vincent lui jetaient parfois des regards furtifs, bien qu'il fût de dos.

– Mais qu'est-ce que vous avez tous ? s'impatienta Océane.

Ils gardaient un silence coupable.

– Avez-vous fait des choses illégales en mon absence ?
– Nous avons défendu la base avec des mitraillettes ! l'informa fièrement Cindy.
– Et c'est ça qui vous tourmente ?
– C'est un tas de choses, en fait, souffla Vincent.
– Qui va se décider bravement à me mettre au courant ?
– Yannick, répondirent en chœur Vincent et Cindy.
Océane releva un sourcil.
– J'ai oublié d'activer le programme « X » sur l'ordinateur !

Yannick adressa à Vincent un regard inquisiteur. Celui-ci fit le « X » avec ses doigts sur sa poitrine, pour lui indiquer qu'il bloquerait l'écoute de la salle de Formation. Le savant bondit vers la porte. Cindy le suivit sans barguigner.

– De quoi ont-ils si peur ? s'étonna Océane.
– De la vérité, je crois, soupira le professeur.
Il prit sa main et l'emmena s'asseoir sur le sofa.
– Je n'ai pas été tout à fait honnête avec toi.
– Je hais déjà ça, maugréa Océane.
– Je n'ai pas de parents et je n'ai pas de sœur.
– Bon...
– Je ne suis pas né en Angleterre, mais à Jérusalem il y a très, très longtemps.
– Tu m'as menti au sujet de ton âge ?
– D'une certaine façon... Mon véritable nom est Simon-Pierre, mais Jésus m'appelait Képhas. J'ai été l'un de ses loyaux disciples. Il a retardé ma mort et fait de moi l'un de ses deux Témoins.
– Vous avez pris de la drogue pendant que je moisissais en taule, c'est ça ? railla Océane.
– Je t'en prie, écoute-moi. Je te dis la vérité.
– Tu ne peux pas avoir deux mille ans. Tu aurais un tas de rides !

Le silence et le visage sérieux de Yannick lui firent peur. Elle se leva et fit quelques pas dans la pièce en croisant nerveusement ses bras.

– Ce qui s'est passé entre nous, naguère, est-ce que c'était aussi un mensonge ?

– Non. Je t'ai aimée, même si cela mettait ma mission en danger.

– En danger ? répéta-t-elle, offensée.

– J'avais été prévenu que si je succombais aux charmes d'une femme, je perdrais mes pouvoirs.

– Et tu les as perdus ?

– En partie.

– À cause de moi ?

– Je continue de croire que c'est le Tout-Puissant qui a poussé Cédric à nous séparer, pour m'empêcher de perdre aussi mon âme.

– C'est grave ce que tu dis là, Yannick.

– J'en suis parfaitement conscient. Et lorsque les dirigeants de l'ANGE l'apprendront, je serai probablement expulsé de l'Agence.

Elle demeura silencieuse un moment, l'observant comme si elle le voyait pour la première fois.

– Tu m'as aimée même en sachant ce que tu risquais ?

– Tu exerçais et continues d'exercer sur moi une attirance que je dois combattre à tout instant.

Son aveu bouleversa la jeune femme. Des larmes se mirent à couler sur ses joues.

– Je ne voulais pas te mentir, mais ma mission était secrète, s'excusa Yannick. Je suis vraiment désolé.

Elle se blottit contre lui et pleura sur son épaule.

– Ça veut dire qu'avant, tu étais comme Océlus ? sanglota-t-elle.

– Je pouvais faire tout ce qu'il fait, oui. Heureusement, notre maître a choisi deux Témoins plutôt qu'un. Il devait se douter que je craquerais.

– N'en parlons pas à Cédric. Il a besoin de bons agents, et tu es le meilleur.

Yannick ferma les yeux et se contenta de la serrer contre lui.

Même s'il avait pu entendre la conversation entre Yannick et Océane, Cédric n'y aurait accordé aucune importance. Il avait d'autres plans en tête. Il sortit un revolver d'un compartiment secret de son bureau et le glissa dans un étui, sous sa veste.

– Ordinateur, rassemblez l'équipe de frappe *Adonias* dans le plus grand secret. Je les rencontrerai au point de rendez-vous CDC dans une heure.

– Ce serait fait, monsieur Orléans.

– Il s'agit d'une mission ultrasecrète qui ne devra pas figurer dans les archives de l'ANGE.

– Ceci est irrégulier.

– Je justifierai officiellement ma décision à mon retour de mission. Les règlements me le permettent, si je ne m'abuse.

– Vous avez raison.

– Alors, procédez.

– L'ordre de rassemblement a été donné.

Satisfait, Cédric boutonna sa veste, puis se dirigea vers un grand miroir. Il appuya le cadran de sa montre au centre, même si on n'y percevait aucun signe évident. Le miroir glissa sur le côté, dévoilant une porte argentée. Cédric appuya sa montre sur le petit cercle gravé dans le métal et s'engouffra sans hésitation dans l'ascenseur clandestin.

Cet accès était si secret que même Vincent, qui était en train de vérifier les dernières données de la base, ne sut pas que son chef était parti. Assise près de lui, Cindy était songeuse.

– Rien à signaler, annonça Vincent.
– Est-ce que tu as faim ?
– Oui, mais je ne voudrais pas déranger Yannick et Océane. Il doit y avoir une tempête dans la salle de Formation.
– Je suis discrète. Ils ne me verront même pas sortir les sandwichs du réfrigérateur.

Vincent lui jeta un coup d'œil amusé, car il savait qu'elle était bien capable de laisser le casse-croûte glisser de ses mains juste pour satisfaire sa curiosité.

– Je suis content que tu te sois jointe à l'équipe, Cindy, lui dit-il.
– Merci. Ça me fait vraiment plaisir.

Réjouie par le compliment, Cindy gambada en quittant les Laboratoires. Elle emprunta le long couloir, en direction de la salle de Formation. Océlus apparut devant elle, la forçant à s'arrêter brusquement

– Vous n'êtes pas un peu fou ! Ce couloir est truffé de caméras !

Au lieu de lui répondre, Océlus l'embrassa sur les lèvres.

– Je voulais seulement un baiser, murmura-t-il avec un sourire envoûtant.

Il disparut aussi rapidement qu'il était arrivé.

– Revenez ! s'écria-t-elle.

Rien ne se produisit.

– Ce n'est pas juste !

Elle poursuivit sa route en marmonnant.

...0038

Dans un garage distinct de celui de la salle des Transports de l'ANGE, une porte d'ascenseur glissa en silence. Cédric Orléans en émergea. Une dizaine d'hommes habillés en noir l'attendaient devant une fourgonnette aux vitres teintées.

– Quel est l'objectif? demanda le chef du commando spécial.

Cédric lui remit le document que lui avait donné Vincent.

– Et la cible?

– Un seul homme, mais il est possible qu'il soit protégé par des gardes armés.

Il était inutile de lui parler des démons à ce stade-ci. Il lui montra plutôt une photographie d'Ahriman. Elle circula dans toutes les mains. Les soldats mémorisèrent tour à tour ce visage diabolique. On tendit un manteau noir à Cédric. Il l'enfila sur-le-champ et monta dans le véhicule avec l'escouade d'intervention.

Personne ne parla pendant le trajet. La fourgonnette fit le tour d'un immeuble de Montréal avant de s'infiltrer dans son garage souterrain. Dès qu'elle s'arrêta près de la cage d'ascenseur, le groupe de combat en descendit en silence, tous ses membres armés de carabines à fléchettes anesthésiantes. Cédric sortit un petit appareil carré de sa poche intérieure et l'activa. Une lumière se mit à clignoter à sa surface.

– Les systèmes de surveillance sont brouillés, annonça-t-il.

Le chef du commando fit un signe de tête vers ses hommes. Certains s'engouffrèrent dans l'ascenseur dans le silence le plus complet, tandis que les autres utilisaient les escaliers.

Cindy réussit à s'emparer des sandwichs sans déranger ses collègues enlacés sur le sofa, puis à s'éclipser sur la pointe des pieds. De retour aux Laboratoires, elle mangea avec appétit, assise devant un ordinateur. Un peu plus loin, Vincent faisait la même chose.

– C'est quoi, une mission suicide ? demanda soudain la jeune femme.

– C'est une mission dont personne n'est censé revenir, expliqua le savant.

– Il y en a eu combien depuis que tu es avec l'ANGE ?

– Une seule, à Jérusalem.

– Quand Yannick y est allé ?

– Ouais... Il est le seul à s'en être tiré indemne, même s'il avait trois balles logées près du cœur. Pourquoi me demandes-tu ça maintenant ?

– Parce que je pense être tombée sur quelque chose que je n'aurais pas dû voir.

Intrigué, Vincent la rejoignit devant son ordinateur. Il parcourut rapidement les lignes lumineuses, s'affolant de plus en plus.

– C'est pas possible ! s'exclama-t-il en pâlissant.

Il tourna les talons et quitta les Laboratoires en courant. Cindy le suivit en vitesse. Ils trouvèrent Yannick et Océane s'étreignant sur le sofa.

– Vous avez oublié de prendre les boissons gazeuses ? se moqua Océane.

– Vous souvenez-vous de la mission *Salomon* ? interrogea Vincent.

Yannick sursauta, comme s'il avait reçu une décharge électrique. Océane recula, comprenant que leur tête-à-tête venait de prendre fin.

– Dans le rapport officiel de l'ANGE, on parle de sa contrepartie, la mission *Adonias*, poursuivit Vincent.

– Qui n'a jamais été exécutée, parce que la cible n'a pu être retrouvée, se rappela Yannick.

– Cédric l'a activée.

– Quoi !

– Quand ? demanda Océane.

– Je voulais juste consulter les activités de la journée et je suis tombée sur les mots : « mission suicide » et « Adonias » sans aucune autre explication, précisa Cindy qui se demandait pourquoi ils s'énervaient tous.

– Les activités de la journée ? s'étonna Yannick.

– Cette cible pourrait-elle être Ahriman ? s'alarma Océane.

– À l'époque, il s'agissait de Thanatos, mais il a disparu avant que nous puissions faire quoi que ce soit.

– Est-ce que ça veut dire que Cédric a envoyé une équipe en mission suicide pour tuer Ahriman ? s'enquit Cindy.

– Non, fit Yannick, refusant de le croire. Je le saurais, puisque je suis le commandant de ce commando. Ordinateur, identification de la voix demandée, code *Adonias*.

– Identification reconnue.

– Avisez monsieur Orléans que je dois le voir tout de suite au point CDC.

– Requête refusée.

Les agents échangèrent un regard anxieux.

– Pour quelle raison ?
– INFORMATION NON DISPONIBLE.
– Qui pourrait mener cette mission à part toi ? s'inquiéta Cindy en fixant Yannick.
– Cédric...
– Est-ce qu'il est parti pour Jérusalem ? fit-elle innocemment.
– Ordinateur, mettez-moi en contact avec monsieur Orléans, exigea Yannick.
– REQUÊTE REFUSÉE.
– Monsieur Orléans se trouve-t-il dans son bureau ?
– INFORMATION NON DISPONIBLE.
– Ça ne fait plus aucun doute, soupira Océane. Il est parti en guerre.
– Mais où ? se demanda Cindy.
– Le point d'origine de la transmission du virus ! s'exclama Vincent, qui se rappelait avoir remis cette information à Cédric un peu plus tôt.

Yannick s'élança, aussitôt suivi de ses collègues. Vincent avait une mémoire d'éléphant. Il avait donné ces renseignements à son chef, mais il se souvenait parfaitement de l'adresse qu'elle mentionnait.

○

Cédric et son commando descendirent de l'ascenseur, à un étage apparemment en construction. Au lieu des murs, il y avait des armatures en métal recouvertes de plastique transparent. Des fils électriques pendaient ici et là. Les membres de l'équipe de combat se dispersèrent sans attendre l'arrivée de ceux qui grimpaient l'escalier. Leurs carabines pointées devant eux, ils arpentèrent tout l'étage.

Cédric arriva tout à coup dans un coin où un puissant ordinateur trônait sur une petite table. Sur son écran brillait avec défi le logo de l'Alliance : le « A » enflammé. Deux hommes se postèrent près de lui pour le protéger tandis qu'il pianotait sur le clavier. Le chef montréalais fut incapable de faire disparaître le logo ou d'accéder à quelque fichier que ce soit.

– Vous m'impressionnez beaucoup, monsieur Orléans, ironisa une voix sirupeuse.

Les agents de l'ANGE firent volte-face. Sans faire de mouvement brusque, Cédric appuya sur le cadran de sa montre, pendant que ses hommes mettaient l'inconnu en joue. Le commando accourut.

– Je m'attendais plutôt à voir arriver Képhas. Lui est-il arrivé malheur dans votre misérable petite base ?

– Si vous ne résistez pas, vous serez déporté en Israël sans qu'aucun mal ne vous soit fait, l'informa Cédric.

– Et si je résiste ?

– Nous ouvrirons le feu.

– Que savez-vous réellement du feu ?

Ahriman retourna ses paumes : deux boules enflammées s'y matérialisèrent. Certains des membres du groupe écarquillèrent les yeux.

– Si vous faites le moindre geste…, commença Cédric.

– Le verrez-vous ? ricana le Faux Prophète.

Il lança les deux sphères incandescentes sur les deux hommes de chaque côté de Cédric. Ils furent frappés au milieu de la poitrine avant d'avoir pu appuyer sur la détente et s'affalèrent sur le dos. Les autres tirèrent, mais leurs fléchettes ricochèrent sur le bouclier invisible qui protégeait Ahriman. Pire encore, elles revinrent vers les hommes en noir qui n'eurent pas le temps de les éviter. Le sédatif les terrassa sur-le-champ. Les autres membres de l'équipe surgirent de la cage d'escalier. Ils tombèrent tous les uns après les autres, de la même manière. Il ne restait plus que Cédric.

– Ne comprenez-vous donc pas que vous n'êtes pas de taille ? éructa le Faux Prophète.

– Toutes les créatures de ce monde ont une faiblesse, répliqua Cédric, imperturbable.

Il le mit en joue avec son revolver, mais ne tira pas.

– Vous n'avez pas peur de moi ? le provoqua Ahriman. Vous devriez.

– Même si je ne vous capture pas aujourd'hui, nous connaissons désormais votre visage.

– Lequel ?

Le visage d'Ahriman se transforma en celui d'un jeune homme asiatique, puis en celui d'une femme de race noire, avant de redevenir le sien.

– Je tuerai les membres de votre agence et tous ceux qui tenteront d'empêcher mon maître de dominer ce monde qui lui revient de plein droit ! rugit-il.

– Les prophètes ont prédit sa destruction.

– Ils ne connaissaient pas la puissance d'Armillus. Tous les peuples de la Terre se prosterneront devant lui. Malheureusement, vous ne serez plus là pour le voir dans toute sa splendeur.

De nouvelles boules de feu apparurent dans les mains du Faux Prophète. Cédric déchargea toutes ses balles dans la poitrine de son ennemi, mais elles passèrent à travers son corps sans même le blesser.

– Ignoriez-vous que je ne suis pas de ce monde ? siffla Ahriman comme un serpent.

D'un geste rapide, il laissa partir la première sphère brûlante. Elle frappa Cédric à la gorge et le fit basculer sur le sol. Il s'écroula sur le plancher de ciment. Ahriman s'apprêtait à achever son adversaire à l'aide du second projectile enflammé lorsqu'un violent coup de vent l'éteignit.

– Mais qu'est-ce que…

Thierry Morin contourna le mur de plastique et vint se placer entre le Faux Prophète et sa victime.

– Tiens, tiens, un visage que je connais, ricana le policier.

– Cette fois, je ne vous manquerai pas, *reptilis*.

– Vous êtes bien arrogant pour un pantin à des kilomètres de son marionnettiste.

Ahriman émit un grondement de fauve. D'autres boules de feu se formèrent dans ses paumes.

– Vous serez le premier de votre race à mourir pour la gloire de mon maître ! ragea-t-il.

Sans s'alarmer, le policier retira une vieille pointe de lance de sa poche de veston.

– La reconnaissez-vous ?

Le Faux Prophète fit un pas en arrière.

– On dirait bien que oui, s'amusa Thierry.

Il se mit à avancer vers le lieutenant de l'Antéchrist. Ce dernier recula davantage.

– Dès que ce métal béni entrera en contact avec votre hideuse petite personne, elle s'enflammera tout comme vos mains et elle vous expédiera chez Satan.

– Mais comment… ?

– Dieu aime toutes ses créatures, Ahriman, même celles qui vivent dans les profondeurs. Il m'a donné le pouvoir d'aider son Fils à vous détruire, vous et l'Antéchrist.

– C'est impossible.

– Il n'y a qu'une façon de le savoir, n'est-ce pas ?

Thierry fonça sur le démon. Ahriman tourna les talons et prit la fuite. Incapable de retourner à l'ascenseur, de l'autre côté de l'étage, il se précipita vers les fenêtres. Le policier n'eut pas le temps d'enfoncer le métal dans sa chair. Il toucha à peine le dos de son ennemi avec le bout de l'arme.

Le Faux Prophète s'élança et fracassa le verre en mille morceaux. Son poursuivant s'arrêta juste à temps pour ne pas le suivre dans sa chute. Il jeta un coup d'œil en bas : une boule de feu glissait le long de l'immeuble. Elle s'enfonça brusquement dans le trottoir, semant la panique parmi les piétons.

Thierry Morin possédait bien des pouvoirs, mais pas celui de sauter d'une telle hauteur. Par contre, il aurait pu suivre une créature maléfique qui retournait vers son maître en empruntant un couloir souterrain. Il choisit plutôt de venir en aide à Cédric.

– Tiens bon, mon frère, murmura-t-il en se penchant sur lui.

Pendant une fraction de seconde, la peau du visage de Cédric adopta la texture de celle d'un lézard, puis redevint humaine.

– Ma blessure est profonde..., haleta le chef de l'ANGE.
– Peut-être puis-je t'aider.

Thierry déchira la veste et la chemise de Cédric. Du sang bleu coulait abondamment de la plaie béante.

– Je crains de ne pas pouvoir arrêter l'hémorragie, déplora le policier.
– Dans ce cas, laissez-moi faire, intervint un jeune Israélien.

Cédric observa son teint olivâtre et ses yeux d'une douceur infinie tandis qu'il s'agenouillait près de lui.

– Êtes-vous Océlus ? souffla-t-il.
– Conservez vos forces.

Le Témoin plaça ses mains sur la plaie. Une intense lumière jaillit de ses paumes. Elle pénétra la chair de Cédric avec une telle force qu'il perdit conscience.

Au même moment, une sonnerie annonça l'arrivée de l'ascenseur à l'étage. Thierry recula immédiatement derrière une colonne en ciment, mais Océlus demeura auprès de son patient. Il fit aussitôt passer la couleur de son sang du bleu au rouge. Les agents de l'ANGE se précipitèrent sur leur chef.

— Comment est-il ? s'enquit Yannick.

— Je suis arrivé juste à temps, le rassura Océlus.

— Il a perdu beaucoup de sang, constata Cindy.

— Je peux refermer sa plaie, rien de plus. Il devra se reposer.

— Et comme ce n'est pas son genre, soupira Océane.

— Voyez s'il y a des blessés qui nécessitent des soins urgents, ordonna Yannick, prenant la tête des opérations de secours.

Ses trois collègues lui obéirent sur-le-champ. Ils se penchèrent sur tous les hommes habillés en noir et cherchèrent leur pouls.

— Ils ont été anesthésiés par leurs propres fléchettes, on dirait, fit Océane.

— Ceux-ci sont morts, déplora Cindy.

— Ils avaient déjà quitté leur corps quand je suis arrivé, s'excusa Océlus.

— Personne ne te reproche quoi que ce soit, le réconforta Yannick. Merci, mon frère.

Les agents fouillèrent le reste de l'étage. En voyant Océane avancer vers la section où il se cachait, Thierry Morin se fondit dans la colonne de ciment. Lorsqu'elle passa près de lui, deux yeux s'ouvrirent sur la surface de béton pour admirer sa beauté.

Vincent trouva l'ordinateur géant, isolé dans un coin. Avant qu'il ne puisse toucher au clavier, le logo de l'Alliance se mit à grossir sur l'écran, puis tout le système disparut sous ses yeux, comme par enchantement. Le jeune savant était tellement saisi qu'il demeura sur place, bouche bée.

Agenouillé près de Cédric, Yannick connecta ses écouteurs à sa montre et appuya deux fois sur le cadran. Océlus l'observait avec la curiosité d'un enfant.

— Ici YJ sept, cinquante, annonça le professeur.

– Nous vous recevons, sept, cinquante, répondit un technicien.

– J'ai besoin de soins médicaux au…

Une explosion secoua l'immeuble, projetant Yannick sur le sol.

– Mais qu'est-ce que c'était ? demanda-t-il en reprenant son équilibre.

Il ne reçut pour toute réponse dans son écouteur que des bruits parasites.

– C'était votre base, annonça Océlus, les yeux emplis de larmes.

– Quoi ?

Yannick se précipita dans le dédale de murs recouverts de plastique. En état de choc, Océane, Cindy et Vincent se tenaient devant une fenêtre.

Au loin, les flammes dévoraient un secteur entier de la ville. Leur base se trouvait sous ce quartier…

...0039

Cédric Orléans battit des paupières. Les premières images qui parvinrent à son cerveau furent plutôt floues. Peu à peu, sa mémoire refit surface. Il se rappela le visage hideux d'Ahriman et ses menaces résonnèrent dans ses oreilles.

– Non..., protesta-t-il en s'agitant.
– Tout doux, fit une voix qu'il reconnaissait.

Lentement, le visage de Vincent McLeod se forma devant ses yeux.

– Tu es dans un endroit sûr, l'apaisa le savant.

Ce dernier appuya deux fois sur le cadran de sa montre.

– Comment te sens-tu ?
– Comme si une tonne de briques m'était tombée sur la tête..., geignit Cédric.

Yannick, Océane et Cindy firent irruption dans la chambre, contents de voir leur chef réveillé. Vincent leur fit aussitôt un geste destiné à tempérer leur enthousiasme. Ils attendirent patiemment que Cédric ait complètement repris ses esprits.

– Ces couvertures ne sont pas de la bonne couleur, remarqua-t-il finalement.

Les agents se consultèrent du regard et décidèrent de ne pas lui raconter ce qui s'était passé à Montréal avant qu'il ne soit complètement rétabli.

– Nous sommes à Alert Bay, lui avoua Océane.

« Il le découvrira tôt au tard, songea-t-elle. Autant le lui dire tout de suite. »

– Pourquoi si loin ?
– C'est une longue histoire, répondit Yannick.

Le sourire chaleureux du professeur, la sérénité des visages de Vincent et de Cindy et le petit air moqueur d'Océane rassurèrent Cédric. Il ignorait qui avait décidé de les ramener en Colombie-Britannique, mais il voulut bien croire que c'était dans l'intérêt de l'ANGE. Cindy se pencha sur lui et déposa un baiser sur son front.

– Votre mission, monsieur Orléans, est de dormir pendant au moins vingt-quatre heures, déclara-t-elle en imitant l'accent de Kevin Lucas.

S'il en avait eu la force, Cédric aurait éclaté de rire, mais il se contenta de sourire en replongeant dans le sommeil.

À découvrir dans le tome 2...

Reptilis

Pour un endroit qui n'était pas censé exister, la base d'Alert Bay bourdonnait d'activité. C'est dans cet abri souterrain que l'ANGE entraînait ses futurs agents. L'Agence en avait grandement besoin, car les démons de l'Alliance en avaient tué plusieurs, quelques mois plus tôt. L'ennemi avait aussi détruit la base montréalaise, ainsi que tout le quartier qui se trouvait juste au-dessus. Les enquêteurs du Service de sécurité incendie avaient attribué cette tragédie à une gigantesque poche de gaz, et une malheureuse étincelle…

L'explosion dévastatrice avait fait disparaître toute trace des opérations secrètes souterraines. Du haut des airs, on ne voyait plus qu'un immense cratère, comme si un astéroïde avait frappé la ville. Le bilan était catastrophique. La police avait d'abord annoncé qu'un millier de personnes avaient perdu la vie, mais des noms ne cessaient de s'ajouter tous les jours. Il avait été facile de recenser les habitants des rues volatilisées, mais plus compliqué d'établir le nombre de véhicules qui y circulaient au moment de la tragédie et l'identité de leurs passagers.

Cindy Bloom était assise, les jambes croisées, sur le lit capitonné de sa petite chambre d'Alert Bay. Elle lisait tous les journaux depuis son arrivée à la base de formation de l'ANGE. Ce matin-là, les pages centrales d'un quotidien de Montréal énuméraient les noms des disparus en longues colonnes, comme sur un monument commémoratif. Son cœur s'arrêta presque de battre lorsqu'elle vit le sien sous les « B » : Cindy Hélène Bloom. Ses parents avaient certainement dû être informés de son décès. Comment avaient-ils réagi ?

Songeuse, elle poursuivit sa lecture et trouva les noms d'Océane Chevalier, de Yannick Jeffrey et de Vincent McLeod. « Pourquoi Cédric Orléans n'y est-il pas ? » s'étonna-t-elle. Le chef de la division montréalaise s'était remis de ses blessures quelques jours après son hospitalisation en Colombie-Britannique. Resplendissant de santé, il s'était rapidement éclipsé. Chaque fois que Cindy demandait à le voir, on lui répondait qu'il était en réunion...

En ce beau matin, pourtant semblable à tous les autres dans cet endroit enfoui sous la terre, la jeune femme décida de tenter sa chance une nouvelle fois. Elle se rendit aux Renseignements stratégiques d'Alert Bay. Cette base était divisée exactement comme celle de Montréal : même long couloir, mêmes portes portant les mêmes écriteaux. Lorsqu'elle y avait été formée, Cindy n'avait eu le droit de circuler que dans les galeries plus profondes, là où se trouvaient les salles de cours.

– Bonjour Randy ! s'exclama-t-elle joyeusement en entrant dans la vaste salle tapissée d'écrans et d'ordinateurs.

Le technicien lui décocha un regard agacé. Ce n'étaient pas tous les vêtements roses que portait la nouvelle venue qui l'indisposaient. C'était plutôt le nombre de ses visites à la centrale. Randy savait que les agents de Montréal n'avaient rien à faire en attendant leurs nouvelles affectations. Ils avaient seulement hâte de reprendre du service.

S'il avait été l'un des dirigeants de l'ANGE, Randy leur aurait rapidement donné une nouvelle mission.

– J'aimerais parler à monsieur Orléans, ajouta Cindy avant qu'il puisse la saluer.

– Il est en réunion avec monsieur Shanks et monsieur Jeffrey.

– Personne ne peut être en réunion pendant des semaines.

Randy soupira avec découragement.

– Je ne suis qu'un exécutant dans cette agence, lui répéta-t-il pour la centième fois. Je n'en sais pas plus.

– Ça veut dire que Cédric n'est plus à Alert Bay, n'est-ce pas ? Où l'ont-ils emmené ? Que sont-ils en train de lui faire ?

– Monsieur Orléans n'a pas quitté la base et j'ignore ce qu'ils font dans cette salle de conférences.

– Merci quand même.

Elle tourna les talons. Il y avait sûrement une autre façon d'obtenir les renseignements qu'elle cherchait.

Imprimé à Barcelone par :
EGEDSA

*Composition et mise en pages
Nord Compo à Villeneuve-d'Ascq*

Imprimé en Espagne
Dépôt légal : mai 2015
ISBN : 979-10-224-0124-1
POC 0099